# 헬로 젤리피쉬

**THE THING ABOUT JELLYFISH** by Ali Benjamin
Copyright ⓒ 2015 by Ali Benjamin
All rights reserved.
This Korean edition was published by Booknbean Publisher in 2017
by arrangement with Ali Benjamin c/o FOUNDRY Literary+Media
through KCC(Korea Copyright Center Inc.), Seoul.

이 책은 (주)한국저작권센터(KCC)를 통한 저작권자와의 독점계약으로
책과콩나무에서 출간되었습니다.
저작권법에 의해 한국 내에서 보호를 받는 저작물이므로 무단전재와 복제를 금합니다.

# 헬로 젤리피쉬

알리 벤자민 지음 | 김미선 옮김

책과콩나무

# 차례

유령의 심장 ... 9

**제1장 목적** ... 14
접촉 ... 15
때때로 일은 그냥 일어나기도 한다 ... 20
보이지 않아 ... 26
친구를 만드는 방법 ... 31
1억 5,000만 번 쓰임 ... 33

**제2장 가설** ... 44
배운 지식을 최대한 활용한 추측 ... 45

**제3장 배경** ... 50
최후의 생존자 ... 51
친구와 노는 방법 ... 54
레그스 박사님 ... 58
바보 같은 구닥다리 말 ... 68
첫 번째 전문가 후보 ... 75

흩날리는 먼지, 티끌 하나 ··· 78
약속을 하는 방법 ··· 87
두 번째와 세 번째 전문가 후보 ··· 93
중요한 일을 말하지 않는 방법 ··· 98
용감무쌍 ··· 103

## 제4장 변수 ··· 110

만발하다 ··· 111
사이가 멀어지는 방법 ··· 114
딸칵, 그리고 침묵 ··· 120
일을 뒤틀리게 만드는 방법 ··· 125
얼굴을 맞대고 ··· 134
배워야 할 수백만 가지 ··· 140
상황이 변했다는 것을 알게 되는 법 ··· 143
좀비 개미 ··· 146
친구를 잃어버리는 방법 ··· 150
대체하다 ··· 160
잊어버리지 않는 방법 ··· 162

**제5장 과정** ⋯ 166

우리보다 강하다 ⋯ 167

어떤 생물을 떠올려 보세요 ⋯ 169

메시지를 보내는 방법 ⋯ 179

끔찍하게 잘못되었어 ⋯ 182

심지어 더욱 잘못되었어 ⋯ 185

독 ⋯ 189

나를 봐 ⋯ 190

수분 작용 ⋯ 194

최악의 침묵 ⋯ 202

이틀간의 침묵 ⋯ 204

그리고 지속되는 침묵 ⋯ 205

내가 이야기하고 싶지 않은 것 ⋯ 206

사물이 거울에 보이는 것보다 가까이에 있음 ⋯ 211

브리짓 브라운이라는 소녀 ⋯ 215

목표 날짜 ⋯ 218

앓던 이 빠진 듯 ⋯ 220

탈출을 준비하는 방법 ⋯ 224

잔돈 ⋯ 228

안녕, 토르 ⋯ 232

작별 인사를 하는 법 ⋯ 239

안녕, 밍 플레이스 ⋯ 244

화요일, 오후 세 시 … 250
수요일 … 252
안녕, 우리 집 … 257
전화 … 263
결말 … 268

**제6장 결과** … 272
영원불멸 … 273
호주를 향해 … 275
앉아 … 279
그녀가 해냈어 … 285

**제7장 결론** … 298
만약에? … 299
이치에 맞는 단 한 가지 … 301
저스틴 … 304
남은 것 … 308
영웅과 악당 … 311

지은이의 말 … 324
옮긴이의 말 … 327

## 유령의 심장

해파리를 오래 보다 보면, 어느 순간 심장이 뛰는 것처럼 보인다. 종류는 뭐든 상관없다. 새빨간 몸통으로 경고등을 내뿜어내는 '아톨라 해파리'든, 주름 잡힌 꽃 모양 모자를 쓴 해파리들이든, 거의 투명에 가까운 '무럼 해파리'든. 규칙적으로, 팽창과 이완을 잽싸게 반복한다. 마치 유령의 심장 같다. 안을 다 들여다볼 수 있는 심장.

물론 해파리는 심장이 없다. 심장뿐만 아니라 뇌도 없다. 뼈도, 피도 없다. 하지만 잠시만 들여다보면 해파리가 고동치는 모습을 볼 수 있다.

터튼 선생님이 말하길, 사람이 보통 80년 정도 산다고 치면 심장은 30억 번 뛰는 셈이라고 한다. 나는 머릿속으로 그 숫자를 모두 써 보았다. 30억 번. 그만큼의 시간을 뒤로 돌려 보면, 지금 같은 인간은 아예 존재하지도 않았을 때다. 털투성이에 웅얼거릴 줄만 아는 구석기 원시인만 있을 뿐. 30억 년 전에는 생물이 거의 존재하지 않았다. 그러거나 말거나, 우리 심장은 자신이 할 일을 묵묵히 하고 있다. 30억 번에 도달할 때까지. 하지만 어디까지나 80세까지 산다고 했을 때 가능한 이야기다.

네가 자고 있을 때, 텔레비전을 보고 있을 때, 해변에서 발가락 사이로 스며들어 오는 모래를 느낄 때에도 심장은 뛰고 있다. 그곳에 서 있는 동안, 어두운 바다에 한 줄기 튀어오르는 빛이 뭔지 궁금해서 다시 바다에 뛰어들어 볼까 고민할 때에도. 짧은 수영복 끈이 햇볕에 그을린 어깨를 조여 온다고 느낄 때에도. 혹은 햇볕이 너무 강해 눈을 제대로 뜨지도 못하겠다고 느낄 때에도.

너는 눈을 가늘게 뜨고 쳐다본다. 지금만큼은 너는 여느 누구처럼 살아 있다. 그동안 파도가 네 발가락 위로 수도 없이 밀려들어 왔다 나간다. 맥박처럼 규칙적으로. 네가 알아차렸든 몰랐든 간에. 그리고 파도는 땅을 조금씩 먹어 치워 나간다. 그때 너는 태양의 강렬한 빛보다, 어깨를 조여 오는 수영복 끈보다 더 놀라운 사실을 알게 된다. 물이 이토록 차가웠다니. 파도 하나로 이렇게 큰 구멍이 만들어지다니. 너희 엄마는 네 쪽 어딘가에 계시겠지. 사진을 찍고 있거나 너에게 뒤돌아서 웃어 보라고 하고 계실지도.

하지만 너는 말을 듣지 않는다. 돌아보지도, 미소를 보이지도 않는다. 그냥 바다를 바라보기만 할 뿐. 그리고 너나 너희 엄마나 모두 이 순간이 얼마나 의미가 있는지, 그리고 앞으로 무슨 일이 일어날지 관심이 없다. 어떻게 알 수 있겠니?

그리고 시종일관 네 심장은 자기 할 일을 한다. 그래야만 하니까. 한 번 또 한 번. 몇 분 뒤 이제 그만 뛰어야 한다는 메시지를 받을 때까지. 그리고 넌 그 사실을 알아차리지도 못한다. 왜냐하면 어떤 심장은 대략 4억 1,200만 번만 뛰니까. 꽤 많은 숫자처럼 들리겠지. 하지만 그건 네가 겨우 열두 살이 될 때까지만 뛸 수 있는 맥박 수다.

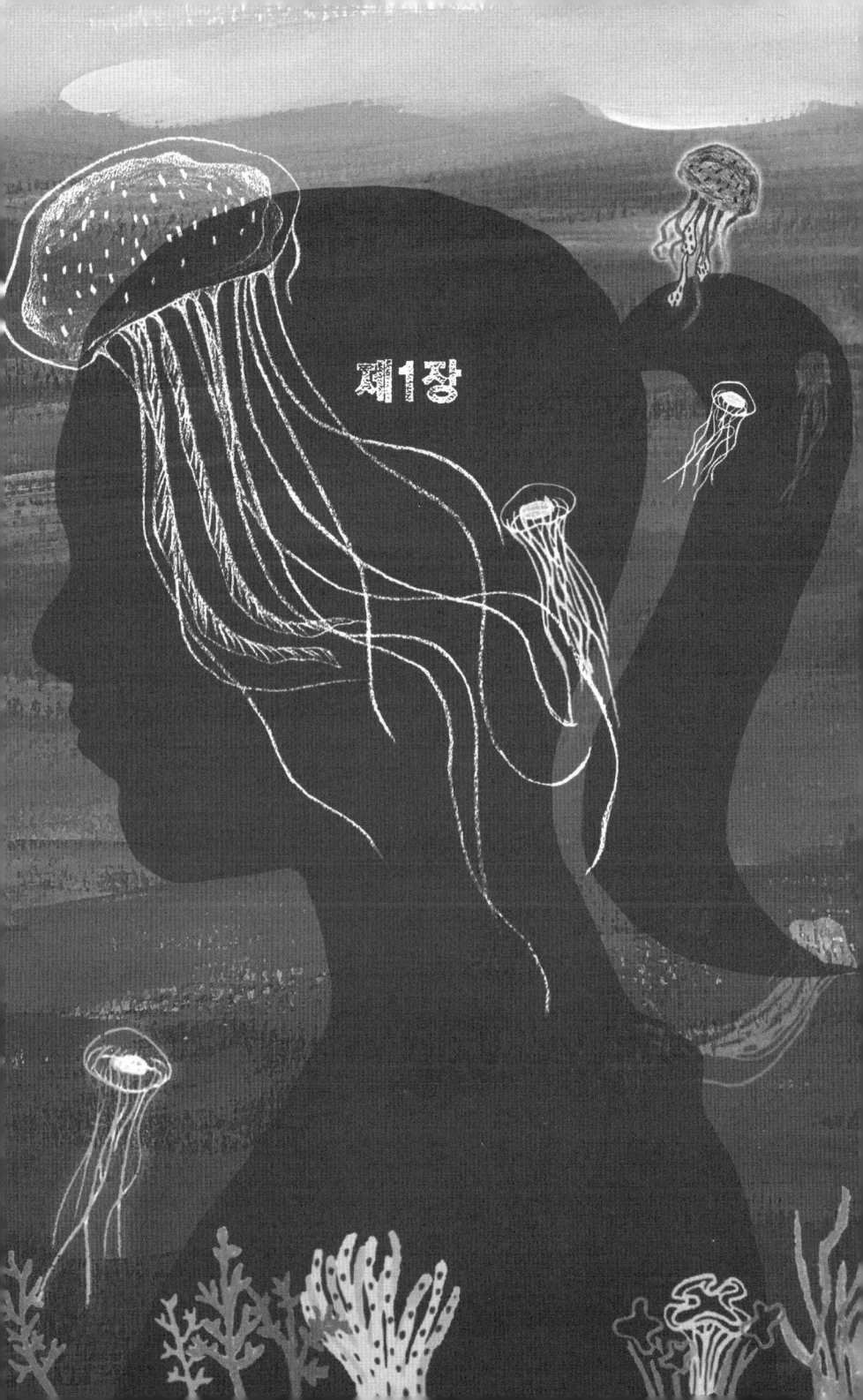

# 목적

여러분이 중학교 연구 과제를 쓰든, 실제 과학적 논문을 쓰든 그건 상관없습니다. 연구 목적을 확실히 알 수 있는 도입부로 시작하세요. 연구를 통해 얻고자 하는 것이 무엇인가요? 그것이 인간의 관심사와 어떤 연관이 있을까요?

— 매사추세츠 사우스 그로브, 유진 필드 메모리얼 중학교,
7학년 생활과학
터튼 선생님

## 접촉

    7학년에 올라가고 첫 3주 동안, 나는 다른 건 몰라도 이거 하나는 확실히 배웠다. 사람이 입 다물고 잠자코 있는 것만으로도 철저히 투명인간이 될 수 있다는 것.
    나는 '보이다'라는 개념이 눈으로 느끼는 감각이라고 생각해 왔다. 하지만 유진 필드 메모리얼 중학교에서 수족관으로 견학을 갈 때까지만 해도 나, 수지 스완슨은 완전히 사라져 있었다. 알고 보니, 누군가에게 보인다는 것은 눈보다는 귀와 더 밀접하게 연관되어 있었다. 우리는 터치 탱크* 전시관 앞에 서서 수염이 덥수룩한 수족관 직원이 말하는 것을 듣고 있었다.
    "손을 평평하게 하고 그대로 있어요."

---
*손으로 생물을 만져 볼 수 있는 수조

직원은 수조에 손을 갖다 대고 꼼짝 않고 있으면, 작은 상어와 가오리가 와서 온순한 집고양이처럼 우리 손을 스쳐 지나갈 것이라고 말했다.

"녀석들이 여러분에게 올 거예요. 그래도 손을 그대로 평평하게 두고 가만히 있어야 합니다."

나도 손가락으로 상어의 감촉을 느껴 보고 싶었다. 하지만 수조는 너무 북적이는데다가 시끄러웠다. 나는 전시관 뒤쪽에 서서 마냥 바라만 보고 있었다.

우리는 이번 견학에 입고 올 목적으로 미술 시간에 홀치기 염색으로 셔츠를 만들었다. 손을 반짝이는 주황색과 파란색으로 물들인 결과, 현란한 무늬가 그려진 셔츠가 만들어졌다. 누가 없어지기라도 하면 큰 어려움 없이 찾을 수 있을 것이다. 몇몇 예쁘장한 아이들, 이를테면 오브리 라벨리나 몰리 샘슨, 제나 반 후즈 등은 셔츠를 허리춤에 질끈 묶었다. 내 것은 낡은 미술 작업복처럼 청바지 위에 아무렇게나 걸쳐 있었다.

그날은 '그 최악의 일'이 일어난 지 딱 한 달 되던 때였으며, 내가 말하지 않기로 작정한 지도 그만큼이 지났을 때였다. 모두가 생각하는 것처럼 말하기를 거부하는 것이 아니다. 그냥 불필요하게 말로 세상을 메우지 않기로 결정했을 뿐이다. 그것은 내가 이전에 그래왔던 '끊임없이 말하기'와는 반대되는 개념으로, 사람들이 으레 내가 그래 왔으면 하던 '소소한 대화'보다는 낫다고 생각한다.

내가 '소소한 대화'를 한다고 하면, 우리 부모님은 '내가 이야기를 나누어 볼 만한 어떤 의사'를 봐야 한다고 우기지 않을지도 모른다. 오늘 견학을 마치고 오후에 봐야 하는 그 의사 선생님 말이다. 솔직히 말해서 부모님의 논리는 말이 되지 않는다. 내 말은, 사람이 말을 하지 않는다면, 즉 그게 가장 중요한 점이라면, '이야기를 나누어 볼 만한 의사'를 만난다 한들 그게 무슨 소용이 있느냐는 것이다.

나는 내가 이야기를 나누어 볼 만한 의사가 어떤 의미인지 안다. 부모님이 내 머리에 문제가 있다고 생각한다는 건데, 이건 수학을 어려워한다든지 읽는 것을 힘들어한다든지와는 다른 문제다. 정신적으로 문제가 있다고 생각하는 것으로, 프래니가 "미쳤군, 미쳤어."라고 중얼거렸던 것과 비슷한 개념이다. 이 말은 '미치다'라는 단어의 과거형인 '미쳤다'에서 형태가 바뀐 말이고, '약점과 결함으로 가득하다.'는 뜻이다. 그러니까 내가 약점과 결함으로 가득하다는 말이다.

"손을 그대로 평평하게 하고 있어요."

수족관 직원이 누구를 특정하지 않고 말했다. 아무래도 좋다. 어쨌든 아무도 그 말에 귀를 기울이고 있지 않았으니까.

"녀석들의 실제 심장 고동 소리를 느낄 수 있답니다. 손가락을 꼼지락거리지 않아도 돼요."

무언가를 읽을 때마다 끊임없이 입술을 움직이는 저스틴 말로니는 가오리의 꼬리를 잡으려 하고 있었다. 저스틴의 바지는 너무 헐렁해서 물 가까이 몸을 기댈 때마다 속옷이 보이곤 했다. 게다가 염색한 셔츠는 거꾸로 뒤집어 입고 있었다. 가오리가 지나가자 저스틴이 잽싸게 녀석에게 손을 뻗었고, 그 바람에 물이 사라 존스턴에게 죄다 튀어 버렸다. 새로 전학을 온 사라는 저스틴 바로 옆에 서 있었다. 사라는 이마에 묻은 소금물을 닦아내고는 저스틴에게서 몇 발자국 떨어졌다.

 사라는 아주 조용한 아이다. 나는 그 점이 마음에 드는데, 학교에 온 첫날 내게 웃음을 지어 보였다. 하지만 몰리가 사라에게 다가가더니 말을 걸었고, 그 다음에는 사물함 옆에서 오브리와 이야기를 나누는 것이 보였다. 그리고 지금 사라의 셔츠는 다른 여느 여자아이들처럼 허리춤에 묶여 있다.

 나는 내 눈을 덮고 있던 머리카락 한 줌을 귀 뒤로 밀어 넣었다. 곱슬머리 아가씨, 머리가 도저히 감당이 안 되는구먼. 머리카락이 도로 내 얼굴을 덮었다.

 딜런 파커가 오브리 뒤로 살금살금 다가갔다. 딜런은 오브리의 어깨를 잡고 흔들면서 고함쳤다.

 "상어다!"

 주위에 있던 남자아이들이 웃음을 터뜨렸다. 오브리가 "꺅!" 하고 소리를 질렀고, 주변에 있던 다른 여자아이들이 따라 소리를 질렀다. 하지만 보통 여자아이들이 남자아이들과 어울릴 때 그러하듯이, 모두 킥킥거렸다. 그리고 그 광경을 보니 당연하듯 프래니가 떠올랐다. 프래니가 저기에 있었다면, 다른 아이들처럼 키득거렸을 터였다.

식은땀이 나면서 몸이 지끈지끈 아픈 것 같았다. 프래니를 생각할 때마다 일어나는 현상이다. 나는 눈을 질끈 감았다. 얼마 동안 어둠은 내게 위안이 되어 주었다. 하지만 별안간 머릿속에 그림 하나가 떠올랐는데, 그다지 좋은 광경은 아니었다. 나는 수조가 깨져서 온갖 가오리며 작은 상어들이 바닥 여기저기로 떨어지는 모습을 상상했다. 그런 걸 상상하자니 녀석들이 물 밖에서 질식할 때까지 시간이 얼마나 걸릴까 궁금해졌다. 녀석들에게 닥친 모든 것들이 차갑고, 날카롭고, 눈부시겠지. 그리고 나서 숨 쉬기를 영원히 멈추겠지.

나는 눈을 떴다. 때로는 어떤 일을 너무나도 절실히 바꾸고 싶어서 같은 공간에 있는 일조차 참을 수 없을 때가 있다.

저 멀리 모퉁이에 화살 하나가 계단 아래쪽을 가리키고 있었다. 한 층 아래 또 다른 전시관, '해파리'가 있는 곳이다. 나는 계단 쪽으로 걸어가면서 누가 알아차리지나 않을까 뒤를 흘낏 바라보았다. 딜런이 오브리에게 물을 튀기자 오브리가 또 "꺅!" 하고 소리를 질렀다. 인솔자 중 한 명이 호통을 치면서 그 애들에게 가고 있었다.

내 번쩍이는 염색 셔츠도, 곱실거려서 붕 떠 있는 내 머리까지도 알아보는 사람은 아무도 없었다. 나는 계단을 걸어 내려가 해파리 전시관으로 향했다.

아무도 알아차리지 못했다. 그 누구도.

## 때때로 일은 그냥 일어나기도 한다

 이틀 동안이나 나는 네가 죽은 줄도 모르고 있었다.
 때는 8월 말의 어느 오후, 길고도 외로운 6학년 방학도 막바지로 치닫던 중이었다. 엄마가 집으로 들어오라고 불렀다. 엄마를 바라보는 것만으로도 무언가 아주, 아주 나쁜 일이 일어났다는 것을 직감할 수 있었다. 아빠에게 무슨 일이 일어난 건 아니겠지, 라는 생각에 무서워졌다. 하지만 부모님이 이혼한 마당에 아빠가 좀 다친다 한들 엄마가 꿈쩍이나 할까? 그러자 나쁜 일은 오빠에게 일어났을지도 모른다는 생각이 들었다.
 "주."
 엄마가 입을 열었다. 냉장고가 윙윙거리는 소리, 샤워기에서 '퐁퐁' 하고 물 떨어지는 소리가 들렸다. 오래된 시계가 째깍째깍하는 소리도. 저 시계는 항상 시간이 틀려서 볼 때마다 고쳐야지

맘먹었던 것이다. 벽을 뚫고 들어오는 유령처럼 긴 햇빛 줄기가 창문을 타고 들어와 카펫까지 드리워졌다.

엄마는 차분하게 평상시 하던 대로 말을 이었다. 시간이 느리게 흘러가는지 모든 것이 둔해진 것처럼 보였지만 말이다. 아니면 그 순간 시간이 멈추어 버린 걸 수도.

"프래니 잭슨이 익사했대."

단 세 단어. 말하는 데 겨우 2, 3초 걸렸을 뿐이지만, 그 여운은 30분이 지나도록 계속되는 것처럼 보였다.

이때 들었던 첫 번째 생각. 이상하다. 엄마가 왜 프래니 이름을 성까지 붙여서 말했지? 엄마가 프래니 이름을 완전히 다 말한 적이 언제인지 기억도 나지 않는다. 엄마에게는 언제나 그냥 프래니였잖아. 그리고 엄마가 너의 이름을 부른 직후 알게 된 사실.

익사했다.

엄마는 네가 익사했다고 말했다.

"휴가 중에 그렇게 됐대."

엄마가 말을 이었다. 그렇게 말하는 동안 엄마는 미동도 하지 않고 꼿꼿하게 앉아 있었다.

"해수욕장으로 휴가를 갔다가."

그러고는 보충 설명을 해야 납득이 갈 거라고 생각해서인지 한마디 덧붙였다.

"메릴랜드에서."

하지만 물론 엄마가 내뱉은 말은 도저히 이해가 안 됐다. 말이

안 되는 이유, 거기에는 수백만 가지가 있다. 왜냐하면 내가 널 보지 않은 지 얼마 지나지도 않았고, 그때까지만 해도 너는 여느 누구처럼 살아 있었다. 엄마 말이 이치에 맞지 않은 이유 또 하나, 너는 수영을 무지 잘한다. 내가 널 처음 만난 그날부터 넌 나보다 수영을 잘했다.

말이 안 되는 이유 하나 더, 우리 사이에 일어났던 일이 전혀 의도하지 않은 방향으로 마침표를 찍었기 때문이다. 이렇게 끝나서는 안 돼.

그런데 여기 우리 엄마는, 내 앞에 있는 나의 엄마는, 이런 말도 안 되는 단어를 말하고 있다. 그리고 엄마 말이 맞다면, 엄마가 지금 내게 하고 있는 말이 사실이라면, 내가 널 어렴풋이 봤던 그날, 6학년의 마지막 날, 젖은 옷 가방을 들고 울면서 복도를 걸어갔던 네 모습이 내가 널 보았던 마지막 날이 된다는 말이다.

나는 엄마를 노려보았다.

"아냐, 그렇지 않아."

넌 죽지 않았어. 넌 그래선 안 돼. 당연한 거 아냐?

엄마는 뭐라고 말하려고 입을 열다가 이내 닫고 말았다.

"그렇지 않다고."

내가 목소리를 높여 고집을 부렸다.

"화요일이었대."

엄마는 전보다 한층 조용해진 목소리로 말했다. 내가 목소리를 더욱 크게 낼수록 엄마의 기운이 빨려 들어가는 것 같았다.

"화요일에 그렇게 됐대. 엄마도 조금 전에 들었어."

오늘은 목요일이다.

네가 죽고 내가 그 사실을 알게 되기 전까지의 그 이틀의 공백을 떠올릴 때마다 나는 별을 생각했다. 지구에서 가장 가까운 별에서 나오는 빛이 우리에게 오기까지 4년이나 걸린다는 거 알아? 무슨 말이냐 하면, 우리가 어떤 별을 본다고 했을 때, 사실 우리는 그 별의 과거 모습을 보는 거라고. 저 하늘에 반짝반짝 빛나는 모든 별들도 사실 1년 전에 이미 불타 없어졌을지 몰라. 지금 이 순간 저 우주가 텅텅 비어 있다고 해도 우리는 그 사실을 모를 수 있어.

"프래니, 수영할 줄 알잖아. 수영 엄청 잘하잖아. 생각 안 나?"

내가 말했다. 엄마가 아무 말도 없자, 내가 다시 말했다.

"기억나지, 엄마?"

엄마는 손바닥으로 이마를 가린 채 눈을 감고 있었다.

"불가능하다고."

내가 우겼다. 어떻게 그런 불가능한 일을 할 수 있어?

엄마가 위를 올려다보고는 천천히 말을 이었다. 내가 한 글자 한 글자 똑바로 알아들을 수 있도록 무던히 애쓰고 있었다.

"수영을 아주 잘하는 사람도 익사할 수 있어, 주."

"그래도 말이 안 돼. 어떻게 그런……?"

"모든 일이 상식대로 돌아가는 건 아냐, 주. 때때로 일은 그냥 일어나기도 해."

엄마는 고개를 절레절레 흔들더니 한숨을 푹 쉬었다.

"도저히 믿기지가 않지? 엄마도 그래."

그러더니 엄마는 잠자코 눈을 감았다. 다시 눈을 떴을 때, 엄마 얼굴은 보기 싫을 정도로 일그러졌다. 눈물이 엄마 볼을 타고 흘러내렸다.

"안됐어. 정말 안됐어."

엄마 얼굴은 완전히 구겨져서 기괴해 보였다. 그런 엄마 얼굴을 보기 싫었다. 나는 엄마에게서 멀리 떨어졌다. 그 말도 안 되는 단어들은 아직도 내 머릿속에서 이리저리 요동치고 있었다.

넌 익사했다.

메릴랜드에서 수영하다가.

이틀 전에.

아냐. 그 어떤 단어도 이치에 맞지 않아.

지금껏 내내, 우리는 우리만의 이야기가 있다고 생각했다. 하지만 실은 너에게는 너만의 이야기가, 나에게는 나만의 이야기가 있었다. 우리의 이야기는 어느 한때만큼은 두 이야기가 서로 똑같다고 할 만큼 겹친 적도 있었지만, 결국 두 이야기는 서로 달랐다.

그리고 그때 깨달았다. 모든 사람의 이야기는 다르다. 언제나처럼. 한때 비슷해 보인 적은 있을지 몰라도, 모든 이야기를 타인과 공유한 사람은 아무도 없다.

우리 엄마가 너에게 무슨 일이 일어났는지 알게 되었을 때, 나는 그저 평소처럼 풀밭 위를 달리는 중이었던 때가 있었다. 그리고 다른 사람은 알고 있었지만 우리 엄마는 몰랐던 때가 있었다. 그리고 너희 엄마만 알게 되고 그밖에 어느 누구도 알지 못했던 때가 있었다.

말하자면, 너는 이미 가고 없는데 이 지구상에 그 누구도 그 사실을 몰랐던 때가 있었다는 말이다. 오로지 너 혼자 물속으로 사라져 가는데 그 누구도 무슨 일이 일어났는지 궁금해하지도 않았던 그때.

때때로 일은 그냥 일어나기도 한다.

엄마가 그렇게 말했다. 정말이지 끔찍한 말이다. 세상에서 가장 끔찍해.

터튼 선생님이 이런 말을 한 적이 있다. 그 누구도 설명할 수 없는 일이 일어날 때가 있는데, 이때 사람이 알고 있는 지식 가장자리와 만나게 된다는 것이다. 그리고 그때 과학이 필요한 것이다. 과학은 아무도 대답하지 못하는 그 이유를 찾아 탐구하는 과정이다.

너는 분명히 터튼 선생님을 만난 적도 없을 것이다.

때때로 일이 그냥 일어난다?

그건 이유가 되지 않는다. 조금도 과학적이지 않다. 하지만 몇 주가 흐르고, 흐르는 동안에도, 그 말이 내가 들은 전부였다.

지하실에 서서 유리 반대편에 있는 해파리를 바라보고 있는 그 순간까지도.

## 보이지 않아

 상어와 가오리 수조 아래층에 있는 해파리 전시관에는 사람이 거의 없었다. 그곳은 조용해서 안심이 되었다. 전시관은 해파리 수조로 가득 채워져 있었다. 촉수가 머리카락보다 가느다란 해파리가 보였다. 수족관에서 수조에 빛을 쏘고 있는 것이 분명했다. 녀석들이 계속해서 색깔을 바꾸고 있었기 때문이다.
 근처 다른 수조에 있는 해파리들은 촉수가 소용돌이치듯 빙빙 돌고 있었는데, 그 모습은 흡사 여자아이들의 머리카락이 물속에서 떠도는 것 같았다. 세 번째 수조에는 촉수가 아주 두껍고 곧추 서 있는 해파리가 있었는데, 꼭 스스로 감옥을 만들어 가두어 버린 모습이었다. 이제 막 태어난 아기 해파리들이 있는 수조도 있었다. 작고 여린 흰 꽃 같은 모습이었다.

하나같이 이상한 생물들이다. 거의 다, 마치 외계에서 온 것처럼. 우아한 외계 생물이라고나 할까. 조용하고. 음악 없이 춤을 추는 외계의 발레리나 같다.

전시관 구석 근처에는 '보이지 않는 수수께끼'라고 적힌 표지판이 있었다. 수수께끼가 무슨 뜻인지는 안다. 엄마는 종종 나더러 수수께끼라고 말한 적이 있다. 특히나 내가 포도 젤리에 달걀부침을 떨어뜨린다거나 일부러 양말을 짝짝이로 신을 때 말이다. 수수께끼란 '신비함'을 의미한다. 나는 신비한 것을 좋아하니까, 그 표지판 가까이로 다가갔다. 표지판에는 누군가 두 손가락으로 작은 병을 들고 있는 사진이 있었다. 병 안에는 손톱만한 크기의 투명한 해파리가 둥둥 떠 있었다.

설명문을 보니 병에 있는 해파리는 '이루칸지 해파리'로 불리며, 녀석이 지니고 있는 독은 세상에서 가장 강한 독 중의 하나라고 한다. 어떤 사람은 그 독성이 타란툴라 거미보다 천 배는 더 강하다고 말했다고도 한다.

이루칸지의 독은 극심한 두통과 신체적 고통을 일으키며, 구토, 진땀, 불안 등의 증상을 불러오기도 한다. 심장 박동이 치명적으로 빨라지며, 뇌출혈, 폐에 물이 차는 증상 등도 일으킨다. 쏘였을 때, 환자들은 죽음이 임박했음을 느긴다고 한다. 어떤 환자들은 죽음을 직감하고 의료진에게 차라리 자신을 죽여 '이 고통에서 헤어 나올 수 있게' 해 달라고 애원하기도 한다.

음. 엄청나게 끔찍한 이야기인걸. 나는 계속 읽어 내려갔다.

　게다가 이루칸지 증후군으로 상당히 많은 사람들이 사망했다는 기록이 있으며, 이루칸지의 촉수가 의도치 않게 다른 증상을 일으켜 사망에 이르게 한 것인지는 아직 밝혀지지 않았다. 과학자들은 독성에 대해 더 자세히 알아내기 위해 노력하고 있으며, 이루칸지 촉수의 실제 영향력이 이전에 알려진 것보다 더 강한지 알아보려 하고 있다.
　이루칸지는 대부분 호주 해변에 서식하고 있으나, 이루칸지에 쏘인 비슷한 형태의 증상이 멀리는 영국 제도, 하와이, 플로리다, 일본에서도 보고되고 있다. 결론적으로, 많은 연구진들은 이루칸지가 원산지인 호주를 떠나 멀리까지 이동하는 것으로 보고 있다. 해양 온도가 점차 높아짐에 따라 다른 해파리들과 같이 이루칸지도 더 멀리 지속적으로 이동할 것이다.

설명을 다 읽고 나서 다시 읽었다. 그러다가 세 번이나 읽었다. 나는 이 투명하고 작은 생명체를 찍은 사진을 바라보았다. 어느 누구도 물속에서 저런 걸 본 적이 없었을 거다. 눈에도 띄지 않을 것이다.
 나는 다시 설명으로 눈을 돌려 어떤 단어들을 오랫동안 뚫어져라 바라보았다.


 상당히 많은 사람들이 사망했다는 기록……
 더 멀리 지속적으로 이동……


 머리가 윙윙거리더니 어지러워졌다. 이 세상에 나와 저 문구들, 그리고 내 주변에서 고동치는 이 고요한 생물체 말고는 아무도 없다는 생각이 들었다.


 의도치 않게 다른 증상을 일으켜……


 이 단어들을 계속 뚫어져라 쳐다보고 있으니 완전히 다른 언어로 쓰인 듯 낯설게 느껴졌다.
 숨을 내쉬고 나서야 내가 그동안 숨도 쉬지 않았다는 걸 알게 되었다. 아이들이 떠드는 소리를 듣고 나서야 정신이 돌아왔고, 나는 처음에 있었던 전시관으로 서둘러 올라갔다.
 하지만 위로 올라가 보니 모든 게 달라져 있었다. 수염이 덥수룩했던 수족관 직원은 어느새 금발에 머리를 하나로 올려 묶은 여자로 바뀌어 있었다. 그 여직원은 마이크를 들고 똑같은 말을 했다.

"손을 평평하게 하고 그대로 있어요."

염색 셔츠를 입은 우리 반 아이들은 모두 사라지고 없었다. 대신 카키색에 격자무늬 옷을 입은 아이들만 있을 뿐이었다. 다른 학교에서 온 아이들이었다.

아이들이 나만 빼고 모두 학교로 돌아간 것이 아닌가 하는 의문이 들었다. 나는 수족관의 중심부에서 나와 주위를 둘러보았다. 염색 티셔츠가 금세 눈에 띄었다. 아이들은 대양 전시관으로 떼 지어 들어가고 있었다. 마치 형광을 띤 점박이 물고기들이 몰려 들어가는 것 같았다.

해파리 전시관에는 관심조차 없는 모양이었다. 이루칸지에 대해서는 그 누구도 알지 못했다. 결코 알려고 하지도 않을 거다. 그때 깨달았다. 아무도 궁금해하지 않을 것이다. 나만 빼고는.

## 친구를 만드는 방법

처음 보았을 때, 너는 밝은 파란색 수영복을 입고 있었다. 여름 하늘과 같은 색깔이었지.

나는 다섯 살이 되어 이제 곧 유치원에 입학한다. 우리는 커다란 실내 수영장에 있다. 이곳은 참 시끄럽다. 모든 소리가 울리지. 엄마들은 우리 뒤편 관람석에 앉아 있다. 엄마들은 우리를 여기 '구피들'이라고 부르는 곳에 데리고 왔다. 우리는 여기에서 물속에 얼굴을 집어넣고 발차기 하는 법을 배울 수 있다.

선생님이 호루라기를 불면서 아이들의 이름을 하나씩 부른다. 우리가 킥판을 붙잡고 발차기를 하고 있으면 선생님이 얕은 가장자리 주변을 돌며 앞으로 끌어 주게 되어 있었다. 하지만 선생님이 네 이름을 부를 때 넌 물속으로 뛰어들지 않는다. 나 역시 선생님이 내 이름을 불러도 뛰어들지 않는다.

너의 머릿결은 햇볕을 쬐고 있는 딸기 같다. 네 주근깨가 마음에 든다. 피부 위에 수놓인 별자리 같아서.

우리만 마지막으로 그 자리에 앉아 있다. 수영장 가장자리에 남아 있는 아이들은 이제 우리 둘뿐이다. 선생님이 호루라기를 들고 우리에게 다가왔다.

"미안하지만 얘들아, 이제 같이 수업해야지."

네가 내게 고개를 돌렸을 때, 나는 막 싫다고 고개를 흔들 참이었다. 네가 나를 똑바로 바라보고 있었고, 너의 분홍 입술이 내 눈에 들어왔지. 미소. 그러더니 너는 숨을 깊게 들이마시고는 물속으로 들어갔다. 선생님이 네게 킥판을 건네주었지만, 너는 잡지 않았다.

대신에 너는 물속으로 들어간다. 너의 눈, 머리카락, 모두 다. 그리고 넌 수영을 하지. 다른 아이들이 할 수 있는 일이라고는 전부 자기 킥판을 잡고 둥둥 떠 있는 것뿐인데. 너는 그 시간 내내 물속이라니. 나는 너를 따라간다. 나도 물속에 몸을 집어넣는다. 선생님이 그렇게 하라고 해서가 아니라 나도 너처럼 헤엄치고 싶었으니까. 나는 너의 주근깨며 햇볕을 머금은 딸기 같은 머릿결, 그리고 내게 보여 준 그 미소가 좋았으니까.

이 순간 친구를 만든다는 일은, 친구를 갖는다는 일은 세상에서 가장 쉬운 일 같다.

## 1억 5,000만 번 쏘임

수족관 견학을 마치고 오후에 집에 돌아왔는데, 오빠의 지프차가 엄마 차 바로 옆에 서 있는 걸 보고 깜짝 놀랐다. 차 옆에는 오빠 친구인 로코 오빠가 다리를 꼰 채 앉아 있었다.

집으로 오는 버스를 타고 있는 내내 나는 해파리만 생각하고 있었다. 수조 옆에 있던 표지판에는 해파리가 해마다 1억 5,000만 번이나 촉수로 쏜다고 쓰여 있었다. 그래서 집으로 돌아오는 동안(그동안에 아이들은 소리를 지르고, 음악을 틀고, 이 자리에서 저 자리로 공책을 집어던지고 있었는데, 그 와중에 트럭 운전수들은 막 경적을 울려 대려고 하던 참이었다.) 나는 내 과학 노트 뒷면에 계산을 해 보았다.

한 해에 1억 5,000만 번을 쏜다고 치면 하루에 약 41만 1,000번을 쏘는 셈이 된다. 한 시간마다 1만 7,000번을 쏜다는 말이다. 1초마다 네다섯 번.

나는 눈을 감고 다섯까지 세었다. 이 정도 시간 동안 스물세 명이 해파리에게 쏘인 것이다. 다시 수를 세었다. 하나, 둘, 셋, 넷, 다섯. 다른 스물세 명이 또다시 쏘이고.

나는 세고 또 세었다. 숫자를 너무 많이 세어서 숫자를 세는 일과 쏘는 것이 똑같이 보이기 시작했다. 쏘는 횟수를 재는 것이 아니라 내가 숫자를 세서 해파리가 쏘게 되는 것 같았다는 말이다. 그게 사실이 아닐지 몰라도, 내 마음 어느 한 구석은 정말 이렇게 믿게 되었다.

'내가 수 세기를 그만두면, 해파리들의 쏘임도 멈출 수 있을 거야.'

하지만 나는 다섯까지 세는 일을 그만둘 수 없었다. 내 머릿속 어느 한 부분이 수를 계속 세라고 우기는 것 같았다.

로코 오빠가 아스팔트 위에서 눈을 가늘게 뜨고 날 바라보았다.

"왔네, 수지 큐. 날씨 정말 좋다, 그렇지?"

나는 아무 말도 하지 않았다. 오빠도 내가 대답하지 않으리란 걸 분명히 알고 있을 것이다. 로코 오빠가 하늘을 향해 손을 흔들었다.

"내가 새라면, 점차 다가오는 가을을 찾아 지구 위를 날아다닐 텐데."*

---

*영국의 문학가 조지 엘리엇의 시 '즐거운 가을*Delicious Autumn*'에 나오는 문구

나한테 말하고 있는 것처럼 보이진 않았다. 나는 그게 좋다. 누군가의 개인적 생각을 바라보는 느낌이다. 내가 동시에 있을 수도 있고, 없을 수도 있는 느낌.

"조지 엘리엇이야."

오빠가 덧붙이자, 알고 있다는 듯이 나는 고개를 끄덕였다. 로코 오빠는 대학원에서 영문학을 공부한다. 우리 오빠는 그곳에서 여성 축구팀 감독을 맡고 있다. 로코 오빠는 말할 때마다 항상 누군가의 말을 인용한다.

내가 누군가의 말을 인용하는 걸 좋아하는 사람이라면, 로코 오빠에게 이렇게 말했을 거다. 하나부터 다섯까지 세 보라고. 수 세기가 끝나면, 오빠에게 해파리에게 23번 쏘이는 것에 대해 말할 것이다. 그러고 나서 다시 세어 보라고 하겠지. 그리고 나는 46번이라고 말할 것이다. 그리고 다시. 69번.

로코 오빠가 불쑥 말을 꺼내자 나는 상상에서 벗어났다.

"너랑 어머니가 우리랑 같이 영화 보러 갈 수 있는지 물어보려고 들렀어. 그런데 너 의사하고 약속인지 뭔지 있다고 하시더라."

내가 이야기를 나눌 만한 의사.

그러더니 오빠가 씩 웃었다.

"어머니야 물론 이번이 '보물'을 넘길 좋은 기회라고 여기시지. 지금 아론이랑 위에서 뭘 옮기고 계셔."

오빠는 '보물'이라는 단어에 힘을 줘서 말했다. 나는 웃을 수밖에 없었다. 엄마는 중고 상점에서 곧잘 물건을 사들인다. 엄마는 그걸 '보물찾기'라고 부른다. 나로서는 누군가 버린 퐁뒤* 세트라든지 깨진 꽃병이 어떻게 보물이 될 수 있다는 건지 절대 알 수 없지만, 엄마는 그냥 할인이라고 하면 못 참는 것 같다. 우리 집에는 단추를 채운 병이나(엄마는 바느질을 못한다.) 머핀 틀(엄마는 빵을 굽지 않는다.), 테이프로 한데 묶인 뜨개질바늘(엄마는 뜨개질을 하지 않는다.) 등 희한한 물건을 넣은 상자들이 가득하다.

로코 오빠가 자기 옆에 아스팔트를 두드리며 말했다.

"앉아."

물어봐 주어 고맙긴 했지만, 나는 해파리의 촉수에 대해 계속 생각해야 했다. 나는 고개를 흔들고 손짓으로 작별 인사를 했다. 로코 오빠는 눈을 감고 내게 경례를 하고는 하늘을 향해 얼굴을 들어 올렸다. 집으로 걸어 들어가며 될 수 있는 한 빨리 숫자를 더했다.

115번 쏘기.

138번.

161번.

집으로 들어가니 오빠가 현관 가까이에서 주방 도구가 가득찬 상자를 들고 서 있었다. 수탉 그림이 그려진 노란 철제 접시, 달걀 깨는 도구, 3달러 97센트라는 가격표가 아직도 붙

---

*녹인 치즈에 빵을 찍어 먹는 스위스 요리

어 있는 낡아 빠진 와플 기계 따위가 들어 있었다.

"오호, 여기 누가 왔는지 좀 보게."

오빠가 날 보고 씩 웃었다. 우리 오빠. 구릿빛 피부에 몸도 탄탄하고, 언제라도 금세 미소를 지을 준비가 된. 가끔씩 우리 오빠는 너무 좋아서 믿어지지 않을 정도였다. 엄마가 부엌에서 고개를 빠끔히 내밀었다.

"주."

엄마가 내게 윙크를 했다. 엄마는 언제고 나를 그렇게 부른다. 주는 수지의 애칭인데, 우습기 짝이 없는 애칭이다. 왜냐하면 수지라는 이름도 수잔의 애칭이니까. 언젠가 몇 년 전에, 엄마에게 차라리 그냥 지(Z)라고 불러 달라고 한 적이 있는데, 그렇게 부른 적은 한 번도 없었다.

"15분 안에 약속 장소로 너를 데리고 가야 해. 거기서 아빠를 만나기로 했거든."

엄마는 작업복을 입고 있었다. 부동산 중개인인 엄마가 집을 보여 줄 때마다 입는 바지 정장이다. 하지만 신발은 벗은 채였고, 엄마의 곱실거리는 머리카락(나의 대걸레 같은 머리카락은 엄마한테 물려받았다.)은 여기저기 뻗쳐 있었다. 엄마는 오빠가 들고 있던 상자 위에 샐러드용 집게를 올려놓았다.

"엄마, 이제 더 이상은 필요 없어요."

오빠가 말했다.

"잠깐만 기다려. 네게 주고 싶은 도마가 있거든."

엄마가 부엌 바닥에 웅크리고 앉아 찬장을 열고는 안을 뒤지기 시작했다.

"로코가 기다려요, 엄마."

오빠는 나를 바라보다가 곁눈질을 했다. 나는 손가락을 귀에 갖다 대고 빙빙 돌면서 정신 나갔다는 시늉을 했다.

"저기, 학교는 어때?"

엄마가 부엌에서 냄비와 팬을 흔들어 대는데, 마침 오빠가 물었다. 나는 어깨를 으쓱했다. 오빠가 날 유심히 바라보았다.

"수지, 중학교는 완전 짜증나는 곳이야. 너도 그거 알지?"

나는 바닥만 주시하고 있었다.

"아니, 정말이야, 수지. 오빠가 7학년 때에는 그 지긋지긋한 곳에서 나가고 싶었다고. 가장 친한 친구를 잃……."

오빠가 재빨리 입을 다물더니 고개를 절레절레 흔들었다.

"그냥 그렇다고. 그래도 항상 이런 식으로 흘러가지는 않을 거야."

내가 아무 말도 하지 않자, 오빠가 거들었다.

"오빠 말 믿어 봐, 수지."

그리고 언제나 그랬던 것처럼, 목구멍에서 무언가 응어리가 진 느낌이 들었다. 엄마가 돼지 모양으로 깎여 있는 나무판을 들고 경쾌하게 걸어 나왔다.

"찾았다! 너 분명히 도마 필요할걸. 누구든지 변변한 도마 하나 정도는 필요하지."

엄마가 상자 위에 도마를 올려놓자 오빠가 웃음을 터뜨렸다.

"흠."

오빠가 돼지 모양 판을 보고 이맛살을 찌푸렸다.

"굳이 이런 모양이 아니어도 되는데……."

엄마는 오빠의 팔을 가볍게 쳤다.

"엄마 앞에선 착하게 굴어야지."

"알았어요. 이제 영화 보러 가도 되죠?"

"그럼, 물론이지."

엄마가 한숨을 쉬며 대답했다.

"부엌용품은 한쪽에 치워 두었다가 나중에 또 줄게."

내 방으로 걸어가는데 복도 아래에서 오빠 목소리가 들렸다.

"오빠 갈게, 수지!"

나는 책상에 앉아 공책을 펼쳤다. 그러고는 새로 수를 세기 시작했다.

하나…, 둘…, 셋…, 넷…….

창문으로 보니 오빠가 로코 오빠에게 걸어가는 모습이 보였다.

23번 쏘임.

해파리는 매초, 매분, 매일 촉수로 누군가를 쏜다.

로코 오빠가 일어서서 우리 오빠가 건네주는 상자를 받아서 차로 옮겼다.

46번 쏘임.

날마다, 매주, 매달, 매해, 계속 쏜다.

로코 오빠가 뒷좌석에 상자를 내려놓았다.

69번 쏘임.

그러고는 돼지 모양 도마를 들어 우리 오빠를 쳐다보았다. 오빠는 로코 오빠에게 그거 우리 엄마가 너에게 주는 선물이라고 하는 듯 어깨를 으쓱해 보였다. 그러고 나서 둘은 차 안으로 들어가 문을 닫았다.

로코 오빠가 우리 오빠 머리를 헝클이는 모습이 보였다. 둘은 웃고 있었다. 오빠는 찻길로 차를 뺐다. 그러고 나서 둘은 영화를 보러 떠났다. 말 때문에 모든 걸 망쳐 버리지 않을 때 사람들이 으레 보내게 되는 평범한 일상이다.

그 둘을 보고 있으면서, 둘이 나누는 소소한 행복을 보고 있자니, 마음이 뒤죽박죽 엉켜 버렸다. 나도 행복을 기억할 수 있을 것 같은데, 동시에 기억이 안 나는 느낌이랄까. 하지만 무엇보다, 나는 행복할 자격이 없다는 걸 알고 있다.

다시는, 절대로, 행복할 수 없을 것이다.

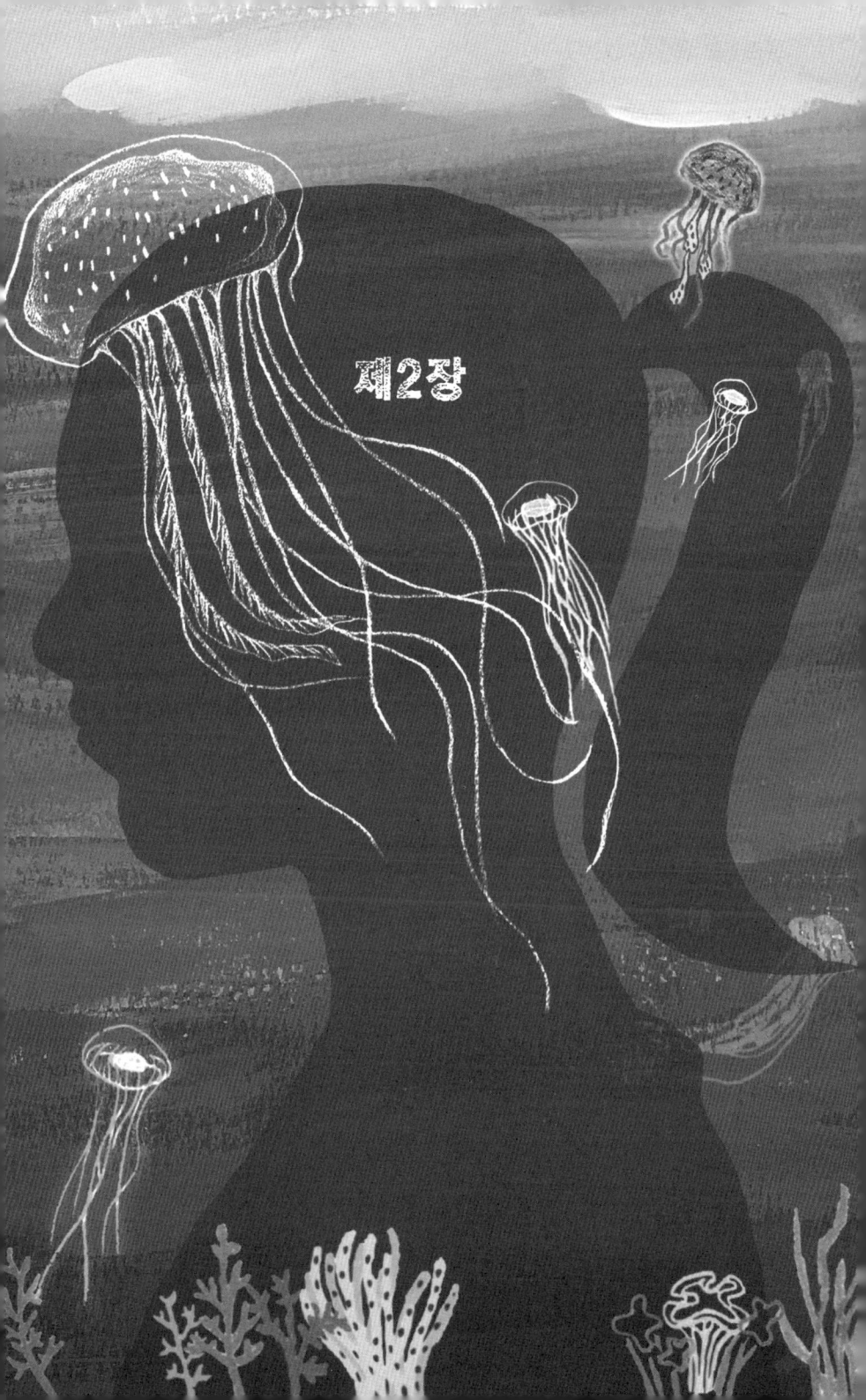

# 가설

가설은 임의로 만든 설명으로, 여러분의 연구에 기초를 이루는 질문에 대답하는 것입니다. 지금까지 배운 지식을 최대한 살려 생각해 보세요.

– 터튼 선생님

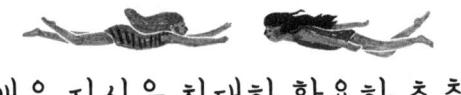

# 배운 지식을 최대한 활용한 추측

아론 오빠와 로코 오빠가 떠난 뒤, 나는 공책을 펴고 끼적이기 시작했다.

- 지구상에는 70억 명의 사람이 산다.
- 해파리는 매년 1억 5,000만 번 쏜다.
- 70억을 1억 5,000만으로 나누면 46.6.
- 그 말은 해파리 한 마리가 46.6명에게 촉수를 쏜다는 것이 된다.
- 사람의 수가 0.6명이 될 수는 없으므로, 해파리 한 마리는 46명 또는 47명에게 촉수를 쏜다.
- 현실에서는 그보다 많은 사람들이 쏘였을 것이다.
- 그렇다면 이런 가설이 나온다. 나는 해파리에 쏘인 사람을 적어도 한 명은 알고 있다.

―그 누구도 내게 해파리에 쏘인 적이 있다는 말을 한 적이 없다.
―자, 이제 그러면 그 해파리에 쏘였던 사람은 내게 그 일을 말하지 않았다.
―아마, 말을 할 수 없었기 때문에 그랬을 것이다.
―왜냐하면 이미 죽었기 때문에.
―해파리에게 쏘여서 죽었기 때문에 그랬을 것이다.

    나는 펜을 내려놓고 오랫동안 잠자코 앉아 있었다. 아래층에서 엄마가 내 이름을 부르는 소리가 들렸지만 생각에 빠져 대답할 틈이 없었다.
    엄마가 틀렸을지도 몰라. 엄마가 내게 말하려 했던 것처럼 일은 그냥 일어나는 게 아닐 수도 있어. 일이란 모든 이들이 체념하고 받아들일 수 있게끔 마구잡이로 일어나는 게 아닐지도 모른다.
    나와 프래니 사이에 일어난 일은 최악의 방식으로 끝을 맺었다. 진작 알았더라면, 일이 이 지경으로 흐른 걸 사과했을 텐데. 적어도 작별 인사 정도는 할 수 있었을 텐데. 하지만 사람이 새로운 시작과 영원한 끝맺음의 차이를 항상 알고 있는 것은 아니다. 이제 바로잡기에는 너무 늦어 버렸다.
    하지만 그래도 난 무언가 할 수 있을 것이다. 아마 프래니의 이야기 속에 진짜 악당이 있었다는 것을 증명해 보일 수도 있을 것이다. 나보다 더 나쁜 악당.

나는 다시 펜을 집어 들었다. 그리고 썼다.

가설 : 최악의 일은 이루칸지 해파리의 촉수에 쏘였기 때문에 생겨난 것이다.

그때 방문이 벌컥 열렸다. 엄마가 잔뜩 성난 표정을 하고 문간에 서 있었다.
"주."
엄마 목소리는 날카로웠다.
"이리 와."
나는 공책을 덮었다. 그리고 여느 때처럼, 우리는 내가 이야기를 나눌 만한 의사를 만나러 떠났다. 그 누구에게든 내가 절대 입을 열지 않으리란 걸 알고 있으면서도.

# 배경

배경은 여러분의 과학적 질문에 대한 전후 사정을 제공해 줍니다. 우리가 이미 알고 있는 것은 무엇인가요? 우리가 모르고 있는 것은? 왜 그것이 중요할까요?

— 터튼 선생님

## 최후의 생존자

나는 너에게 해파리에 대해 많은 이야기를 해 줄 수 있다. 우선 내가 말하고 싶은 것은 이거야. 해파리는 공룡, 곤충, 나무나 꽃, 양치식물, 곰팡이, 아니면 씨앗보다도 더 먼저 생겨났다는 거. 적어도 6억 년 전부터 이 세상에 모습을 나타냈지. 네가 눈으로 보거나 머릿속에 떠올렸던 그 어느 생물보다도 더 오래되었을 거야.

해파리가 처음 생겨난 이후로 대량 멸종이 다섯 번 있었다. 그중 하나는 '대량 몰살 The Great Dying'이라 불리는데, 지구에 살았던 열 종류의 생물 중 아홉 종이 사라지고 말았지. 생각해 봐. 동물원에 갔는데 거의 모든 동물이 사라지고 없는 모습을. 새 몇 마리와 작은 설치류 한두 마리, 조개와 달팽이 두어 마리만 빼고 우리가 텅텅 비어 버린 모습을. 다른 건 다 사라지고 없고 말이야. 휘익, 우리는 영원히 황폐하게 변해 갈 거야.

대량 멸종은 종 하나를 없애 버리는 것으로 그치지 않아. 이전에 살았던 거의 모든 종들이 그 이후로 영원히 사라졌다.

하지만 여기에 중요한 사실이 하나 있지. 모두 죽는다고 해서 그대로 멸종하는 것일까? 그런 일은 해파리에게 일어나지 않지.

우리가 지금 있는 곳에서부터(공작새와 기린, 제왕나비와 인간이 서로 아웅다웅하며 함께 사는 시간) 생명 그 자체가 시작되었다고 생각하는 곳까지 다리를 놓는다고 치면, 그 다리는 바로 해파리가 될 거야. 해파리야말로 과거의 세상과 현재의 세상을 구분지어 주지.

계산을 한번 해 볼까? 해파리가 지금까지 존재한 나날을 한 사람의 80세 인생, 심장 박동 30억 번으로 요약한다면, 인간은 생을 마감하기 전 마지막 열흘 동안만 존재한 셈이 된다. 심장이 마지막으로 백만 번 고동치는 정도지. 해파리는 그동안 다른 모든 과정을 거쳐. 탄생, 영아기, 유아기, 아동기. 우리 인간들 생은 겨우 숨만 쉬는 마지막 모습에 불과한 거야.

그리고 사람들의 말이 맞다면, 여섯 번째 대량 멸종이 조만간 들이닥친다면, 우리를 둘러싸고 있는 세상이 상상조차 할 수 없는 방식으로 사라진다면, 다들 알고 있는 것처럼 우리도 그렇게 끝나고 말겠지. 그리고 그것이 곰곰이 생각해 봐야 할 무서운 일이지.

  하지만 우리가 알고 있어야 할 중요한 사실은 이거야. 앞서 일어난 멸종이 일어나기 전 그 모든 시간 동안에도, 생물이 이 세상에 모습을 나타낸 후 지금까지 내내, 해파리는 계속 존재하고 있었다고. 대양을 가로질러 고동치면서 말이지.

## 친구와 노는 방법

우리는 밖에 있다. 때는 여름이고. 너의 엄마는 우리가 평소보다 늦게 노는 것을 허락하셨지. 나중에 너의 엄마가 그러셨는데, 일곱 살 아이보다 더 늦게까지 놀 수 있도록 했대. 너랑 나는 우리 집에서 저녁 놀이를 시작하지. 우리는 같이 자기로 계획을 짰어. 네가 처음으로 집을 떠나 다른 곳에서 자는 날이었을걸. 하지만 저녁을 먹고 난 뒤 넌 마음이 바뀌어서 울음을 터뜨리고 말아. 우리 엄마는 너희 집에 전화를 걸었고, 네 엄마가 데리러 오셨지.

자, 대신 우리는 너네 집에서 잠을 자기로 했지. 우리는 원을 그리며 달리고 또 달린다. 하늘이 점점 몽롱해지는데, 어두운 무언가가 우리 위에서 아래로 휙 떨어졌지. 딱 보니 박쥐가 틀림없었어. 너에게 말했더니 너는 "꺅!" 하고 소리 지르지. 우리는 잽싸게 달려가.

나는 박쥐가 어떤 녀석인지 좀 알아. 날 수 있는 유일한 포유동물이야. 책에서 읽은 적이 있거든.

난 이제 책을 잘 읽을 줄 알아. 그래서 때로는 내가 책에서 읽은 것들을 네게 말해 주기도 하고, 그러면 너는 더 많이 이야기해 달라고 조르기도 하지. 이를테면, 내가 토끼의 이빨은 계속해서 자란다고 이야기해 주면, 너는 그것 말고 토끼에 대해 몽땅 알려 달라고 말해. 토끼는 토를 할 수 없다거나 자기 똥을 먹는다든가, 귀가 가장 긴 토끼는 그 길이가 80센티미터나 된다든가 하는 걸 말이지.

우리 부모님은 내가 그럴 때마다 한마디씩 하지. 수다가 끝이 없다고. 마치 한 단어로 얘기하는 것 같다나. 그리고 남들도 이야기할 수 있도록 배려해야 한다고 얘기해.

"사람들에게 질문을 해 보렴."

우리 엄마는 언제나 그렇게 말하지.

"너 혼자 끊임없이 말하면 그건 대화가 아냐."

그래서 나는 엄마 말을 명심하도록 노력해. 사람들에게 질문을 하려고.

하지만 너는 내가 말하는 것을 좋아하지. 난 네게 질문을 할 필요도 없어. 나더러 수다쟁이라고 부른 적이 한 번도 없었으니까.

날개처럼 양팔을 쭉 펼치고 풀밭 위로 쓰러질 때면 우리는 헐떡거리다가 웃음을 터뜨리지. 우리 주위의 세상이 어질어질하게 움직이고 있고 말이야.

너희 개 플루퍼너터가 바라보고 있어. 아직 어린 강아지인데, 그냥 새하얗고 작은 털뭉치 같아. 우리가 달리면 플루퍼너터는 낑낑대다가 꼬리를 흔들지. 꼬리는 사실 거의 흔적처럼 작게 남았는데, 태어날 때 누가 잘라 버렸대. 플루퍼너터는 땅에 박힌 막대기에 목줄로 묶여 있어. 마음만 먹으면 막대기를 뽑고 우릴 따라 뛸 수도 있는데, 그렇게 하진 않더라고. 아무래도 자기가 생각한 것보다 단단히 박혀 있다고 여기나 봐.

그리고 그거 알아? 원래 계획했던 대로 우리 집에 있지 않아도 괜찮아. 밤에 네가 아직 유아용 컵을 쓴다고 해도 괜찮아. 조금 있으면 2학년에 올라가긴 하지만. 네가 기억나지도 않는 아빠가 보고 싶다며 울어도 괜찮아. 네가 대문자 N을 거꾸로 쓰고, 때로 '냅*nap*'을 '팬*pan*'으로 읽어서 여름학교에 나가야 한다고 해도 괜찮아. 수업 중에 일어나 큰 소리로 읽어야 할 때, 네 볼부터 목, 귀까지 발그레해진다 해도, 때때로 이야기를 꾸미는 데 어려움을 겪는다고 해도 괜찮아.

학기를 마무리할 즈음에 오브리라는 여자아이가 너더러 이렇게 말했다 해도 괜찮아.

"프래니 잭슨은 예쁘지도 않고 똑똑하지도 않아."

그 아이가 그렇게 말했을 때 난 너의 얼굴을 보았지. 볼이 붉으락푸르락해진 너의 모습, 눈물을 참는 듯, 땅만 뚫어져라 내려다보던 너의 모습. 하지만 넌 참을 수 없었어. 울음을 터뜨리고 말

앉고, 쉬는 시간 거의 내내 울기만 했어. 그때 난 네게 속삭였지. 운동장은 사실 고대 이집트 땅이고, 그네랑 미끄럼틀 사이의 공간은 나일 강이라고. 우리가 그 공간으로 아주 빨리 뛰어 들어가면 악어는 피할 수 있을 거라고. 그러면 넌 다시 웃을 수 있을 거야. 코에 콧물은 아직 남아 있지만. 그리고 머지않아 우리 둘 다 평소 그랬던 것처럼 달리며 웃게 되겠지. 그러니까 나는 다른 여자아이들은 관심 없어. 1학년 통지표에 선생님이 나와 너는 다른 친구들과도 어울릴 필요가 있다고 썼다 해도 말이야. '다양한 친구'를 사귐으로써 내 '사회성'을 발전시킬 수 있다고 했던가. 그게 무슨 뜻인지 알 게 뭐람.

   선생님은 이해하지 못해. 우리는 우리에게 필요한 모든 것을 정확히 다 가지고 있다는 사실을 알지 못해. 바로 지금처럼. 우리 발아래에는 풀이 자라고 있고, 플루터너터가 흔적만 남은 꼬리를 흔들어 대고, 우리의 웃음소리가 울려 퍼지고, 우리 머리 위 하늘이 점점 어두워지고 있는 지금처럼 말이야.

## 레그스 박사님

엄마와 나는 1번가 스쿨하우스 빌딩 주차장 안, 차에 앉아 있었다. 행정구역상으로는 개리스 가이고, 사실 학교 건물도 아니다. 그 안은 사무실로만 가득했는데, 그중 하나가 아동심리학자인 M. 레그스 박사가 있는 곳이었다. 차창을 통해 보니, 아빠가 차에서 나와 우리를 기다리고 있었다.

"주."

엄마가 입을 열었다.

"우리가 이미 겪었던 시간보다 더 오래 기다리게 하지 말아 줘."

나는 팔짱을 끼고 가슴팍에 갖다 댔다. 그렇지 않으면, 그냥 꼼짝 않고 가만히 있었다.

"잘 들어, 주. 네가 어딘가 잘못되었다고 여겨서 우리가 여기에 온 건 아니야."

엄마는 내가 미쳤다고 생각하죠. 그러니까 우리가 여기에 와 있는 것이고.

내 마음속을 읽었다는 듯, 엄마가 덧붙였다.

"너 슬픈 거 알아, 주. 하지만 엄마는 네가 곧 괜찮아지리라 확신해. 그래도 엄마랑 아빠는……."

엄마가 한숨을 푹 쉬더니 아빠를 바라보았다. 집게손가락을 들어 보이며 잠깐 기다리라는 신호를 보냈다. 아빠는 고개를 끄덕이고 손을 흔들었다.

"우리는 너를 도울 수 있는 모든 방법을 찾아보고자 하는 거야."

엄마가 다시 한숨을 내쉬었다.

"너에게 시간을 주는 것 빼고, 이게 우리가 할 수 있는 유일한 방법이란다."

내가 아무 말도 하지 않자 엄마가 말을 이었다.

"여기 오고 싶어 하지 않는 거 알아, 주. 하지만 이제 차에서 내려야 할 것 같다, 어쨌든 간에."

나는 오만상을 지으며 자동차 문을 열었다.

"어이, 안녕."

아빠가 내게 인사를 건넸다.

"잘 지냈지?"

아빠 목소리는 한결같이 다정다감하다. 내 결점과 단점 때문에 여기 주차장에 있는 게 아닌 것처럼. 내가 시종일관 입 다물고 있는 문제 때문에 엄마와 이야기해 보려고 전화한 게 아닌 것처럼. 엄마는 언제나 회사에서 전화를 받는 척하지만, 통화 중 하는 말은 여기까지 들렸다.

"알아요, 짐……. 아니, 나는 아무 생각도 못 하겠어요. 어째서……. 정말이지……. 그래요, 나도 노력했다고요. 물론 그 이야기도 해 봤죠."

아빠는 팔을 뻗어 나를 살짝 안아 주었다. 마치 내가 이렇게 대답했다는 양.

"좋아요, 아빠. 잘 지내요."

우리는 문으로 걸어 들어가 307호실로 올라갔다. 레그스 박사의 이름이 쓰여 있는 곳이다.

내가 이야기해 볼 만한 의사 선생님은 예상한 것과는 달랐다. 우선, 레그스 박사님은 여자였다. 또 하나, 칠흑같이 검고 곧은 생머리를 하고 있는 모습이 꼭 흡혈귀 같았다. 미니스커트 아래로는 길고 얇은 다리가 쭉 뻗어 있었고, 검은 레이스로 된 스타킹을 신고 있었다. 솔직히 말해서 전혀 전문가처럼 보이지 않았다.

저 사람이 레그스 박사님이로군, 하고 생각하며, 나는 이맛살을 찌푸렸다.

박사님은 우리를 두꺼운 카펫이 깔린, 가죽 소파가 있는 사무실로 안내하고는 앉으라고 손짓했다. 자리를 잡고 앉자 소파에서 '끽' 하는 소리가 났다. 레그스 박사님은 날 똑바로 쳐다보았다.

"네 부모님이 전화를 주셨단다, 수잔. 왜냐하면 너에 대해 걱정이 많으시거든."

나는 시선을 창문으로 돌렸다. 그저 내가 볼 수 있는 거라고는 벽돌로 둘러싸이고 커튼으로 깊이 드리워진 다른 창문뿐이었지만.

"부모님이 그러시는데, 요즘 너무 조용하다면서. 맞니?"

나는 팔짱을 꼈다. 시선은 여전히 창문에 고정한 채였다. 그걸 알면, 도대체 왜 자기 질문에 대답하라고 그러는 거지? 그게 문제라면, 분명히 대답을 알고 있으면서 왜 질문하는 거냐고?

"그리고 친구를 잃은 직후부터 네가 입을 다물었다고 하던데, 맞지?"

내 친구 아니었거든요. 나는 생각했다. 아무튼 간에, 그 일이 일어났을 때만큼은.

"음, 선생님이 알고 싶은 것은."

레그스 박사님은 내게 대답을 들었다는 듯 말을 이었다.

"사람들은 누구든지 다른 방식으로 슬퍼하지. 네가 사랑하는 그 누군가에게 슬픔을 느끼는 데에 옳고 그른 방법이 따로 있지는 않단다."

나는 책장을 바라보았다. 책장에는 『명상의 기적』, 『더 이상의 희생양은 그만』,『우울증 극복하기』,『한 번에 한 걸음씩』,『야뇨증 해결하기』 등의 제목의 책들로 채워져 있었다. 박사님이 말하는 동안, 나는 제목에 있는 단어들을 머릿속으로 이리저리 뒤바꾸어 보았다.

이제 더 이상 안 돼.

한 걸음 우울.

야뇨증 기적의 희생양.

"수잔 어머님."

박사님이 엄마에게 고개를 돌렸다.

"수잔이 대화를 거부해서 어머님은 어떠하셨는지요?"

엄마가 흘리는 눈물은 슬픈 눈물일 때도 있고, 행복한 눈물일 때도 있고, 사랑해서 흘리는 눈물일 때도 있다. 하지만 나는 그것들이 뭐가 다른지는 모르겠다. 엄마의 눈가가 젖어 있는 모습을 보면서 나는 생각했다. 이 눈물은 아마 슬픈 눈물일 테지.

"수지는 그냥…… 줄곧 행복해하지 않는 것 같아요."

엄마가 말했다. 엄마의 목소리는 내가 바란 것보다 더 조용하고 묵직했다. 엄마가 우는 이유를 물어보는 것은 좀 비겁해 보였다. 그래도 솔직히 말하면 나는 레그스 박사님의 성격이 어떤지는 그다지 관심 없다.

엄마가 정말로 원하는 바가 무엇인지 설명하는 일이 끝나자, 레그스 박사님은 아빠에게 고개를 돌렸다.

"아버님이 말씀해 주세요. 수잔과는 얼마나 자주 만나죠?"
"일주일에 한 번 만납니다."
아빠가 대답했다.
"토요일 밤마다요."
"정기적으로 만나나요?"
"항상 그렇습니다."

사실이다. 매주 토요일이면 어김없이 아빠와 나는 24번 도로 위 플래닛 헬스장과 할인 마트 사이에 끼어 있는 중국집 '밍 플레이스'로 간다. 아빠가 집을 나가면서 한 약속이었다. 토요일을 뺀 나머지 날 내내 멀리 여행을 간다고 해도, 매주 토요일 저녁 여섯 시에는 꼭 나가겠다고.

"어머님과 의견이 같으신가요? 아버님도 수잔이 불행한 것 같다고 생각하세요?"
"박사님은 어떻게 생각하시는데요?"

아빠가 말을 끊었다. 아빠는 미간을 찌푸리더니 깊은 한숨을 내쉬었다.

"죄송합니다. 그저 제 생각은……. 물론 저희 딸은 행복하지 않아요. 그래서 우리가 여기에 온 거고요."

아빠는 바닥만 내려다보았다. 다시 입을 열었을 때, 아빠 목소리는 나지막했다.

"우리가 같이 살고 있다면 이 침묵을 좀 더 잘 극복할 수 있을 테지만, 저는 집에 없기 때문에 딸에게 잘 자라는 인사를 하지 못합니다. 학교 갈 준비를 할 때에도 함께 있어 주지 못하고요. 그리고 숙제를 하고 있을 때에도 마찬가집니다. 저는 주중 내내 출장을 다녀야 하고, 주말만 바라보며 삽니다. 하지만 지금, 지금 딸아이는 제게 전혀 말을 걸지 않아요. 제게 남은 것은 아무것도 없는 것 같습니다. 마치, 그냥 딸이……사라져 버린 것 같아요."

때로, 내가 보고 싶지 않은 상황이 들이닥칠 때, 나는 머릿속으로 어떤 일의 목록을 나열해 본다. 그래서 나는 즉각 인터넷으로 본 것 중 가장 재미있었던 장면들을 떠올려 보기로 했다. 언젠가 금발인 두 명의 소녀가 재미있는 표정을 지은 채 서로를 웃으며 바라보고 있는 사진을 본 적이 있다. 그냥 평범하고 다정하기 그지없는 사진이었다. 두 소녀의 목이 하나의 몸에서 나왔다는 사실만 빼고는.

또 한 번은 머리에 악마의 뿔을 심고, 온몸에 문신을 휘감은 남자의 사진을 보았다. 솔직히 그다지 유쾌한 사진은 아니었다. 굶어 죽어 가는 북극곰의 사진을 본 적도 있다. 먹이를 구하기 위해서는 얼음이 필요했지만, 이미 몽땅 녹아 버린 뒤였다. 곰은 덩어리진 하얀 양탄자처럼 뼈와 가죽밖에 남지 않았고, 거수경례를 하듯이 앞발 하나를 위로 들어 올린 채 푸른 풀밭 위에 누워 있었다. 보기 싫었다.

"수잔."

레그스 박사님이 입을 열었다.

"이제부터 나를 믿어 주길 바란다. 네가 원하는 건 뭐든 말해도 돼. 그 어떤 것이든. 선생님은 옳고 그름을 판단하지 않아요."

나는 고개를 끄덕였다. 이 상황에서는 응당 그렇게 해야 할 것 같았기 때문이다. 하지만 그 순간 나는 귀를 닫고 말았다. 그저 내가 하고 싶은 일은 컴퓨터로 돌아가서 해파리에 관해서라면 무엇이든 찾아보는 것이었다. 나는 내가 만든 가설을 어떻게 시험해 보면 좋은지조차 알 길이 없었기에 여기에서 더 이상 시간을 낭비할 수 없었다.

레그스 박사님은 뭐라 뭐라 하던 말을 끝맺었다.

"……그래서 우리가 '전문가'라 부르는 사람들의 도움을 필요로 하는 것이란다."

나는 고개를 들고 쳐다보았다. 박사님의 말이 무슨 뜻인지는 정확히 알 수 없지만, '전문가'라는 단어 하나는 중요해 보였다.

"너도 알겠지만, '전문가'는 어떤 일정한 유형을 파악하도록 훈련받은 사람이란다. 좋은 유형도 있지만 바꾸었으면 하는 유형도 있지. 전문가들이란 자신을 이해하는 데 어려움을 겪는 사람들에게 실마리를 제공해 주도록 훈련을 받은 사람들이야."

바로 그때, 좋은 생각 하나가 내 머릿속을 스쳐 지나갔다.

"그러니까 내 말은, 열두 살 어린이는 자신의 모든 문제를 스스로 해결할 수 없다는 거지. 알겠니?"

박사님 말이 딱 들어맞았다. 나는 전문가가 필요하다. 물론 말하지 않는 문제에 대한 전문가가 아니다. 나의 가설에 도움을 줄 전문가가 필요하다.

어딘가에 해파리 전문가가 분명히 있을 거다. 해파리의 이동 경로라든지, 촉수, 아니면 내가 미처 생각하지 못한 다른 분야에 대해 잘 알고 있는 사람들.

해파리 학자. 나는 생각했다. 해파리 학자를 찾아야 해.

내 몸의 일부가 즉시 이 엉뚱한 임무에 의문을 표했더라면, 내 일부분이 그렇게 생각했더라면, 이렇게 말했을 거다. 정말 머리가 어떻게 된 거 아니냐고. 결함과 단점으로 들어차 있어. 나는 이런 생각을 내 머릿속에서 즉각 밀어냈다.

중요한 것은 사람에게는 어떤 일을 바로잡을 수 있는 기회가 그다지 많지 않다는 것이다. 그런 흔치 않은 기회가 다가올 때, 그게 미친 짓이든 어떻든 상관하지 말고 온 힘을 다해 쥐고 놓지 말아야 한다.

\* \* \*

밖으로 나와, 주차장에서 아빠가 나를 꼭 안고 말했다.
"토요일에 보자."
아빠는 사무실에서 전단지를 하나 들고 나왔다.

어린이들과 슬픔 : 작은 생명들.
"같은 시각, 같은 장소에서."
그러고 나서 아빠는 내 정수리에 입을 맞추고는 차에 올라탔다. 엄마와 나도 차를 타고 모두 1번 가 스쿨하우스 빌딩에서 벗어났다.
일단은.

## 바보 같은 구닥다리 말

밍 플레이스는 처음 내가 말을 하지 않기로 작정한 곳이다. 7학년이 시작되고 얼마 지나지 않을 때, 프래니의 장례식이 며칠 지나고 나서였다. 그날 밤 내가 식당에 다다랐을 때, 아빠는 밖에서 목과 어깨 사이에 전화기를 끼고 있었다.

"어, 어."

아빠는 금방 가겠다는 손짓으로 손가락 하나를 들어 보였다. 아빠의 직업은 컴퓨터와 대학교 일 중간쯤 되는 어찌고저 쩌고 하는 일이다. 아빠는 '시스템 점검'이라고 부르는 일 때문에 출장을 다니는데, 듣기만 해도 따분하다.

"네, 그게 바로 제 말이에요."

아빠가 전화기에 대고 말했다.

"네. 그쪽 서버로 분리된 것 같은데……. 네, 그들도 가능한 모든 지원을 다 받고 있어요."

아빠는 내게 곁눈질을 하며 '이 사람들이란'이라며 이야기하듯 미소 지었다. 누굴 말하는지는 모르겠지만. 나도 아빠를 보며 씩 웃었다. '아빠가 뭘 말하는지 알아요.'라는 의미로.

아빠가 누구랑 이야기하는지는 알 길이 없었다. 드디어 전화 통화가 끝나고, 아빠는 내 어깨에 팔을 감싸고 황급히 안아 주었다.

"기다리게 해서 미안. 위기 상황을 극적으로 넘겼어."

나는 아빠를 따라 식당 안으로 들어가서, 언제나 그렇듯 분홍색 비닐이 덮인 자리에 앉았다. 종업원이 다가왔다.

"같은 것으로 하시겠어요?"

토요일 저녁을 함께한 지 1년 남짓 지난 뒤, 종업원은 우리가 시키는 메뉴를 달달 외우고 있었다. 완탕* 수프(나), 산라탕**(아빠), 밥을 곁들인 달콤한 닭 요리(나), 셜리 템플***(나), 롤링 락****(아빠).

내가 고개를 끄덕이고 아빠도 똑같이 했다. 그러고 나서 아빠가 내게 고개를 돌렸다.

"그래, 학교에 가니 어때?"

그때 나는 열두 살이었고, 이제 막 중학교 2학년에 진급한

---

*중국식 만두
**새콤한 맛이 나는 중국식 탕 요리
***석류와 탄산을 넣은 음료
****미국 맥주의 일종

참이었다. 나는 어른들에 대해 아는 게 몇 가지 있다. 그리고 여기 내가 아는 것 중 하나를 이야기해 주겠다. 어른들은 다 똑같다. 내가 평소에 무얼 생각하고 사는지에 대해 사실은 듣고 싶어 하지 않는다.

언젠가 아빠는 나의 주요 관심사에 대해 물어본 적이 있다. 그래서 '태평양 쓰레기 소용돌이'에 대한 이야기를 들려주었다. 태평양 한가운데에 플라스틱 쓰레기가 한데 뭉쳐 소용돌이치는 현상에 대한 것이었다. 어떤 사람들은 쓰레기 소용돌이가 텍사스 주보다 두 배나 더 크다고 주장하는데, 사람들이 바다에 버린 플라스틱이 바다를 가득 덮어 버리는 바람에 산호를 질식시켜 버리고, 플라스틱이 파도에 부서져서 작게 산산조각 나 버린다. 그러면 다 자란 새들이 플라스틱 조각들을 먹이로 착각하여 자신의 새끼들에게 먹이고, 그러면 부모들이 부지런히 먹이를 가져다 줘도 새끼들은 결국 굶어 죽고 만다는 것이었다.

내가 이런 이야기를 하자 아빠는 한숨을 푹 내쉬었다. 아빠는 이런 이야기보다 내가 체육 시간에 뭘 하고 지냈는지를 듣고 싶은 모양이었다.

아빠의 질문이 허공을 맴돌았다. 학교에 간 첫 날과 이튿날에 나는 무슨 생각을 했을까?

추측하건대, 우리 아빠가 원하는 건 다른 사람들이 원하는 것과 똑같다. 소소한 대화. 하지만 난 소소한 대화가 뭔지 도통 모르겠다. 왜 사람들이 그렇게 부르는지도 모르겠고. 그냥 수많은 여백과 빈 시간을 때우는 용도 아닌가?

무엇보다도 나는 왜 소소하게 대화하는 일이 아무 말도 하지 않는 것보다 예의가 있다고들 생각하는지 모르겠다. 공연이 끝나고 사람들이 박수를 치는 일과 같은 이치인지도. 공연이 끝났는데도 사람들이 박수를 치지 않고 가만히 있었다는 말은 들어본 적이 없다. 사람들은 공연이 좋았든 별로였든 일단 박수는 친다. 심지어 학교 밴드가 연례 콘서트를 할 때에도 박수를 보낸다. 내가 하고 싶은 말은 이거다. 박수를 치지 않기야말로 시간과 노력을 절약할 수 있는 방법이 아닐까? 왜냐하면 어차피 박수를 치나 치지 않으나 똑같으니까. 둘 다 전혀 의미가 없다는 말이다.

결론적으로, 아무 말도 하지 않는 것은 소소한 대화와 비교해서 더 좋지도, 나쁘지도 않다. 전혀. 게다가 소소한 대화라고 부르는 일은 침묵보다 우정을 더 많이 깨뜨려 버린다.

조금 뒤 아빠가 재차 물었다.

"마음에 드는 친구 없니? 선생님은? 새로 온 학생도 있어?"

나는 그 점에 대해 곰곰이 생각해 보았다. 대부분은 내가 작년에 보았던 아이들이다. 가증스러운 딜런 파커와 지저분하기 짝이 없는 저스틴 말로니. 그 와중에 전학생 사라 존스턴은 괜찮아 보였다. 그리고 7학년 과학 담당인 터튼 선생님은 확실히 좋다. 수업 첫날 문으로 걸어 들어올 때, 선생님은 앨

버트 아인슈타인 가발을 쓰고 우리가 움직이는 속도에 따라 시간도 달리 간다는 상대성 이론을 설명해 주려고 애썼다. 나는 평범하기 짝이 없는 우리네 일상을 실제로는 재미나도록 보이게 만들어 주는 선생님이 좋다. 한번은 선생님이 우리 몸에 있는 혈관의 길이가 9만 6,000킬로미터에 달한다고 말한 적이 있는데, 지구를 두 번 반이나 감고도 남을 길이라고 한다. 개미의 수면 시간은 겨우 8분에 지나지 않지만 달팽이는 3년이나 잘 수 있다고도 했다. 우리 몸 안에는 윌리엄 셰익스피어의 유전자가 적어도 200억 개 이상 있다고도 말했다. 적어도 200억 개라는 것을 강조했는데, 이를 증명해 보이고자 우리에게 복잡한 수식을 보여 주기도 했다.

나는 선생님이 말한 그 유전자를 몸소 느껴보고자 했다. '사느냐, 죽느냐 그것이 문제로다.'라는 말이 튀어나오게 할. 하지만 그러지는 못했다. 순간 나는 우리 몸속에 셰익스피어의 유전자가 있다면, 이 세상 최고로 나쁜 인물, 아돌프 히틀러의 유전자도 있을 거라는 생각이 들었다. 나는 그 점에 대해서는 정말 머릿속에 담고 싶지 않았다.

나는 선생님이 하는 과학 시간에 연구 과제를 써야 한다는 점이 마음에 들었다. 과학에 관련된 것이라면 그 어떤 주제를 선택해도 무방하다는 점도 좋았다. 그 이전 학생들의 과제를 예로 들어 보면, 범고래를 연구한 학생도 있고, 당뇨병, 우주인이 먹는 음식, 흑사병, 육식공룡 벨로키랍토르, 태양 폭

풍, 생화학 테러 등에 대해 연구했다고 한다. 요점은, 연구하는 방법을 배우며 우리가 궁금해하는 분야를 알아가는 과정이 중요하다고 했다.

"과학이란 다른 사람들이 세상에 대해 알아낸 바를 배우는 일입니다. 그리고 그때, 여러분이 아직 그 누구도 대답하지 못한 어떤 질문과 맞닥뜨릴 때, 여러분이 알아내고자 하는 해답을 알아나가는 것이지요."

나는 이런 생각을 아빠에게 이야기할 수도 있었지만, 그러지 않았다. 대신 주변에서 들리는 소리를 들었다. 음료 기계에서 얼음이 우르르 나오는 소리, 계산대에서 종이 울리는 소리, 사람들의 웅성거림, 간간이 터져 나오는 웃음소리. 나는 그런 소리들이 좋았다. 바보 같은 구닥다리 말들보다 낫다.

바보 같은 구닥다리 말들은 아무 의미도 없다.

바보 같은 구닥다리 말들은 그저 너와 나 사이의 공간을 너무 많이 채워 버릴 뿐이다.

바보 같은 구닥다리 말들은 때로는, 우정을 영원히 끝내고 만다.

"뭐야, 오늘 아빠랑 한마디도 안 할 거니?"

아빠가 농담이라도 하는 양 웃었다.

그때 그런 생각이 들었다. 내가 그냥 소소하게 대화하는 일을 절대 하지 않는다면? 좋은 생각 같은데. 아주 중요한 것만 말하고 나머지는 입을 꽉 다물고 있는 거다. 아빠 표정이 구겨졌다.

"알겠다, 수지."

아빠의 목소리에는 짜증이 묻어 있었다.

"아빠와 얘기할 준비가 되면 알려 주렴."

하지만 난 이미 마음먹었다. 다시는 대화 따위 하지 않을 테야. 그날 밤뿐만 아니라 앞으로도 계속.

그리고 그렇게 입을 다문 뒤로 4주가 지났다.

## 첫 번째 전문가 후보

 레그스 박사님을 만나고 집으로 돌아온 그날 밤, 나는 연구를 시작했다. 실제로 꽤 많은 해파리 전문가를 알아냈다. 로드아일랜드에 사는 어떤 남자는 해파리가 어떻게 물을 따라 움직이는지 연구한다고 한다. 할머니뻘 되는 여자는 시애틀 근처에서 해파리 개체 수를 연구한다. 워싱턴에 사는 남자는 해파리의 진화를 연구한다. 나는 전문가들을 하나하나 클릭해 가며 목록에서 제외시켰다. 어떤 사람은 이메일 주소나 연락처가 없고, 어떤 사람은 생약학, 메탄올, 에오신 *eosin*\* 등 내가 이해할 수 없는 단어를 잔뜩 써 가며 논문을 쓰는 바람에 제외시켰다. 할머니뻘 되는 여자는 우리 엄마의 늙었을 때 모습 같았는데, 엄마의 늙은 모습을 상상하기 싫어 제외시켰다.

\*세포질의 염색 등에 쓰이는 산성색소

그러다가 꽤 흥미롭게 보이는 사람이 눈에 들어왔다. 나는 노트를 꺼내 쓰기 시작했다.

## 첫 번째 전문가 후보
### 듀갈 린제이, 일본

갈색 머리에 안경을 씀. 과학자들이 깊은 바다로 원격 조종 운송 수단을 보내는 실험실에서 일함. 바다의 가장 어두운 지역에서 여태껏 알려지지 않은 새로운 해파리를 발견했다. 그 해파리는 구겨지거나 팽창할 수 있는 종 모양 깔때기 안에 빨간 부분을 지니고 있다. 마치 접을 수 있는 종이 손전등 같다. '붉은 종이 초롱 해파리'라 이름 붙였다. 문학적이라 마음에 든다. 그가 본 것을 토대로 하이쿠*를 썼다.

> 비누 거품
>
> 각각 서쪽의 극락으로 이르네
>
> 아무것도 담지 않은 채

음. 그다지 문학적으로 보이지 않는걸.

### 장점

- 잘생겼다. 부드러운 눈매. 야비해 보이지 않음.
- 새로운 종을 발견함. 즉, 이전에 발견된 것보다 세상에 더 많은 종류가 있다는 사실을 알고 있음.

---

*일본의 전통 단시

## 단점

-너무 멀리 있다.

-이루칸지나 비슷한 종류의 독성에 대해서는 연구하지 않은 듯.

-내게 자기가 지은 시를 읽으라고 시킬지도 몰라.

## 결론

-시에 관련된 이유로 제외함.

## 흩날리는 먼지, 티끌 하나

매번 과학 수업을 시작하기 전, 터튼 선생님은 우리가 좋아할 만한 분야로 이 세상에 관해 이야기해 주려고 몇 분을 할애했다. 선생님은 이를 통해 과제의 주제를 고르는 데 실마리를 얻을 수 있을 거라 말했다.

"그도 아니면 그냥 좋은 생각 자체만 얻을 수도 있고."

선생님이 씩 웃으며 말했다.

수족관으로 견학을 다녀온 뒤 어느 날, 교실 칠판에 이런 글귀가 쓰여 있었다.

'한 줄기 햇살 속에 흩날리는 먼지, 티끌 하나.'*

"앉아요, 앉아요."

우리가 자리를 잡자 선생님이 입을 열었다.

---

*칼 세이건의 『코스모스』에서 인용

"우선, 과학 과제에 다룰 주제를 아직 정하지 못했다면, 수업 끝나고 꼭 내게 와서 함께 이야기하기 바랍니다. 그러면 연구가 더 쉬워질 거예요."

선생님은 앞줄 책상 위에 손을 얹고는 말을 이었다.

"반복해서 말하지만."

선생님은 내 얼굴을 똑바로 쳐다보고 있었다. 나는 내가 주제를 정하지 않은 마지막 사람이라는 걸 알아차렸다.

"이제 연구를 시작해야 할 시간입니다."

나는 눈 하나 깜빡하지 않고 태연하게 선생님을 바라보았다. 나는 내 연구 주제가 무엇이 될지 이제야 알게 되었다.

"질문 있는 사람?"

선생님이 물었다. 아무도 손을 들지 않았다.

"좋아요. 자, 시작하기 전에, 잠시 과거로의 여행을 떠나 봅시다."

선생님이 말했다.

"1968년 크리스마스. 여러분 부모님들 대부분이 태어나지도 않았을 때지요. 이때는 인터넷도, 이메일도, 문자 메시지라든지 비디오게임, 휴대폰도 없었을 때예요. 하지만 우주선은 있었지요. 공상 과학소설에나 나올 법한 새로운 우주선 말이에요."

선생님이 말을 잠시 멈추었다. 교실은 쥐 죽은 듯이 고요했다.

"크리스마스가 다가오기 며칠 전, 아폴로 8호가 지구를 떠났어요. 그리고 나서 크리스마스 전날, 우주인들이 지구로 다음과 같은 사진을 보내왔지요."

선생님이 리모컨으로 버튼을 하나 누르자, 교실 앞쪽 화면에 사진 하나가 나왔다. 전에 이 사진을 본 적이 있다. 달의 표면 위로 떠오르는 지구. 거대한 소용돌이가 치는 파란색 구슬 같은 행성. 정확히 말하자면 어둠에 둘러싸인 구슬의 절반 모양이었다.

"여러분들이 이 사진을 보며 자랐다는 걸 알고 있지만, 처음 보았다고 상상해 보면 좋겠어요. 지구 밖에서, 총 천연색으로 지구를 처음 본 인류라고 생각해 보란 말이지요."

나는 화면에 비친 사진을 뚫어져라 쳐다보았다. 생생하고 활기 넘치는 지구. 그와 비교해서 달은 황량한 잿빛이다. 선생님이 리모컨 버튼을 다시 누르자 사진이 사라졌다. 대신 다른 우주 사진이 떠올랐다. 희미하고 갈색 빛이 나는 광선이 가운데로 가로지르는 모양 말고는 대부분 어두운 색으로 채워져 있었다.

"자, 여기 다른 사진을 봅시다."

선생님이 광선 가운데를 가리켰다. 작고 희미한 점이었다. 아이들 대부분이 자세히 보려고 눈을 찡그려야 했다.

"저기, 바로 저기에 우리가 있어요. 지구랍니다."

저스틴이 너무 앞으로 기울이는 바람에 책과 폴더가 책상 아래로 다 떨어졌다. 종이가 바닥 여기저기에 흩어졌다. 선생님이 설명을 덧붙였다.

"이 사진은 좀 더 최근에 촬영된 거예요. 약 60억 킬로미터 떨어진 거리에서 말이지요."

선생님의 손가락은 아직도 그 점을 가리키고 있었다.

"저기가, 바로 우리의 고향입니다. 저곳이 태양계 아래 여러분이 살고 있는 곳이에요. 여러분의 삶이, 여러분들이 생각하는 모든 생물의 삶이, 이 작은 알갱이 안에서 펼쳐지고 있는 것입니다. 유명 천문학자 칼 세이건이 말했듯이, '한 줄기 햇살 속에 흩날리는 먼지, 티끌 하나'에서 말이지요."

나는 선생님의 이야기를 곰곰이 생각해 보았다. 나는 전 세계 70억 명 중 하나에 지나지 않는다. 그리고 인류는 1,000만 종의 생물 중 하나에 지나지 않는다. 그리고 그 1,000만 종의 생물은 지금까지 존재했던 모든 종류의 극히 일부분에 지나지 않는다. 그리고 우리를 포함한 그 모든 것은 화면에 나타난 갈색 먼지 부스러기의 일부에 지나지 않겠지. 그러고 보니 우리는 공허에 둘러싸여 있다. 생명이 없는 공간에 단 하나, 그 어떤 방향으로 둘러봐도 아무것도 없이 혼자 말이다. 그때 나는 약간 공황 상태에 빠졌다. 속이 조금 아팠다.

나는 1968년에 찍은 사진이 훨씬 마음에 들었다. 1968년 사진에서 우리는 의미 있는 존재가 된다. 나는 인류가 더 멀리 가지 않고, 태양계 끝자락에서 우리 자신을 바라보지 않았으면 했다. 나는 우리가 잘 보이지도 않을 정도로 거대한 허무 공간에서 우리를 먼지 부스러기 정도로 여기지 않았으면 했다.

"이상, 생각거리였습니다. 이제 수업을 시작하죠. 사랑하는 7학년 여러분, 오늘 처음으로 실험실에서 공부를 하게 될 거예요. 실험실은 어떤 면에서는 우주 같아요. 인류가 탐험가가 되는 곳이죠. 과학자들이 지식의 한계를 넓히는 곳이고요. 그리고 그 탐험의 일환으로, 우리 동네 골짜기에 있는 연못물을 공부할 겁니다."

이번 학기 실험실에서는 세포라든지 생태계에 대해 공부할 예정이라는 걸 알고 있었다. 그리고 올해 중반에 이르면 지렁이를 해부할 예정이었다.

"첫 번째 임무는 실험실 짝꿍을 정하는 일입니다. 신중하게 선택해야 해요. 왜냐하면 일 년 내내 같이 할 거니까. 두 명씩 짝지어요."

딜런은 케빈 오코너라는 아이를 잡았다. 딜런처럼 잘생겼다는 평판으로 자자하지만 착하지는 않다. 잠깐, 전학생 사라 존스턴이 내게 다가오는 듯 보였다. 게다가 나를 똑바로 바라보고 있었고, 나를 향해 미소를 띠고 있었기 때문에 조금 희망을 품고 있기는 했다. 그런데 오브리가 사라를 잡더니 함께 팔짱을 끼고 말았다. 나는 반 아이들이 짝꿍을 정하는 모습을 보면서 바보 같은 기분을 느낀 채 서 있었다. 딱 한 사람만 남을 때까지 말이다. 그리고 그 마지막 한 사람은 저스틴 말로니였다.

　나는 한숨을 푹 쉬었다. 저스틴이 잘하는 게 하나 있다면 일을 망쳐 버리기이다. 언젠가는 버터 한 덩이를 퍼서 셔츠를 위로 끌어올린 뒤 배에 온통 문질러 댔다. 그러고는 복도로 달려나가 비행기가 착륙하는 것처럼 배를 바닥에 대고 미끄러졌다. 복도 끝에 착지하기를 바랐지만, 마찰 때문에 배가 까지는 바람에 수업이 끝날 때까지 셔츠가 배에 닿아 아프지 않도록 잡고 있어야 했다.

　선생님이 실험에 대해 설명하는 동안(연못과 수돗물을 관찰하고 각각의 산성도를 측정하기) 저스틴과 나는 서로를 쳐다보았다. 저스틴은 목에 초시계를 걸고 있었고, 아주 짧게 깎은 스포츠머리를 하고 있었다.

　"야, 수지. 우리 둘만 남은 것 같은데?"

　내가 아무 대답도 하지 않자, 저스틴은 고개를 떨어뜨렸다.

　"음. 괜찮다면 내가 연못 물을 뜨러 갔다 올게."

　내가 어깨를 으쓱했다.

　저스틴이 병에 물을 뜨는데, 물방울이 여기저기로 튀었다. 나는 다른 병에 수돗물을 담고는 함께 실험실 구석으로 걸어갔다.

　자리에 앉는데, 저스틴 목에 걸려 있던 초시계가 삐 소리를 냈다. 저스틴은 버튼을 누르고 바지 주머니에 손을 넣고는 옆은 주황색 알약을 꺼냈다. 주머니에서 딸려 나온 보풀을 훅 불어 날려 버리고는 혀 위에 얹었다가 물도 없이 그냥 꿀꺽 삼켜 버렸다. 그러고는 날 바라보더니 어깨를 으쓱했다.

"술 깨는 약이라고 해 두지, 뭐. 아무튼."

내가 입을 다물고 있으니, 저스틴이 알려 주었다.

"에이디에이치디*ADHD*라고 해. 약을 먹지 않으면, 내 머리는 맛이 가 버려."

수업 중에 약을 꼭 먹어야 하는지 알 길은 없지만, 저스틴은 한 번도 규칙을 제대로 따른 적이 없다.

나는 실험을 계속했다. 물에 산성도 실험지를 담근 지 몇 분이 지나고 종이에 관찰 결과를 적는 동안, 저스틴이 위를 올려다보았다.

"저기, 수지. 아마도 내가 너의 실험 짝꿍으로 딱 들어맞지 않을 거라는 건 알아."

아마도?

"하지만 망치지는 않을게, 알았지?"

나는 비꼬려는 의도로 그러는 건지 의문이 들어 저스틴의 얼굴을 이리저리 훑어보았지만, 진심인 것 같았다.

"요즘 새로 먹고 있는 약은 훨씬 효과가 좋아. 열심히 할게. 약속해."

내가 아무 대답도 하지 않자, 저스틴은 혼자 중얼거리며 다시 실험 기록을 써 내려갔다.

\*\*\*

그날 수업이 끝나고 나가는데, 선생님이 날 불러 세웠다.
"수잔?"
나는 걸음을 멈추었다.
"과제 주제 정했니?"
내가 고개를 끄덕였다.
"정했다고?"
선생님은 약간 놀란 것처럼 보였다. 나는 선생님을 똑바로 쳐다보며 재차 고개를 끄덕였다.
"아주 좋아, 수잔. 어떤 주제지?"
네가 입에 자물쇠를 채우고 있다고 해도, 살면서 무언가 큰 소리를 내야 할 때는 꼭 있다. 이번이 그중 하나이다. 그런 경우에는 가능한 작게 말하는 편이 좋다. 단 한 단어라고 해도.
"해파리요."
내가 우물거렸다. 선생님이 잘 못 들었는지 내게 몸을 기울였다.
"다시 말해 줄래?"
나는 얼굴을 찌푸리고 더 큰 소리로 말했다.
"해파리요."
목소리에 짜증이 묻어난 것 같아 왠지 죄송해졌다. 하지만 말을 하지 않기로 작정한 이상, 반복해서 큰 소리로 입 밖에 내는 일이란 여간 쉬운 일이 아니다. 그래도 내 말투가 선생님을 거슬리게 한 것 같지는 않았다. 선생님의 표정이 밝아졌기 때문이다.

"정말 멋진 주제인데. 단 한 종류의 생물에도 배울 점은 무궁무진하지. 동물의 서식지라던가 범위, 먹이나 사냥하는 법, 인간과의 관계 등. 자료를 찾는 데 도움이 필요하면 언제든지 알려 주렴."

나는 고개를 끄덕이고는 문 쪽으로 걸음을 옮겼다.

"수잔?"

선생님이 불러 세웠다. 나는 선생님을 쳐다봤다.

"이번 과제는 발표라는 거 알고 있지?"

나는 잠자코 있었다.

"선생님이 하고 싶은 말은, 학생들 앞에서 너의 과제를 이야기해야 한다는 거야. 원하면 그냥 읽어 내려가도 돼. 머리에 담아 두고 할 필요는 없다고. 그리고 필요하면 연습할 때 선생님이 도와 줄게. 하지만 발표는 점수를 받는 데 중요하단다."

선생님은 나를 물끄러미 바라보았다.

"무슨 말인지 알겠지?"

나는 고개를 끄덕였다. 7학년 과학 과목을 통과하려면, 나는 반드시 큰 소리로 발표를 해야 한다.

## 약속을 하는 방법

우리는 탐험가에 대해 공부해야 했다. 하지만 우리는 빗을 들고 네 방 안을 돌아다니며 춤을 추고 있다.

이제 우리는 4학년이 되어 시험도 본다. 다음 시험에 대비해 세계 지도를 그리는 데 도움을 준 탐험가 열다섯 명의 이름을 외워야 한다. 네가 사람 이름을 외우는 걸 힘들어해서 내가 잘 기억할 수 있도록 묘안을 짜냈다.

전 세계를 항해한 마젤란*Magellan*은 '마-젤-오*Ma-Jell-O*'\*로 기억해 본다. 전 세계를 돌면서 몸을 꿈틀꿈틀 움직인다. 현재 미국의 남부를 처음 발견한 유럽인 헤르난도 드 소토*Hernando de Soto*는 헤르난도 드 소다로 기억한다. 남부 지방이 너무 더워서 소다 음료수가 필요한 사람이다. 그린란드에 정착한 첫 바이킹인 에

---

\* 젤리의 이름에서 따온 이름

릭 더 레드*Erik the Red*는 색맹이다. 그린란드를 처음 발견하고 자기의 이름을 따서 이름 짓고 싶었지만, 색깔을 혼동한 탓에 '그린*Green*'이라 지어 버렸다. 호주를 항해한 제임스 쿡 선장*Captain James Cook*은 코알라와 캥거루 고기를 요리하는 식당의 요리사라고 기억한다.

외우기 놀이를 하고 난 뒤 우리는 조금 쉬기로 했다. 우리는 이제 무대 위 록스타처럼 방방 뛰며 노래를 부른다. 우리는 침대를 무대로 정하고 돌아가며 노래를 부른다. 나는 코를 높이 쳐들고 공주처럼 몸을 흔든다.

"너 그러니까 오브리 같아."

네가 내게 그렇게 말하자, 나는 얼굴을 찡그린다. 어제 운동장에서, 오브리는 자기가 4학년 여자아이들 중 가장 인기가 많다고 말하고 다녔다. 사실일지는 모르겠지만 그래서는 안 된다. 다른 무엇보다도 외모가 인기를 결정짓는 가장 중요한 이유일 때만 그 말이 맞다.

나는 이제 오브리 흉내를 내며 계속 몸을 흔들어 댄다.

"나는 이 세상에서 가장 예뻐."

"헐. 내가 그렇게 되면 너 꼭 말해야 해. 아니면 총으로 쏘든가."

네가 그렇게 말하자 나는 춤추다 말고 너를 쳐다본다.

"난 절대로 너 안 쏠 거야."

"음. 그럼 뭐라도 해, 알겠지?"

"하지만 넌 절대 오브리처럼 되지 않을 텐데."

내가 말한다.

"어. 하지만 만약을 위해서 말이지. 내게 신호를 보내. 비밀 메시지 같은 거."

"어떤 메시지?"

나는 '그러지 마.'라고 쓰인 커다란 표지판을 들고 있는 모습을 머릿속에 그려 보았다.

"아무거나. 모르겠어. 커다랗게. 내 시선을 끌고도 남을 그런 걸로."

나는 어깨를 으쓱한다.

"알았어."

"그러니까, 엄청난 방법으로. 진지하게 만들어 봐."

나는 잠깐 생각에 잠겼다. 네가 무슨 말을 하는 건지 정확히는 모르겠지만, 그 비밀 메시지를 보내라는 생각은 마음에 든다. 너와 나, 단 둘만 이해할 수 있는 암호라고나 할까. 나는 무심하게 대답했다.

"알았어. 그렇게 할게."

노래가 끝나자, 너는 머리빗 마이크를 대고 말한다.

"소개합니다. 완전 짱… 사자머리 양!"

나는 코를 찡그렸다.

"사자머리 양?"

"그래. 네 머리 때문에 그렇게 지은 거야."

너는 '작동' 버튼을 누른다. 내가 좋아하는 노래가 흘러나온다. 엄마가 내게 들려주곤 하던 노래다. 반딧불이 1,000만 마리에 둘러싸여야 잠에서 깬다는, 머릿속으로 상상하기 좋아하는 노래였다. 반딧불이 1,000만 마리가 내 머리 주위를 반짝거리며 날아다닌다. 마치 저 멀리 별들이 지구로 다가오면서 안녕하고 인사하듯이 말이다.

"나, 이 노래 너무 좋아!"

내가 말한다.

"나도 알아, 바보야."

네가 대답한다. 나는 침대에서 뛰어내려 천장을 바라보며 노랫말을 읊조린다.

"지구별이 천천히 돌아간다고 믿고 싶네……."

그러다 너도 침대에서 뛰어내려 내 옆에 선다. 내가 말한다.

"자, 신사 숙녀 여러분, 딸기소녀를 환영해 주세요."

"딸기소녀?"

"그래, 네 딸기 빛 머리에서 따온 거야."

"와, 진짜 맘에 들어!"

너는 머리빗에 대고 노래 부른다.

"왜냐하면 모든 것이 보이는 것처럼 되지 않으니까요."

한 팔을 길게 쭉 뻗고, 고개를 위로 들어 올린다. 네 눈은 거의 감겨 있고, 입술은 귀 끝까지 걸려 있다. 행복해 보인다.

그러자 내가 네게 말한다.

"우리 엄마가 그러는데, 로라 레인에 있는 큰 집을 팔면, 우리를 하우스 오브 개쇼*House of Gasho*에 데리고 갈 거래."

'하우스 오브 개쇼'는 요리사가 손님들이 앉아 있는 테이블 바로 앞에서 요리를 하는 식당이다.

"멋진데."

너는 여전히 리듬에 몸을 맡기고 있다. 누가 문을 똑똑 두드리는 소리가 들린다. 우리가 앞다투어 침대로 뛰어내리기도 전에, 너의 엄마가 고개를 쭉 내민다.

"얘들아."

너의 엄마 목소리가 짐짓 심각하다. 얼굴은 웃지 않으려고 애쓰는 티가 나긴 하지만.

"숙제하기로 한 거 아니었니?"

"쉬는 중이었어요."

너는 머리빗으로 몸을 기울이고 록스타들이 하는 포즈 그대로 얼어붙은 채 서 있다.

"음."

그제야 너의 엄마는 진짜로 얼굴에 웃음기를 띤다.

"자, 이제 휴식 시간을 끝내야 할 것 같은데."

"알았어요."

네가 말한다.

"알았어요."

나도 말한다.

너의 엄마는 우리에게 윙크를 하고 문을 닫는다.

우리는 음악을 끄고 순식간에 다시 프래니와 수지로 돌아간다. 록스타에서 그냥 평범한 아이들로. 우리는 책을 집고 마-젤-오에서 헤르난도 드 소다, 캡틴 제임스 요리사와 그가 일하는 캥거루 식당으로 돌아간다.

## 두 번째와 세 번째 전문가 후보

나는 평생 해파리에 대해 온 관심을 쏟으며 사는 사람이 이렇게 많은지 몰랐다. 비단 생물학자만을 말하는 것이 아니다. 나사NASA 공학자 중에는 해파리의 추진력에 대해 연구하는 사람이 있다. 해파리 모양의 꼭두각시를 엄청 많이 가져와서 공연이나 이벤트를 하는 사람도 있다. 그렇게 해서 밤하늘을 바다처럼 꾸미는 것이다. 해파리 조직을 연구하는 사람도 있다. 생태학, 진화. 나는 그중 가장 중요한 사실 몇 개를 쪽지에 적은 뒤 내 과학 공책 뒤에 끼워 넣었다.

실험 수업이 시작되기 전, 나는 그 쪽지를 획 젖혔다. 저스틴이 까치발을 세우고 내 어깨 너머에서 보고 있었.

"그게 뭐야?"

나는 쪽지를 잽싸게 내 공책 뒤에 쑤셔 넣고는 쾅 닫았다.

저스틴이 깜짝 놀라 말했다.

"아. 미안. 참견하려고 그런 건 아니었어. 난 그냥……."

그러다 웃음을 터뜨렸다.

"잘 모르겠지만. 꼭 FBI 요원들이나 쓰는 쪽지 같아서 말이야. 너 혹시 비밀 요원이나 뭐 비슷한 거 아니야?"

나는 저스틴을 째려보았다.

"스완슨 요원, 이제 출근하셨습니……."

저스틴이 내게 경례했다. 도대체 저런 태도에는 어떻게 반응해야 할까? 뭐라 대꾸하고 싶기는 했지만, 나는 아직 내 연구에 걸맞은 학자를 찾지 못했다. 내가 찾고 싶은 사람은 해파리 촉수에 대해 잘 알고 있는 사람이다.

## 두 번째 전문가 후보
### 다이애나 니아드, 장거리 수영 선수

예순네 살이긴 하지만 할머니처럼 보이지 않는다. 사실, 권투 선수 얼굴에 주먹을 한방 먹이고는 아무렇지도 않게 걸어가 버릴 것 같은 모습이다. 짧은 머리에 엄청나게 근육질이다.

쿠바에서 플로리다까지 헤엄치고자 네 번이나 시도해 보았지만 그럴 때마다 해파리에 지독하게 쏘이는 바람에 성공하지 못했다. 인터넷으로 사진을 보았는데, 알아볼 수 없을 정도로 물집이 잡히고 부어올라 있었다. 지금 다섯 번째 시도를 위해 훈련 중이다. 하루에 20시간 가까이 카리브 해안에서 연습 중이다.

### 장점

-해파리에게 직접 쏘인 적이 있는 전문가

-강인해 보인다.

-정말, 아주 강해 보인다.

-내게 도움이 될 수 있는 강한 사람이면 좋을 것 같다.

### 단점

-하루에 20시간? 같이 이야기 나누기 힘들겠는데.

-그러니까 수영 시간을 빼면 하루에 단 네 시간밖에 없다는 건데, 날 도와 줄 시간이나 있을지 모르겠다.

-나는 진짜 해파리에 쏘이면 어떨지 알고 싶은 걸까?

-너무 강해 보여서 내게 잘해 줄지도 의문이다.

### 결론

-일단 후보에서 뺌. 왜냐하면 솔직히 말해서 조금 무섭다. 하지만 지켜보긴 하겠다. 흥미로운 사람이다.

## 세 번째 전문가 후보
### 엔젤 야나기하라, 생화학자

젊었을 때, 이루칸지 친척뻘 되는 '상자 해파리'에 쏘인 적이 있다고 한다. 기절하기 직전에 겨우 해변으로 왔다. 솔직히 말해서, 정말 운이 좋아서 살아남았다. 그 뒤로 해파리에 쏘였을 때

쓸 수 있는 치료제를 처음으로 만들어 냈다. 현재 예순네 살의 수영선수 다이애나 니아드를 돕고 있다. 어떻게 하면 또다시 해파리에 쏘이지 않고 쿠바에서 플로리다까지 수영할 수 있는지 알아내고 있는 중이다.
길고 쭉 뻗은 금발. 딱 꼬집어 말해 딸기색에 가까운 금발이다.

### 장점

-상자 해파리는 이루칸지와 매우 비슷하다.
-해파리의 쏘임에 대해 아주 잘 알고 있다.
-독자적으로 해파리 독을 치료할 수 있는 약을 개발해 냈다.
-어떤 일을 바로잡는 방법을 알고 있다.
-예쁘다. 길고 쭉 뻗은 금발에 반짝이는 눈을 갖고 있다.
-어느 면에서는 프래니와 조금 비슷한 것 같기도?
-아마도 어떤 계시일지도 몰라.

### 단점

-모르겠다.

### 결론

-이 사람이 바로 그 사람일까? 좀 더 연구해 보자.


나는 엔젤의 사진에서 눈을 뗄 수 없었다. 길고 쭉 뻗은 금발. 프래니와 비슷하다. 내가 알고자 하는 바를 모두 알고 있어서 정말 도움이 될 것 같았다.

사실상 가장 완벽하다. 엔젤을 거의 뽑을 뻔했다. 정말 그러기 일보직전이었다.

그러다가 인터넷으로 엔젤이 나온 동영상이 눈에 들어왔다. 엔젤의 일에 대해 소개하는 뉴스 한 토막이었다. 영상 속에서 엔젤은 상자 해파리에서 추출한 독을 쥐에게 주입하고 있었다. 자신을 쏜 바로 그 해파리와 똑같은 독 말이다. 실험실 테이블 위에 쥐를 테이프로 묶어 놓고는, 털을 싹 밀고, 쥐가 서서히 죽어 가는 모습을 모니터로 지켜보고 있었다. 눈 하나 깜짝하지 않고 말이다.

남에게 고통을 가하는 느낌이 어떤지 잘 알기에, 나는 선 채로 영상을 바라보았다. 나도 전에 그런 적이 있는데.

따라서 엔젤 야나기하라가 좋은 일에 쓰려고 이런 짓을 하든, 자신의 치료제를 마지막으로 시험해 보려고 이런 짓을 벌였든 그건 상관없었다. 그저 이 여자에게서 가능한 멀리 떨어지고 싶을 뿐이었다.

알고 보니 이 여자는 프래니와 닮은 점이 전혀 없었다. 오히려 나와 닮아 있었다. 그러다 제이미가 눈에 들어왔다. 이제 알겠다. 제이미가 바로 그 사람이다.

## 중요한 일을 말하지 않는 방법

아침에 나는 학교 버스에 앉아 있었다. 5학년 수업 시간에 읽고 있는 책에 대해 생각 중이었다. 슈퍼마켓에서 이름을 따온 개와 어떤 소녀에 관한 이야기였는데, 소녀는 평생 술만 마셔온 한 할머니와 친하게 지냈다. 책에서, 그 할머니는 평생 자신이 저지른 실수를 잊어버리지 않고자 나무에 비어 있는 술병을 걸었다. 바람에 흔들려 병들이 서로 부딪힐 때면, 그 소리가 마치 종이 울리는 것 같았다. 이 부분이 내가 책에서 가장 좋아하는 부분이다. 딸랑거리는 병의 이미지. 끔찍하기 짝이 없던 기억이 서로 부딪히면서 음악을 만들다니.

너 그거 아니? 나에게는 지금도 생각하기 싫은 끔찍한 기억이 있어. 아직 네게 얘기하지는 않았지만. 그 끔찍한 기억이란 이거야. 엄마랑 아빠가 이혼할 거래.

부모님은 '엘버 서드 펍'에서 밥을 먹고 나서 그 말을 꺼냈어. 동그랗게 말린 튀김을 팔고 테이블이 너무 높아서 높고 둥근 스툴 의자에서 먹어야 하는 그 식당 말이야. 엄마는 아빠가 새 아파트를 구하도록 도와 줬대.('부동산업자가 주는 특권'일지도 모르지.) 그러더니 둘 다 웃음을 터뜨리더군. 솔직히 말해서 완전 이상해 보였어.

이제 나는 그 수많은 이혼 부모의 자녀 중 하나가 되겠지. 오빠가 집을 떠나 살아야 한다는 사실 자체만으로도 힘든데. 오빠는 이제 우리 없이 온갖 모험을 하러 대학교로 떠날 거야. 오빠가 집에 남기고 간 외로움이 나와 우리 나머지 가족을 반으로 갈라 놓은 느낌이야.

얼른 너에게 털어놓고 싶어 죽겠어. 내가 들은 소식 중 가장 엄청나니까. 하지만 네게 말을 하려고 할 때마다 입밖으로 나오지 않더라고.

네가 버스에 타고 내게 다가와. 우리가 항상 앉던 그 자리로. 그래서 나는 생각하지. 지금일지도 몰라. 아마도 지금. 아마도 지금이 기회일지도.

하지만 자리에 앉은 너는 왠지 들떠 있어. 뭔가 이야기하고 싶은 게 있는 것 같아. 안녕이라고 인사도 안 하고, 대신 내게 속닥거리지.

"너 누구 좋아해?"

뭐라고 대답해야 좋을지 모르겠어. 그게 내가 이야기하고 싶은 주제라고 해도, 거기에 대한 대답은 너무나 많지. 나는 플루퍼너터를 좋아해. 너도 좋아하고, 우리 오빠도 좋아해. 우리 엄마, 아빠도 좋아. 비록 두 분이 이혼한다고 해서 무척 화가 나 있지만. 내 방 창문 너머 나무를 두드리는 딱따구리도 좋아해. 가느다란 초승달도 좋아해. 만화에 나오는 것 같잖아. 눈을 감은 모습이랑 비슷하거든. 마치 하늘이 윙크하듯이 말이야.

"뭐?"

"남자아이들 말이야. 누구 좋아하냐고?"

나는 코를 찡그리고 대답한다.

"아무도 안 좋아해."

보통은 여자아이들이 누구를 좋아하는지 밝히고 싶지 않을 때 이렇게 대답한다는 걸 알지만, 이 경우엔 진짜야. 나는 좋아하는 아이가 없는데. 그런 애 없어.

넌 나를 보고 얼굴을 찌푸린다. 이때가 우리 부모님이 갈라섰다는 걸 말할 기회인 것 같다.

"하지만 이제 누군가를 좋아해야지. 우리 곧 중학교에 올라갈 거잖아."

네가 말한다. 머릿속으로 너의 말을 되새겨 본다. 해야 한다고? 내가 해야 할 일들은 당연히 많다. 나는 먹어야 한다. 물도 마셔야 하고. 숨도 쉬어야지. 하지만 그것 말고는, 이 세상에 내가 정말로 해야 할 일이 있는 것 같지는 않다. 엄마가 내게 반드시 식탁을 깨끗이 치우고, 나이를 먹을수록 샤워도 더 자주 해야 한다고 잔소리를 늘어놓지만.

여전히, 나는 이런 말들을 큰 소리로 내뱉지는 않는다. 내가 정말로 네게 이렇게 말한다면, 너는 시선을 다른 데로 돌려 버릴 테니까. 솔직히 말해서, 너 요새 그런 행동 보이기 시작하더라. 조금 마음에 안 들어.

버스 뒤쪽에서 남자아이들 한 무리의 웃음소리가 들린다. 남자아이들이 뭉쳐 있을 때 으레 보이는 행동이다. 그래서 내가 묻는다.

"음, 그래서 넌 누구 좋아하는데?"

왠지 추궁하는 것 같은 뉘앙스가 되었다.

"나 딜런 좋아해."

너는 그렇게 말하고는 얼굴을 붉힌다. 헐. 어안이 벙벙하다.

"딜런! 딜런 파커 말이야!?"

내가 속삭인다. 네 볼이 더욱 빨개진다.

"그래, 딜런 파커."

"농담하지 말고."

내가 이런 말을 할 때마다 내 목소리가 그다지 상냥하지 않다는 건 알지만, 이 경우에는 내가 굳이 상냥하게 굴어야 할 필요는 없는 것 같다. 딜런 파커에 관해서는 상냥하게 굴 필요가 없다. 왜냐하면 그 애 자체가 상냥한 성격이 아니니까. 너는 미안하기라도 한 양 어깨를 으쓱한다.

"그냥 걔, 귀여워 보여서."

그리고 그때 알게 되었다. 모든 것이 막 변하기 시작한 참이라는 걸. 가능한 가장 최악의 방법으로 꼬여 버리기 시작했다는 걸.
 나는 내 머리 생각이 났다. 아침마다 엉킨 걸 푸느라 진을 빼게 만드는 내 머리. 한 가닥 한 가닥 아무리 조심스럽게 빼려고 해도, 결국엔 더 꽁꽁 엉켜 버린다. 최악의 방법을 총동원하여 서로 뭉쳐 버리고, 결국에는 아예 빗도 들어가지 않게 만들어 버린다. 그저 가위를 꺼내 뭉친 곳을 잘라 버리는 방법 말고는 별다른 수가 없을 때도 있다.
 하지만 사람들 사이에 엉킨 타래는 어떻게 잘라 버리지? 나는 상황이 이렇게 가고 있는 게 싫다.

## 용감무쌍

제이미는 네가 으레 생각하는 그런 인물이 아니다. 제이미는 이야기 속 영웅이 아니다.

일단 나이가 많다. 다이애나 니아드만큼 많아 보이진 않지만. 적어도 우리 아빠만큼이나 나이를 먹었다. 아빠는 내년이면 쉰 살이 된다.

아빠랑 닮은 점도 있다. 눈가와 이마에 주름이 있고, 아래턱이 나머지 얼굴 안으로 쑥 들어가 있었다. 마치 서랍이 아주 살짝 밀려 들어간 느낌이랄까. 잿빛 머리카락이 머리를 뒤덮고 있었고, 자신이 작업복이라고 부르는 옷을 입었을 때는 (실은 해파리에게 쏘이는 것을 방지하려고 입은 나일론 잠수복이다.) 마치 꽉 끼는 잠옷을 입은 어린아이 같았다.

제이미 시모어 생물학 박사는 케언스에 있는 제임스 쿡 대학교 연구실에서 일한다. 케언스는 호주 퀸즐랜드에 있는 도시다. 호주는 세계에서 가장 큰 섬이기도 하지만 동시에 가장 작은 대륙이기도 하다.

호주에서는 거미가 새를 잡아먹고, 지네가 뱀을 잡아먹고, 뱀이 악어를 잡아먹고, 악어가 어린이들을 잡아먹는다고 한다. 어떤 문어는 엄청난 양의 독을 지니고 있어서 사람 26명을 죽이고도 남는단다. 어떤 새는 아주 무시무시한 발톱이 달려 있어서 어른을 그 자리에서 갈기갈기 찢어 버릴 때도 있다고 한다.

호주에 살고 싶으면 엄청나게 용감해야 하겠는걸.

\* \* \*

제이미가 나오는 동영상을 보고 또 보았다. 첫 번째 영상에서 제이미는 별일 아니라는 듯, 치명적인 독성을 가진 해파리가 우글우글한 물속으로 뛰어들고 있었다. 그냥 해파리가 아니고 3분 안에 사람을 죽일 수 있는 그런 해파리 말이다.

제이미는 그중 한 마리를 맨손으로 잡았다. 3미터는 족히 되어 보이는 촉수가 여기저기 소용돌이쳤다. 아무렇지도 않게 제이미는 텔레비전 기자에게 지금 잡고 있는 해파리는 사람 15명은 죽일 수 있는 독을 지니고 있다고 말했다.

기자는 한눈에 보기에도 겁을 잔뜩 먹은 것 같았다. 하지만 태연하게 웃음을 보이려고 애썼다. 기자는 "하하, 네, 그게 녀석들의 주특기죠."라며 실실 웃었다. 하지만 가능한 몸을 뒤로 빼고, 해파리에게서 멀리 떨어지려 하는 게 보였다. 정말이지 뭐라고 하면 좋을지 모르는 것 같았다. 기자의 눈 속에 어린 공포가 엿보였다.

또 다른 영상에서도 제이미는 물속으로 뛰어들었다. 머리부터 발끝까지 쏘임 방지복을 입기는 했지만, 얼굴 부분은 살짝 드러나 있었다. 드러난 부분은 그게 다였다. 여태껏 한 번도 본 적이 없는 촉수와 입맞춤하듯, 제이미의 아랫입술에 무언가 살짝 스쳐 지나갔다.

이루칸지의 촉수가 제이미의 입술을 스쳐 지나간 것이다. 진짜 이루칸지.

제이미는 지금까지 일어난 일을 텔레비전 쇼의 카메라에 고스란히 담았다. 나는 지켜보았다.

제이미는 해파리에 쏘이고 난 뒤 이틀 동안이나 고통에 몸부림쳤다. 다시 말해 거의 3,000분 동안이나. 분으로 계산을 해 보면서 나는 딱 60초 동안 가능한 세게 내 몸을 꼬집어 보았다. 그렇게 하면서 3,000을 곱한다. 그래도 제이미가 겪은 고통은 반의반도 느끼지 못할 것이다. 그동안 제이미는 병원 침대에서 빨간색 수영복만 입은 채 누워 있었다. 제이미는 울면서 공처럼 몸을 둥글게 말았고, 구토도 했다. 카메라가 지켜보고 있다는 걸 알았지만 그냥 녹화하게 내버려 두었다.

나중에 제이미이는 병원에 누워 있으면서 머지않아 자기가 죽게 되리라 확신했다고 한다.

제이미는 엔젤 야나기하라처럼 쥐에게 해파리를 쏘이고 죽음에 가까이 가는 모습을 지켜보는 사람이 아니었다. 그 자신이 쥐였다.

그래도 전체 영상 중 가장 이상한 부분은 제이미가 퇴원하고 나서였다. 왜냐하면 몸이 나아지자마자 바로 즉시, 다시 물로 뛰어들었기 때문이다. 여느 때처럼 제이미는 다시 해파리에게 돌아갔다. 지난 이틀 동안 아무 일도 없었다는 듯 웃고 농담했다. 미친 것 같지도 않았다.

그 점 때문에 난 제이미가 좋았다. 해파리에게 쏘였는데도 변한 게 없어서 좋았다.

제이미는 유머감각이 있었다. 공포 따윈 없었다. 그는 용서할 줄 아는 사람이었다. 무엇보다도 제이미는 내가 미치지 않았다고 생각해 줄 것 같았다. 제이미야말로 때로 일은 그냥 일어난다는 말이 사실 이치에 맞지 않는다는 걸 증명하는 데 도움을 주리라는 확신이 섰다.

그리고 제이미가 이 일에 도움을 준다면, 그밖에 다른 일도 도와 주리라는 생각이 들었다. 프래니와 나 사이에 얽힌 우정에 관한 이야기의 새로운 결말을 쓰는 데 도움을 줄 수 있을 것이다.

내가 사실은 착한 역할이었다는 결말을. 악당이 아니라.

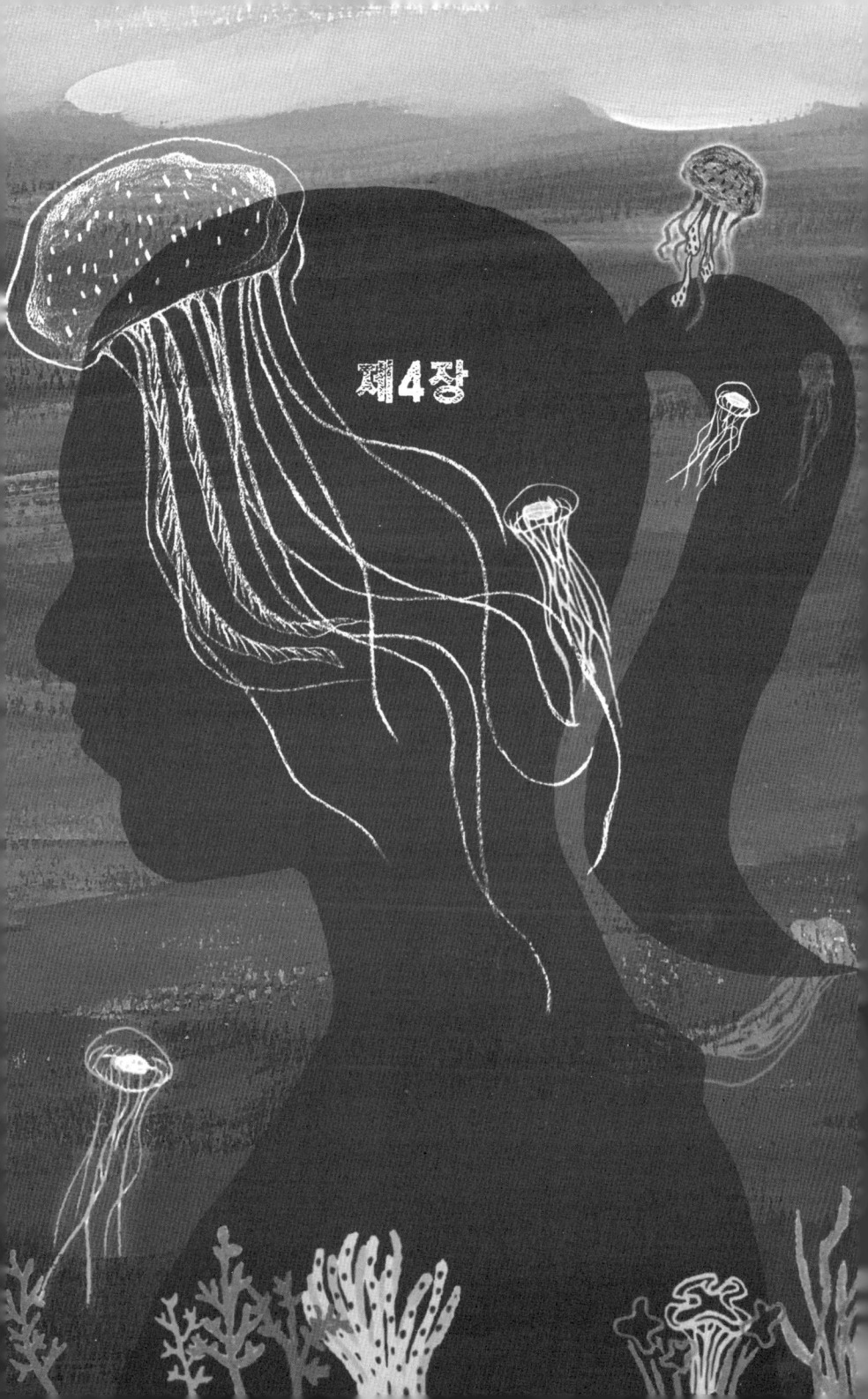

# 변수

과학자들은 궁극적으로 원인과 결과를 알아내는 일을 합니다. 세상의 일부분이 어떻게 변하고 그것이 다른 것을 어떻게 변화시키는가. 하지만 원인과 결과는 언제나 그렇듯 측정하기 쉽지 않습니다. 따라서 연구 과정을 체계적으로 만들면 변수는 또렷하게 구분될 것입니다. 독립변수, 종속변수, 통제변수 등으로 말입니다. 이로써 과학자들은 무엇이 변하고 무엇이 변화를 일으키지 않는지 알아낼 수 있지요.

— 터튼 선생님

## 만발하다

해파리에 관해 내가 그 다음으로 말하고 싶은 사실은 이거야. 해파리는 다른 개체를 대체해 버리지.

알고 있었니? 많은 사람들은 그 사실을 몰라. 그게 우리 잘못은 아니지만, 아무도 관심조차 기울이지 않지. 사람들은 다른 일에 더 관심이 많아. 피아노를 치는 고양이라든지, 어떤 영화배우가 중독 치료를 받고 있는지, 누가 남자친구를 가로챘는지 등등. 아이섀도 색상이라든지 온라인 게임, 사진 찍을 때 가장 예쁘게 나오는 각도 등에 더 관심이 많지.

하지만 그동안에, 저 멀리 바닷속에서, 해파리가 점점 만발하고 있어.

정말 예쁜 표현이지 않니?

해파리가 만발한다.

햇빛을 향해 활짝 핀 꽃이 생각나지 않아?

해파리가 유례없이 많아지고 있다. 적어도 일부 과학자들은 그렇게 주장해. 문제는 사람들이야. 사람들이 바다에서 물고기를 너무 많이 잡고 있어. 잡은 물고기는 공장으로 보내 육포와 어묵으로 만들지. 그러고 나서 '레드 랍스터'나 '롱 존 실버스'와 같은 해산물 식당으로 보내. 슈퍼마켓 수산물 매장에는 매끄럽게 빛나는 얼음 무더기 위에서 생선이 팔려 가기만을 기다리고 있지.

우리가 이런 일을 할 때 해파리는 더욱 많이 만발한단다. 이제 먹이를 두고 다툴 경쟁 상대가 줄어들었어. 개체 수는 더 많아지고, 거대하게 무리 지어 움직이면서 닥치는 대로 먹어 치우지.

바닷물이 따뜻해지면 대부분에게 좋지 않은 결과를 불러일으켜. 바닷물에 화학물이 유입되는 것도 문제야. 표면이 화학물질로 뒤덮이는 바람에 바다는 산소를 충분히 공급받지 못하지. 하지만 해파리는 따뜻한 바닷물을 좋아하고, 화학물질은 해파리에 조금도 해를 입히지 못해. 해파리는 자신에게 필요한 모든 산소를 몸 안에 있는 수분창고에 가지고 다닐 수 있어.

지금도 해파리가 너무 많아지고 있어. 덕분에 해파리 수십만 마리가 해수 냉각 시스템을 먹통으로 만들어 전 세계의 발전소가 문을 닫아 버리고 말았다고 해.

해파리는 무지막지하게 많아지고 있고, 예상치 못했던 동물의 먹이까지 뺏어 먹고 있어. 이를테면 남극 펭귄의 먹이까지. 어떤 과학자는 해파리가 언젠가 고래까지 굶어 죽게 만들 것이라고 생각하지.

아무도 이 사실을 몰라. 아무도 이에 대해 생각하거나 이야기하지 않지. 내 말은, 이것이 우리 주변에 돌고 있는 가장 주요한 뉴스 중에 하나라는 거야. 텔레비전에서 해파리를 마지막으로 본 적이 언제인지 기억이나 나니?

하지만 네게 말하건대, 해파리가 만발하고 있어.

지금 이 순간에도 해파리는 만발하고 있지. 해파리는 지금도 조용히, 끊임없이 움직이고 있어. 바닷속 어둠을 헤치면서 말이야.

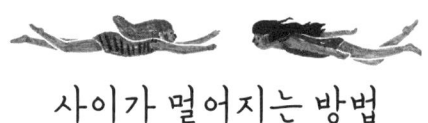

## 사이가 멀어지는 방법

모든 것은 변한다. 네가 딜런 파커를 좋아한다고 말한 그 순간부터 변화가 찾아오기 시작했다. 6학년이 시작되기 직전 여름, 모든 것이 달라졌다.

내가 그걸 처음으로 알게 된 것은 네가 옷을 잡아당기는 모습을 보면서부터다. 옷이 조금 짧긴 했지만, 그렇다고 그다지 신경 쓸 만한 일은 아니었다. 네가 하루 종일 그 생각에 빠져 지냈다는 사실만 빼면. 난 자신 있게 네가 옷에만 신경 쓰고 있었다고 말할 수 있어. 왜냐하면 넌 끊임없이 네 옷단을 만지고 있었거든. 잡아서 계속 아래로 내리고 있었지. 옷으로 무릎 전체를 다 가려 버리겠다는 기세로. 그걸 하지 않을 때면 옷매무새를 다듬고 또 다듬었어. 처음이나 지금이나 똑같은 모양새인데도 말이야.

네가 계속 옷을 잡아당기고 옷매무새를 다듬고 하니까 나도 네 옷을 눈여겨보게 되더라. 그 옷이 너무 짧아서 그런 건지, 아니면 딱 맞는 건지 궁금해지더라고.

그게 가장 짜증나는 점이야. 왜냐하면 난 네 옷에 대해 곰곰이 생각하기 싫거든. 이 세상에 관심을 기울여야 할 곳이 얼마나 많은데. 중요한 일들이.

이제 몇 달이 지났지만, 난 아직도 네게 털어놓지 않았어. 아직도 우리 부모님에 대해 이야기하지 않았다고.

말하고 싶어. 우리 아빠가 새로 이사한 집으로 너를 초대하고 싶어. 아빠가 얼마 전에 사들인 새 텔레비전을 보여 주고 싶어. 우리 엄마가 "소중한 돈을 저런 데 낭비했다."고 말한 바로 그 텔레비전 말이야. 우리 엄마가 아빠가 쓰던 옷장에 물건을 늘어놓은 꼴을 보여 주고 싶어. 덕분에 옷장에는 아빠 옷이 한 번도 걸린 적이 없던 것 같아.

하지만 내가 네게 말을 꺼내려 할 때마다 너는 네 옷을 가다듬거나 거울을 쳐다보느라 바빠. 어떤 거울이든 그냥 지나치는 법이 없어. 우리가 어디에 있든지. 난 네가 다른 포즈로 네 모습을 요리조리 볼 때까지 거기에 거울이 있는지도 몰랐다니까.

일단 네가 거울을 보기 시작하면, 우리가 나누던 대화는 거기에서 끝이 나 버렸지.

"내 머리 마음에 안 들어."

너는 네 앞머리를 아래로 쓸어내리며 말하지. 나는 네 머리 어디가 마음에 안 든다는 건지 모르겠어. 내 머리는 아예 쓸어내려지지도 않는걸. 그런 내 머리에 내가 개의치 않는다면, 너도 네 머리를 싫어할 이유가 전혀 없지. 하지만 그러고 나서 너는 내 머리에도 신경을 쓰기 시작했어.

"있잖아."

너는 뭔가 도움을 주고 싶다는 말투로 말을 꺼냈어.

"나 네 머리에 딱 맞는 제품 알아. 그걸로 네 머리 완전 귀엽게 만들 수 있을 거야."

귀엽다고. 지금 너 그 말 완전 입에 붙이고 살거든.

"아 맞다, 나 가게에서 척 테일러 봤다. 완전 귀여워."

"척 테일러가 누구야?"

나는 똥 싼 바지를 입은 아기들을 떠올렸다. 아기 척 1호, 아기 척 2호.

"아니, 바보야."

너는 샐쭉해져서 말한다.

"척 테일러는 짱 귀여운 스니커즈야. 그것도 몰랐어?"

나도 아는 거 있다. 나도 아는 거 많다. 그냥 신발 종류에 대해서 아는 게 별로 없어서 그래, 그게 다라고.

나도 아는 거 있어. 예를 들면, 시간과 공간은 같다는 사실. 그래서 모든 일이 동시에 일어날 가능성이 존재한다고. 다시 말해 지금 당장 내가 태어나서 동시에 어린아이로 자라고 할머니가 된 다음 죽어서 영원히 없어져 버리는 일이, 지금 이 순간 같은 시간에 한꺼번에 일어날 수 있다고.

이 세상 모든 것이 존재하는 이유는 눈에 들어오지 않을 정도로 작은 알갱이가 보이지 않는 지대를 헤치며 움직이기 때문이라고. 마치 장화 한 켤레가 진흙을 헤치고 나아가면서 점차 무거워지는 것처럼, 점점 크고 무거워지면서 말이야.*

그리고 우리 부모님이 갈라선 이후, 나는 이런 일이 내게도 일어나지 않을까 궁금해졌어. 이 세상을 헤쳐 나갈 때마다, 삶의 무게가 나를 더욱 짓누르면서 몸을 가누기조차 힘들게 될까.

어쨌든, 너는 내가 아는 것에 대해 별로 관심이 없는 것 같다. 이제 더 이상. 언젠가 너는 내게 모든 걸 다 털어놓으라고 말한 적이 있지만, 이제 너는 척 테일러나 네 소매의 단, 그리고 거울로 보이는 너의 모습, 뭐 그런 거에만 신경 쓰는 것 같아.

그래서 이런 의문이 생겼다. 너는 내가 이해하지 못하는 일에 대해 신경을 쓴다. 그리고 너는 내가 알고 있는 바에 대해 관심이 없다. 그럼 우리는 이제 서로 이야기할 필요도 없는 건가?

나는 내 머리에 쓸 '제품' 따위는 사지 않는다.

얼마 뒤, 너는 내 것도 산다. 싸구려 향수 냄새가 나는 투명하고 끈끈한 젤이다. 너는 손가락으로 그걸 문지르고, 내 풀풀 날리는 머리에 바른다. 하지만 내 머리를 더욱 부풀어 오르게 할 뿐이다. 마치 전기콘센트에 손가락을 집어넣어 감전된 꼴이 되었다.

"흠."

너는 얼굴을 찌푸린다.

---

*원자가 모여 분자를 이루고, 분자가 모여 물질을 이룬다는 물리학 개념을 비유한 말

"네 머리 정말 구제불능이다."

그리고 그때 이걸 말하고 싶었다. 아마도, 아마도 내 머리는 구제불능일지도 몰라. 그리고 그게 나쁜 점이라는 걸, 바로 이 순간이 되어서야 알게 되었어.

그때 네가 언젠가 말하던 것이 떠올랐다. 네가 그랬지.

"내가 그렇게 되면 너 꼭 말해야 해."

넌 이렇게 말했지.

"내게 신호를 보내……. 비밀 메시지 말이야."

네가 그랬어.

"아주 엄청난 걸로."

하지만 나는 뭐가 올바른 신호인지 모르겠어. 이런 메시지를 전달할 수 있는 신호 말이야. 내가 관심을 갖는 곳에 너도 다시 관심을 가지면 좋겠어. 나는 어떻게 말하면 좋을지 모르겠어. 나는 네 주변에 있는 게 참 좋았는데, 이젠 잘 모르겠어. 어떻게 말하면 좋을지 모르겠다고. 제발, 그런 식으로 변하지 말아 줘.

그래서 나는 아무 말도 하지 않는다. 그냥 내 사자 같은 머리에 헤어 제품을 바르는 걸 내버려 둬. 바셀린 통에 내 머리를 넣고 문질러 대는 느낌이 날 때까지 말이야. 그리고 네가 집에 간 뒤, 나는 다 씻어 없애 버리지.

\* \* \*

거의 같은 시간에, 오빠가 저녁을 먹으러 집에 온다. 오빠는 새로 사귄 친구를 데리고 와. 엄마는 두 번 구운 감자 요리를 대접하고 과하게 웃어 보이지. 뭐 때문인지는 모르겠지만, 엄마는 오빠가 엘비스 프레슬리라도 데려온 것처럼 굴어. 오빠가 저녁 먹으러 올 때 데리고 온 다른 친구들과는 아주 다르게 대우하지.

밥을 먹는 동안 나는 너에 대해 이야기를 해. 시종일관 거울만 쳐다보고 있고, 너에 대해 어떻게 말하면 좋을지 모르겠다고.

"아, 그건 그냥 누구나 거쳐 가는 성장 과정일 뿐이야."

엄마는 손을 흔들며 말한다. 약간은 너무 크게 웃는다. 그러고는 식탁을 치우려고 일어선다. 하지만 오빠는 나를 유심히 바라본다.

"오빠도 단순한 성장 과정이길 바라지만, 하지만 경고는 해 두지. 너는 시련의 시기에 들어선 거야."

오빠는 로코 오빠를 힐끗 본다. 로코 오빠는 고개를 절레절레 흔든다.

"중학교라, 어마어마한 돈을 준다 해도 다시는 돌아가지 않을 거야."

나의 푸념에 대한 로코 오빠의 대답이다.

## 딸칵, 그리고 침묵

나는 제이미에게 이메일로 연락하기로 계획을 세웠다. 하지만 처음에는, 너무 오래 앉아 있어서 엉덩이에 불이 난 것 같을 때까지 그냥 깜빡이는 화살표만 바라볼 뿐이었다.

아무래도 내 생각을 먼저 종이에 써 보는 게 좋겠어. 하지만 그조차도 적절한 단어를 찾지 못해 내가 써 놓은 글귀 위에 찍찍 줄을 그어 버리기 일쑤였다.

나는 정중한 어투로 시작했다.

시모어 씨께

시모어 박사님께

하지만 이건 영 아닌 것 같다. 그래서 나는 정반대로 나갔다.

안녕, 제이미!

반가워요! 내가 누군지는 모르겠지만…….

첫 구절은 예의 바르게 쓰려고 했다.

저는 선생님의 전문적 지식을 ~~지식에 도움이 필요하여~~ 요청하기 위해 이 글을 씁니다.

직설적으로도 써 보았다.

제이미, 도움이 필요해요.

나는 수십 가지 다른 방법을 써 보았지만, 괜찮은 단어가 영 떠오르지 않았다. 내가 원한 방식이 아니야. 나는 펜을 내려놓고 다시 딸깍, 클릭했다. 이루칸지 해파리에 쏘였을 때의 영상이 다시 나왔다.
나는 배경 설명을 넣으려고 했다.

내게 친구 급우가 있었는데 얼마 전 ~~세상을 떠났어요 죽었어요~~ 익사했어요. 중요한 점은, 제 친구가 ~~수영을 엄청 잘했다는~~ 수영 실력이 뛰어났다는 거예요. 8월에 매릴랜드에서 죽었어요. 그냥 물에 빠져 죽다니, 너무 말이 안 되는 거예요. 제가 처음 본 그 순

121

간부터 굉장한 수영 실력을 자랑했거든요. ~~게다가, 제가 알아낸 바에 따르면~~ 매릴랜드 해변은 파도도 크게 치지 않는다는 정보를 읽은 적이 있어요.

나는 내가 얼마나 많이 배웠는지 보여 주려고도 했다.

최근에 읽은 건데, 해파리가 전 세계에 걸쳐 만발하고 있다면서요. 그리고 특히 이루칸지 해파리, 선생님을 쏜 그 해파리는(~~고통스러운~~ 힘든 기억을 끄집어냈다면 죄송해요.) 전 세계에 걸쳐 옮겨 다니는 경향이 있다고 해요. 일찍이, ~~사람들~~ 전문가들은 이루칸지가 호주, 즉 선생님 근처에서만 발견되었다고 생각했죠. 하지만 이루칸지 증후군이 ~~10년~~ 십 년 전에 플로리다에서도 목격되었다는 사실 아세요? 의사가 그 사실을 의학 잡지에 기고한 적이 있어요. 제가 온라인에서 그 논문을 찾았는데, 원하신다면 선생님 편에 ~~보내드리고~~ 전달해 드리고 싶어요.

질문도 해 보려고 했다.

그래서 제가 생각한 게 이거에요. 제 ~~친구~~ 급우가 해파리에 쏘였다면? 우리가 알 수 ~~있었을까~~ 있을까? 누구라도 그걸 볼 수는 있을까?
제 말은, 그 아이가 죽은 이유가 이루칸지 때문이 아니라는 걸 증명할 길이 있냐는 거죠. 그걸 확신할 길이 있을까요?

그리고 우리가 그 아이에게 무슨 일이 일어났는지 모른다면, 우리는 그 외에 다른 일이 일어나지 않도록 어떻게 막을 수 있죠?

그 영상을 너무 많이 봐서 달달 외우고 나서야, 나는 다른 방식으로 접근하기로 했다.

나는 엄마가 잠이 들 때까지 기다렸다. 늦은 밤이었다. 자정 가까이 되었다.

하지만 호주 케언스는, 여기 매사추세츠의 사우스 그로브보다 열다섯 시간 빠르다. 거기는 이른 오후일 터였다. 케언스에서는 이미 내일을 살고 있다.

나는 대학교 웹사이트에서 찾은 번호를 눌렀다. 전화 신호음이 울린 뒤, 어떤 여자의 무미건조한 목소리가 들렸다.

"제임스 쿡 생물다양성 센터입니다. 무엇을 도와 드릴까요?"

내가 입을 열었지만, 말이 나오지 않았다. 그냥 제이미 있냐고 물어. 나는 속으로 말했다. 나는 눈을 질끈 감았다. 그냥 물어보라고.

하지만 나는 그 다음에 이 여자가 뭐라고 물어볼지 짐작할 수 있었다. 이를테면 '어떤 일 때문에 그러시죠? 무슨 일인지 여쭈어 봐도 될까요?' 이런 말일 테지. 그리고 나는 그에 대해 뭐라고 대답하면 좋을지 확신이 서지 않았다.

"여보세요?"

전화기 속 여자가 물었다.

"거기 누구 없나요?"

나는 귀에 전화기를 짓눌렀다. 제이미의 도움이 필요해요. 속으로만 생각했다. 내가 뭘 할 수 있도록 제이미가 도와 줬으면 해요. 내 친구를 위해. 내 친구, 이제 친구 아니야. 죽었으니까. 내가 납득이 가도록, 설명할 수 있도록, 일에는 언제나 원인과 결과가 존재한다는 걸 증명해 보일 수 있도록 제이미의 도움이 필요해요.

나는 제이미가 요지경 속 세상을 바로잡기를 바랐다.

"여보세요? 여보세요?"

영화에서 보면, 상대방이 전화를 끊는 순간 '삐' 하는 소리가 들린다. 하지만 현실에서는, 그냥 '딸깍' 하고 침묵만 있을 뿐이다. 휴대폰이라면 그냥 짧게 '삐' 하는 소리와 함께 화면에 통화 종료라는 메시지만 뜰 것이다. 하지만 거실에 있다면, 그리고 자정에 가까운 시각이라면, 그저 들리는 소리라고는 '딸깍' 하는 소리뿐이다.

지하실 난방기가 돌아가기 전 삐걱거리는 소리가 들릴지도 모른다. 그리고 그 다음, 침묵이다. 철저한 침묵.

적절한 단어를 찾는 일은 절대 내 주특기가 아니다.

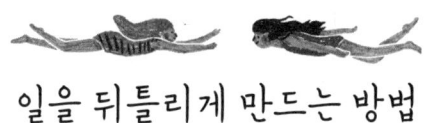

## 일을 뒤틀리게 만드는 방법

 6학년에 올라가고, 유진 필드 메모리얼 중학교에 입학하면서 모든 게 달라졌다.
 일단, 여기는 전에 다니던 학교보다 더 크다. 초등학교 세 개와 맞먹는 크기라서, 그만큼 낯선 사람들도 많다. 건물 자체도 너무 크고 부속 건물도 여러 채다. 6학년 건물, 7학년 건물, 8학년 건물, 예술관, 체육관 등. 길을 너무 자주 잃어버려서 복도를 따라 끝까지 걸어가다 보면 나보다 나이가 훨씬 많아 보이는 학생들과 마주치기도 했다.
 그리고 사물함도 있다. 작년에도 모든 학생들에게 나무로 만든 사각 사물함이 있기는 했다. 하지만 문이 없어서 안에 뭐가 있는지 다 보였다. 이번에는 비밀번호로만 열 수 있는 차디찬 금속 사물함이다. 뭐든 다 숨길 수 있다. 사물함은 각 건물 복도를 꽉 메우고 있었다. 밤에 나는 그 복도를 걷는 꿈을 꾸었다. 꿈속에서 복도는 끝이 없었다.

중학교에서는 아이들이 양쪽에 딱 붙어 걸어 다니며 서로를 힐끔힐끔 쳐다본다. 아이들이 한데 무리 지어 있는 게 보였다. 어두운 머릿결을 가진 예쁜이 오브리는 금발인 예쁘장한 소녀 몰리와 짝지어 앉았다. 그리고 그 둘은 다른 예쁜 아이들에 둘러싸여 다닌다. 안나, 제나 그리고 또 몇 명. 누구는 초등학교 때부터 알고 있었지만 몇몇은 처음 보는 아이들이다. 걔네들이 사물함 근처에서 무리 지어 있을 때 그 옆을 지나가는 게 싫다. 머릿결은 하나같이 곧게 뻗어 있는데, 자기 머리에 어떤 제품을 쓰면 좋은지 정확하게 알고 있는 듯하다. 혹시 제멋대로 헝클어진 내 머리에도 효과가 있을까, 하는 의문이 들었다. 내가 꼭 다른 별에서 온 것처럼 느껴졌다.

*  *  *

입학한 지 얼마 되지 않은 동안, 점심시간은 적어도 초등학교에 다닐 때와 똑같았다. 너와 내가 함께 앉아 과자를 나누어 먹고 그냥 뭐든 수월하게 지나가는 것 같았다. 하지만 얼마 지나지 않아 상황이 변했다. 처음에는 알아차리지 못했다.

매일, 우리는 항상 같은 자리에 앉는다. 그리고 네가 우유를 사 오는 동안 나는 내 치즈 샌드위치를 먹으며 기다린다. 너를 기다리는 시간은 점차 길어진다. 왜냐하면 네가 내게 곧장 오지 않고 꾸물대기 때문이다. 너는 다른 아이들과 이야기한다. 나는 걔네들이 누군지도 모르는데, 너는 그렇게 너만의 시간을 가진다. 너는 그냥 이야기만 하는 것이 아니다. 엉덩이를 뒤로 뺀 채 선다. 딜런이 지나가기만을 기다리는 게 아닌지 의문이 들게 만든다. 날마다, 너는 더더욱 꾸물거리는 것 같다.

그러던 어느 날, 네가 점심거리를 산 뒤 우리 자리로 올 거라 생각한다. 하지만 넌 그렇게 하지 않는다. 대신 너는 다른 여자 아이들이 앉은 자리에 가서 앉는다. 그냥 여느 아이들이 아니다. 너는 오브리와 몰리, 제나, 안나와 함께 앉는다. 걔네들은 네가 거기에 앉는 게 아주 자연스러운 듯 웃는 얼굴로 너와 마주한다. 네가 끊임없이 입을 움직이며 말하는 모습이 보인다.

나는 구내식당 저편에서 너와 눈이 마주친다. 나는 너를 보고 얼굴을 찌푸리며 손을 들어 올린다.

너 뭐하는 거야?

처음에 너는 얼굴을 돌린다. 그래도 난 너를 계속 노려본다. 이윽고 네가 다시 나를 바라본다. 너는 웃으며 내게 손을 흔든다.

나도 그 아이들과 함께 앉고 싶어 할 거라는 듯.

나는 인상을 구긴다. 그러고는 내 샌드위치를 내려다본다. 선도부가 빠르게 지나가며 한마디 한다.

"조심해. 그러다가 얼굴이 그 모양으로 얼어붙어 버릴라."

그날 밤, 나는 엄마에게 나도 우유랑 점심거리를 사서 먹고 싶다고 말한다. 그렇게 하면, 네가 우유를 사는 동안 나는 네 옆에 딱 붙어 있을 수 있을 것이다.

다음 날, 우리 둘 다 점심거리를 산 뒤, 내가 말한다.

"이리 와."

나는 너를 우리가 앉던 자리로 끌어당긴다. 너는 나를 따라와 함께 앉는다. 응당 그래야 하듯이 우리 둘만 말이다. 하지만 너는 점심시간 내내 아무 말도 하지 않고 조용히 앉아 있다. 밥을 다 먹고 나서, 너는 포장지를 구기고는 나를 쳐다보지도 않고 일어선다.

며칠 뒤, 네가 말한다.

"나 오늘은 쟤네들하고 밥 먹을 거야."

그리고 별일 아니라는 듯 머리로 오브리의 자리를 가리킨다. 네 목소리는 언젠가 우리 엄마가 했던 표현을 빌자면, '신경질적으로' 들린다. 조금 뒤, 네가 덧붙인다.

"너도 같이 와야 해. 쟤네들 착해."

그러고 나서 네 목소리는 살짝 상냥해진다. 조금 미안했나 보다. 나는 너를 따라 그 자리로 간다. 너는 제나 옆에 앉는다. 남는 공간이 별로 없었지만, 나는 다른 의자를 끌고 와 어떻게든 네 옆에 끼어 앉는다. 모두들 "안녕!" 하고 말하지만, 점심시간 내내 내게는 거의 말을 걸지 않는다.

점심시간이 끝나기 전, 아이들은 작고 둥근 거울을 꺼낸다. 초록색이며 파란색, 회색 등 다양한 색깔이 있는 볼터치와 아이섀도를 나눠 한다. 얼굴 모양이라든지 피부 색상에 대해 이야기하기도 하고, 어울리지 않는 색 조합으로 옷을 입고 온 아이들을 가리키며 말하기도 한다. 너는 이 아이들이 하는 말을 잘 알아듣는 것 같다. 도리 퍼킨스의 얼굴이 '올리브와 달걀의 중간쯤' 되는 반면, 엠마 스트랭크의 피부색은 끝내주는데 얼굴형은 하트 모양이라든가. 네가 내게 고개를 돌리고는 나긋하게 말한다.

"너도 어떻게 보면 하트 모양 같아, 수지."

그리고 난 이제 더 이상 견딜 수가 없다. 너를 보며 오만상을 찌푸린다. 너는 황급히 고개를 돌린다.

\* \* \*

그 다음 날, 너는 다시 그 아이들과 같이 앉는다. 나도 너를 따라간다. 왜냐하면 가장 친한 친구는 언제나 함께해야 하니까. 몰리가 힙합 댄스 수업에서 있었던 일을 이야기하고 있었는데, 수업하는 동안 다리와 배를 랩으로 감싼단다. 이렇게 하면 땀을 더 많이 흘릴 수 있다나.

나는 엄마가 언제나 내게 해 주었던 충고를 떠올렸다.

다른 사람들에게 질문을 많이 해 보렴.

그래서 내가 묻는다.

"왜 그렇게 땀을 많이 흘려야 하는데?"

몰리는 대답하지 않는다. 하지만 오브리가 내게 몸을 기울이고는 아주 천천히 대답해 준다. 당연한 거 아니냐는 듯이.

"그래야 바지가 예쁘게 잘 맞거든."

내가 말을 받는다.

"사실, 사람은 발바닥에 땀구멍이 제일 많아."

나는 이렇게 말한다. 이게 진실이니까. 그리고 이래야 대화에 참여할 수 있으니까.

몰리가 나를 쳐다보며 눈썹을 치뜬다. 그러자 내가 뭔가 잘못 말했다는 걸 알 수 있었다.

나는 다시 대화를 시도한다.

"땀이 몸 밖으로 나오면 즉시 살균된다는 거 알고 있어?"

몰리가 입을 앙다문다. 그리고 콧구멍이 조금씩 벌렁거리기 시작한다.

"그건 오줌하고 같아. 사람들은 오줌이 더럽다고 생각하지만, 사실은 완전히 깨끗해."

순간 경직.

"어떤 사람은 자기 오줌을 마시기도 한대."

제나는 손으로 팝콘을 집어 자기 입에 넣으려고 하다가 그대로 얼음이 되어 버렸다. 제나가 몰리를 쳐다본다. 오브리는 너를 쳐다보다가 안나를 쳐다본다. 아무도 나를 바라보지 않는다. 내가 말을 잇는다.

"사람들이 자기 오줌을 먹는 건 대개 그럴 수밖에 없기 때문이야. 이를테면 돌무더기라든지 그 비슷한 거에 깔렸을 때. 하지만 어떤 사람들은 그냥 자기 몸에 좋다니까 먹기도 한대."

제나가 고개를 절레절레 흔들다가 먹던 팝콘을 내려놓는다. 몰리는 눈을 감고 입을 더욱 앙다문다. 웃지 않으려고 애쓰는 것 같다. 솔직히 말해서, 모두들 웃지 않으려고 어지간히 애쓰는 것 같다. 너까지도.

"아, 또 누가 자기 오줌을 먹는지 알아?"

나는 입 밖으로 줄줄 나오는 말을 막을 수가 없다. 나오는 말마다 족족 상황에 맞지 않는 말이라는 걸 알고 있는데도 말이다.

"나비. 나비는 그런 방식으로 염분과 미네랄을 얻어. 그리고 많은 동물들이 다른 동물과 의사소통을 하는 데 오줌을 사용하지. 그러니까, 좀 더럽게 들린다는 건 아는데…… 하지만……."

내 목소리는 점차 잦아들고, 나는 내 입술을 깨문다. 나는 이 적막에서 벗어나려고 깊게 숨을 몇 번 쉰다. 나는 내 가방에 손을 넣고 프룻 롤 업*을 꺼낸다. 딸기 맛이다. 나는 그걸 네게 건넨다.

"먹을래?"

너는 고개를 흔든다. 내 얼굴은 쳐다보지도 않는다.

"정말? 이거 딸기 맛인데……."

너는 다른 곳을 가만히 바라본다. 내 오른쪽 어깨 위에 너의 시선이 꽂힌다. 내가 말한다.

"줘?"

다른 아이들은 다시 서로 바라본다.

---

*과일향이 나는 테이프 모양의 젤리

"딸기소녀에게 주는 딸기야."

나는 젤리를 살짝 흔들어 보이며 다시 주려고 한다. 네가 화가 난 얼굴로 나를 째려본다.

"뭐?"

오브리가 묻는다.

"아무것도 아니야."

네가 재빨리 가로막는다.

"아무것도 아니라고. 그냥 우리가 아주 아주 어렸을 때 했던 바보 같은 말이야."

너는 내게 무서운 눈길을 쏘아 대며 덧붙인다.

"어떤 사람들은 이제 자기가 철이 들어야 할 때라는 걸 모르기도 하지. 그게 다라고."

네가 일어선다. 그리고 똑같이 다른 아이들도 일어선다.

너는 성큼성큼 가 버리기 전, 내게 몸을 기울인다. 너무 가깝게 기대서 너의 심장 박동 소리가 다 들릴 정도다. 너의 얼굴이 붉으락푸르락해진다. 눈빛은 활활 타오른다.

"너 왜 이렇게 이상하게 굴어, 수지?"

네가 낮은 어조로 화를 내며 말한다. 네가 이렇게 화내는 걸 본 적이 없다. 나는 당황한다. 왜냐하면 내가 한 일은 그저 젤리를 건넨 것뿐이니까. 친구라면 다들 그러잖아.

"너 그냥, 완전 이상해."

네가 말한다. 그러고는 돌아서서 쿵쾅거리며 식당을 나선다.

다른 아이들이 따라간다. 그리고 나는 너무나 놀랐다. 내가 널 처음 만났던 바로 그때만큼이나. 네가 생각지 못하게 물 아래로 뛰어들었던 그 순간, 너도 나처럼 수영을 못할 것이라고 여겼던 그 순간으로 돌아간 것처럼 말이다.

저 여자아이들은 이제 너를 따라간다. 한때 너는 교실에서 큰 소리로 책을 읽는 걸 두려워하는 아이였지만, 그리고 엄마와 떨어져서 혼자 자는 걸 무서워하는 아이였지만, 이제 이 아이들이 너의 뒤를 따라간다.

아무도 돌아서서 내게 눈길 한 번 주지 않는다.

## 얼굴을 맞대고

상담 시간이 시작될 때마다 레그스 박사님은 내게 단 한 번만 질문했다.

"오늘은 그냥 가만히 있을래, 아님 말할래?"

매주마다, 나는 같은 방식으로 대답했다. 입술을 꽉 다물고 발만 뚫어져라 내려다보기.

레그스 박사님은 의자에 몸을 기대고는 무릎을 움켜쥐고 나의 침묵에 응답했다. 부모님은 문 바깥에 앉아서 기다렸다. 몇 주가 지나도록 우리는 아무 말도 하지 않았다.

그러지 오빠가 언젠가 내게 했던 말이 생각났다. 음표 없는 악보를 만든 작곡가에 관한 이야기. 작품 하나를 연주할 때, 연주자가 무대에 올라 피아노 뚜껑을 열고는 타이머를 세팅하고 아무것도 하지 않는다. 오빠가 말하기를 처음에 관객들은 초조해한다고 한다. 서로 마주보며 속닥거리기도 하고 자리를 바꿔 앉는가 하면, 누구는 그냥 나가 버린다. 이제 작품을 연주하면, 사람들은 침묵을 기대한다. 화가 나거나 초조해하지 않고, 대신 다른 소리를 듣는다. 바스락거리는 소리, 의자에 스치는 옷 소리, 조심스러운 기침 소리 등. 사람들은 자신이 내는 소리를 듣는다. 다른 때 같았으면 들리지도 않았을 그런 소리. 소음은 항상 어디서나 존재하는데 말이다. 작품 제목은 〈4분 33초〉라고 한다. 왜냐하면 연주자가 조용히 앉아 있는 시간이 정확히 4분 33초이기 때문이다.

  사람들이 조용히 있으면, 자신이 내는 소리를 더 잘 들을 수 있다. 사람들이 조용히 있으면, 언제, 무슨 말을 하든 더 중요하게 여길 수 있다. 사람들이 조용히 있으면, 다른 사람들이 보내는 신호를 더 잘 읽을 수 있게 된다. 물 아래 생물이 신호를 보내기 위해 다른 생물에게 빛을 비추거나 피부색을 바꾸는 행동과 같은 이치이다.

  인간은 다른 사람의 신호를 읽는 데 너무나 서툴다. 나도 이제야 알았다.

  때로 나는 레그스 박사님이 내게 보내는 신호가 뭔지 머릿속에 그려 보려고 했지만 잘되지 않았다. 말로 이루어진 세상에서 너무 오랫동안 살아온 탓에 침묵은 여전히 내가 잘 이해할 수 있는 언어가 아니었다.

  매주, 45분이 지나면 레그스 박사님은 이렇게 말하며 침묵을 깼다.

"좋아. 시간 다 됐다."

부모님이 이런 상담 시간 때문에 돈을 낭비하지 않았으면 좋겠는데.

\* \* \*

박사님과 네 번 상담을 하는 동안 변화가 일어났다. 상담 중간 즈음에 박사님이 입을 열었다.

"수잔, 사람들이 왜 남들과 말을 하는지 곰곰이 생각해 본 적이 있는지 모르겠구나. 우선 말이라는 게 왜 생겨났을까?"

레그스 박사님의 설명에 따르면, 인간 사회가 너무 복잡해져서 몸짓이나 옹알거리는 것만으로는 충분히 의사소통을 할 수 없었기 때문이라고 한다. 그러고 나서 박사님이 말을 이었다.

"하지만 선생님이 믿는 부분은 그게 아니야."

내가 그럼 선생님은 뭘 믿느냐고 물어볼 거라고 생각한다면, 틀렸다. 레그스 박사님은 내 쪽으로 몸을 기울이더니 이런 말을 했다.

"나는 말이지, 서로를 더 잘 이해하기 위해 말로 하는 의사소통이 생겨났다고 생각해."

서로를 잘 이해하기 위해서라. 그러고 보니 내가 프래니를 이해시키려 한 그 모든 잘못된 일들이 생각났다. 그동안 일어난 모든 일들은 결국 프래니가 그 끔찍한 가방을 들고 울며 내 앞을 지나가는 것으로 끝이 났다.

생각하면 할수록 너무 고통스러웠기 때문에 나는 될 수 있는 한 재빨리 그 기억을 머릿속에서 밀어냈다. 언제나 그래왔듯이. 대신 나는 제이미를 생각했다. 전화 통화에 실패한 이후, 나는 어떻게 하면 그와 연락할 수 있을까 생각하고 또 생각했다.

"이해받고자 하는 것은 사람의 기본 욕구이기도 하지. 너도 누군가로부터 더 잘 이해받고 싶지 않니?"

나는 꼿꼿이 앉아 있었다.

"날 믿어."

박사님은 처음 보았을 때 이렇게 말했다.

"난 옳고 그름을 판단하지 않아."

하지만 하고많은 사람들 중에서 이 여자가 어떻게 다른 사람이 나를 이해하도록 도울 수 있을까?

"네가 절실하게 표현하고 싶은 무언가가 있지 않니?"

음. 맞아요. 난 제이미의 도움이 필요해. 그래서 난 고개를 끄덕였다.

"아마도 내가 그에 맞는 말을 찾는 데 도움을 줄 수 있을 거야."

박사님의 목소리는 낮았지만 들떠 있었다. 우리 둘 사이에 뭐 대단한 음모라도 꾸미는 것처럼 말이다. 박사님은 우리가 '돌파구'라고 부르는 어떤 단계를 거쳐 가고 있다고 생각하는 게 틀림없었다. 나는 이 정도는 돌파구가 아니라는 뜻으로 뱁새눈을 하고 쳐다보았다.

"음, 네가 말하고 싶은 것이 무엇이든지 간에, 와서 바로 말해 주면 좋겠어. 그냥 입을 열어서 머릿속에 있는 말을 내뱉는 거야."

제이미, 도와 줘요. 나는 속으로 말했다. 제이미, 당신이 바로 그 사람이라고요.

"물론, 네 세대라면 말이지."

레그스 박사님이 말을 이었다.

"말할 때마다 항상 이 얘기도 덧붙여야 한다고 생각했어. 문자나 이메일로만 의사소통하려고 하지 마. 무언가 중요한 이야기를 하려면 얼굴을 맞대고 말하렴."

얼굴을 맞대고. 하. 내가 지금 도움이 필요한 사람은 세상 반대편에 있다고요.

"내가 이런 말을 하는 데에는 이유가 있단다, 수잔. 우리가 사용하는 의사소통 수단이 대부분 비언어라는 걸 알고 있니?"

아무 말 하지 않고 의사소통을 하려고 하는 사람이 있긴 하지. 나는 생각했다. 그 방법이 항상 통하지는 않는다. 당연히 내게도 먹히지 않았다.

"말하고자 하는 바를 컴퓨터나 전화를 통해서만 하려고 하면 종종 오해가 생겨나기도 해. 하지만 바로 앞에서 얼굴을 보고 진실을 이야기하면 상대방은 너를 이해할 가능성이 높아진단다."

나에게만. 진실을 말해. 얼굴을 맞대고.

"그럼 상대방은 틀림없이 네게 응답할 거다."

나는 제이미 건너편에 앉아 있는 나의 모습을 상상했다. 제이미는 나를 보고 미소 짓고 있다. 어떤 걸 도와 줄까라는 표정으로 말이다. 나도 따라 미소 짓는다.

박사님이 말했다.

"너 웃는 거 봤다. 그러니까 내 말이 도움이 된 거지?"

나는 어깨를 으쓱했다. 박사님은 그걸 긍정의 의미로 받아들인 게 분명하다.

"좋아."

박사님은 뒤로 기대고 앉아 배 위에 팔짱을 꼈다.

"아주 좋아."

나머지 시간은 침묵으로 채워졌다. 박사님이 문을 열고, 우리 부모님을 향해 활짝 웃어 보였다.

"오늘은 눈에 띄게 진전이 있었어요."

부모님은 박사님을 보며 씩 웃었다. 크나큰 희망과 벅차오름을 안고서.

## 배워야 할 수백만 가지

나는 과학 과제로 해파리에 대해 알아보는 내내 제이미 생각만 했다. 해파리에 관해 전문가가 되기란 상상만으로도 여간 어려운 일이 아니다. 세상에는 배워야 할 것이 수백만 가지다. 단 하나의 동물에 대해.

예를 들어, 해파리를 반으로 자르면 그냥 해파리 두 마리가 된다. 녀석들은 같은 방식으로 세포분열을 한다. 그리고 해파리에게 상처를 입히면, 자그마한 복제 해파리가 둥둥 떠다니는 걸 보게 된다. 마치 3D프린터로 쫙쫙 뽑아내는 것처럼, 훼손된 조직에서 연달아 자기 복제를 하는 것이다.

세상에는 1,500가지가 넘는 해파리가 있다. 최대 1만 종류가 될지도 몰라. 언제나 새로운 해파리가 발견되니까. 생각하고 있으니 머리가 어질어질했다. 평생 동안 해파리만 공부하고 다른 건 배울 여지조차 없을 것 같았다.

 연구를 할 때마다 레그스 박사님이 한 말이 머릿속에서 떠나지 않았다.

 무언가 중요한 일을 전달하고 싶으면 얼굴을 맞대고 이야기하라.

 나도 그러고 싶다. 정말이지 제이미와 얼굴을 마주하고 싶다. 내가 새로운 사실을 알게 될 때마다(이를테면 상자 해파리는 원시적인 눈을 가지고 있다든지. 비록 뇌는 없지만.) 더더욱 제이미를 만나고 싶어졌다.

 제이미와 직접 자리를 함께할 수 있다면, 나 스스로는 물어볼 생각조차 못 했을 모든 일에 대해 제이미는 이야기해 줄 수 있을 텐데. 이를테면 해류라든지 수온, 그리고 전 세계에 걸쳐 모습을 나타냈던 이루칸지 증후군 등에 대해서 말이다. 갖가지 숫자를 표에 쓰고는 이렇게 말할지도 모른다.

 "그래, 그래. 네 말이 맞아, 수잔 스완슨. 너는 네 친구에게 무슨 일이 일어났는지 밝혀냈어. 오롯이 너 혼자서 말이지."

 제이미와 직접 자리를 함께할 수 있다면, 나도 이야기할 수 있을 텐데. 예전에 읽은 적이 있는 옛날 생물학자에 대한 이야기인데, 한 생물학자가 아내가 죽은 뒤 해변을 걷고 있었다. 바위 사이의 작은 웅덩이에서 해파리를 보았는데, 촉수가 소용돌이치는 모습이 마치 아내의 머리카락이 소용돌이치는 것 같았다고. 그 뒤로 그는 평생을 해파리의 그림을 그리는

데 바쳤다고 한다.

나는 프래니에 대해서도 다 말해 줄 수 있다. 어떻게 프래니가 여기에 왔고, 어떻게 우리 곁을 떠나게 되었는지. 그리고 나도 해파리의 수조 안에서 프래니의 머리카락이 소용돌이치는 모습을 보았다고.

제이미를 직접 만나는 일은 불가능하다. 만나려면 다른 대륙으로 날아가야 하는데, 미친 짓이나 다름없다.

"미쳤군, 미쳤어."

프래니가 이렇게 말할 것 같다. 백만 년 안에는 이루어지지 않을 거야.

하지만 만약 가능하다면?

# 상황이 변했다는 것을 알게 되는 법

오줌에 대해 떠벌리고 난 다음 날, 나는 입을 다물었다. 너와 그 여자아이들과 함께 자리를 하긴 했지만, 한마디도 입 밖에 내지 않았다. 그 누구도 내게 말을 걸지 않기는 마찬가지였다.

몇 주가 그런 식으로 지나갔다. 나는 앉아서 네가 하는 말을 듣고만 있다. 그러던 어느 날, 나는 우리가 예전에 앉았던 자리로 돌아갔다. 너는 내게 오지 않는다. 네가 그 여자아이들과 앉았을 때, 너는 나를 등지고 앉아 버렸다.

몇 주가 흘러간다. 그리고 한 달. 나는 밥 먹으면서 책을 읽는다. 숙제를 한다. 식당 안에 울려 퍼지는 소음을 듣는다. 아이들이 웅성거리는 소리, 사물함 문이 쾅하고 닫히는 소리, 종이봉투가 구겨지는 소리, 선도부원이 외치는 소리.

"뛰지 마세요!"

"쓰레기 좀 주우라고요!"

"식판은 무기로 쓰라고 있는 게 아닙니다!"

나는 네가 돌아오길 기다린다.

이제 우리는 더 이상 주말에도 만나지 않는다. 내가 전화하면, 너는 엄마랑 같이 쇼핑하러 간다고 말한다. 아니면 이모할머니를 만나러 간다든가. 수학 과외를 받아야 한다고도 말하지. 네가 계승\*을 정말 어려워하기는 해.

어느 날, 유례없이 따뜻한 봄날, 나는 묘안을 하나 냈다. 너희 집까지 자전거를 타고 가기로 한 거야. 점심시간에 이상하게 군 거 사과해야지. 오줌은 사실 깨끗하고 어쩌고 한 거 말이야. 이제 더 이상 이상하게 굴지 않겠다고 약속할게. 우리가 다시 시작할 수만 있다면.

나는 이제 지구라는 별에서만 11년 하고도 반 년 동안 살았으니, 그러니까 윤년을 포함해서 4,199일, 100,776시간, 600만 분이 넘는 시간을 살았으니 말이야.

명왕성이라면, 태양 주위를 한 바퀴 도는 데 지구 시간으로 250년이나 걸리니까 나는 아직도 한 살밖에 되지 않았겠지. 반대로 금성에서 나는 마흔다섯 살일 거야. 하지만 지구에서는, 난 열한 살 반이니까, 이세 이상하게 굴면 안 될 만큼 자랐어.

나는 너희 집 건너편 인도에 자전거를 세웠다. 목소리가 들린다. 여자아이들의 목소리.

---

\*수식의 일종

마당에 여자아이 세 명이 있다. 호스로 서로에게 물을 뿌려 대며 놀고 있다. 물보라를 맞으며 꺅꺅대는 모습이 그냥 여느 10대 아이들처럼 보인다. 나는 한동안 그 모습을 바라본다. 그제야 그중 한 아이가, 딸기빛 금발을 한 여자아이가, 고개를 들고 바라보는 것 같다. 나를 알아보았지만, 너는 몸을 돌리고는 다시 꺅꺅댄다.

그때 나는 내 반바지가 눈에 확 들어왔다. 그리고 빛바랜 '힐타운 공인중개사' 티셔츠도. 이 옷은 엄마가 정원 일을 할 때나 입는 옷이다.

나는 네가 좀 전에 날 본 얼굴로 내 자신을 보았다. 마치 이 세상에 어울리지 않는 사람인 듯.

## 좀비 개미

 기온이 뚝 떨어졌다. 여자아이들은 청바지에 양털부츠를 신기 시작했다. 창문에 서리가 내렸다. 엄마는 이렇게 날씨가 추워지는데 왜 집을 사는 사람이 없느냐며 투덜거렸다.
 이윽고 학생들이 과학 시간에 자기가 정한 연구 과제를 발표하기 시작했다. 대개 재미있는 주제들이었다. 몰리는 척추 측만증에 대해 발표했다. 언니의 엑스레이 사진을 들고 와서는 언니의 척추가 유유히 흐르는 강처럼 구부러져 있다며 보여 주었다. 제나는 돌고래에 대해 발표했다. 돌고래는 사람보다 열 배는 더 잘 듣는다고 한다. 저스틴의 발표 주제는 복제 고양이였다. 저스틴은 어떤 고양이의 사진을 보여 주었는데, 다르게 생긴 얼굴이 두 개 붙어 있었다.
 "보세요, 프랭크와 루이는 얼굴이 두 개, 입도 두 개, 코도

두 개, 눈이 세 개랍니다. 기네스북에도 올랐대요!"

딜런은 번개에 대해 발표했는데, 따분하기 짝이 없었다. 번개는 생물도 아니고, 게다가 녀석은 서로 다른 종류의 번개가 어떻게 생겼는지에 대해서 설명했을 뿐이기 때문이다.

발표는 일주일 반 동안 하루에 세 명씩 하는 것으로 되어 있었다. 나는 마지막 날이었다. 발표가 하나씩 끝날 때마다 난 내 차례가 가까워지고 있음을 느꼈다.

이제 열한 명 남았다.

이제 열 명, 이제 아홉.

지금은 사라 존스턴이 좀비 개미에 대해 이야기하려고 모두 앞에 서 있다.

"곰팡이균이 개미의 뇌를 차지합니다. 균은 개미의 마음을 조종하지요. 정상적인 개미라면 하지 않을 일을 시킵니다."

곤충의 마음을 조종한다니. 솔직히 말해서 발표 주제로 하기에 꽤 괜찮아 보인다.

"개미는 술에 취한 것처럼 휘청거리며 자신의 집을 떠나요. 지금까지 개미는 자신의 영역에 도움이 될 만한 일을 해 왔습니다. 하지만 이제는 아니에요. 내비게이션을 따라가듯 어떤 특정 장소로 이동하지요. 그러고는 죽어 버려요. 그러면 개미의 머리에서 줄기 하나가 자라나지요."

사라는 죽어서 바짝 마른 곤충의 사진을 가리켰다. 시체에서 막대기 하나가 올라와 있는 모습이었다. 엽기적이면서도 매력적으로 보이기도 했다.

"그러다 어느 날, 막대기가 터지면서 새로운 영역으로 곰팡이를 퍼뜨립니다. 그러면 다른 개미가 좀비가 되는 것이지요."

저스틴은 사라가 발표하는 내내 머리를 푹 숙이고 있었지만, 그 말이 나오자 고개를 번쩍 들었다.

"중학교랑 비슷하네."

저스틴이 무미건조하게 말했다. 사라의 입가에 미소가 스쳐갔지만, 선생님은 저스틴을 경고하는 눈빛으로 바라보았다.

"사라, 궁금한 게 있는데."

선생님이 말했다.

"어떤 점 때문에 이 주제를 선택하게 된 거지?"

사라가 잠시 머뭇거렸다. 입술을 자근자근 씹고는 생각에 잠겼다.

"텔레비전 쇼에서 본 적이 있어서요. 퍽 재미있다고 생각했거든요. 하지만 정말, 정말로 무서워요. 우리에게도 일어날 법한 이야기잖아요. 우리의 뇌를 조종할 수 있는 그 어떤 거요."

"이제 이 주제에 대해 알게 되어서 덜 무서워졌니?"

사라가 고개를 흔들었다.

"아뇨. 아직도 무서워요. 하지만 여전히 재미있어요. 오싹하게 재미있어요."

선생님이 웃었다.

"오싹하게 재미있다, 그 표현 재미있구나. 고마워, 사라."

사라가 자기 자리로 돌아가자, 아이들은 예의 바르게 박수를 보냈다. 이제 내 앞으로 딱 한 명만 남았다.

이유도 모른 채 나는 공책 뒷면을 열고 끼적이기 시작했다.

제이미, 내 과제가 제대로 먹혀든다면 우리 반 아이들은 박수 그 이상을 보낼 거예요. 무언가 느끼는 바가 있겠죠. 바다가 어떻게 온갖 최악의 방향으로 변하고 있는지, 그리고 해파리가 어떻게 고래까지 굶어죽게 만드는지 생각하게 되면, 그때 내가 무슨 일을 했는지 느끼게 될 거라고요. 나는 아이들에게 세상이 유진 필드 메모리얼 중학교보다 훨씬 더 크다는 걸 알려 주고 싶어요. 그리고 이 세상에 알아내야 할 일이 아직도 엄청나게 많다는 것도요.

일단 그 애들이 이 사실을 이해하게 된다면, 당신과 내가 프래니에게 일어난 일을 밝혀냈을 때 그것이 얼마나 대단한 일인지도 알게 되겠죠.

나는 할 수 있어요, 제이미.

할 수 있을 것 같아요.

하지만 어휴, 교실 앞에 나와서 말하는 건 좀 안 했으면 좋겠는데.

## 친구를 잃어버리는 방법

늦은 봄, 우리는 '록 레이크'로 6학년 야외 수련회를 떠났다. 우리 반은 줄타기와 집 라인*을 마치고, 서로 팔을 걸어 풀지 않은 채 훌라후프 위를 기어가는 훈련도 했다. 우리는 눈가리개를 하고 서로 이끌어 주며 구불구불한 숲길을 통과하기도 했다. 여자아이들은 거미 하나에도 줄행랑쳤고, 남자아이들은 풀밭에서 서로 뒤엉키며 굴러다녔다. 우리 보호자 중 한 명인 앤드류 선생님은 6학년 담임을 맡고 있는데, 막대기를 인디언 텐트 모양으로 세우면서 모두에게 모닥불을 만드는 방법을 알려 주었다. 곧 우리는 핫도그를 구워 케첩 범벅을 만들고, 그 다음 마시멜로를 검댕이가 될 때까지 불에 구웠다.

여기까지 버스를 타고 올 동안, 나는 혼자 앉아 있었다. 너는

---
*줄에 매달려 나무 사이를 건너는 훈련

내 자리를 빠르게 지나가 오브리 옆에 털썩 앉는다. 내가 뒤돌아보면, 통로 건너편 쪽으로 기대서 제나와 잡담을 나누고 있는 너의 등만 보인다.

너와 몰리는 머리 앞쪽으로 똑같은 베레모를 쓰고 핀을 꽂았다. 왜인지는 모르겠지만 베레모를 쓰니 어려 보이기는커녕, 나이가 더 들어 보인다. 둘 다 립글로스를 발랐고, 똑같이 지퍼를 반쯤 내린 셔츠에 청바지를 입은 모습이 꼭 쌍둥이 같아 보인다. 남자아이들은 숲에 들어갔다 나오길 반복하며 막대기와 작은 통나무를 불 속에 던져 넣는다. 큰 통나무는 공중에 불꽃을 내뿜는데, 그럴 때마다 아이들은 환호한다. 그러다 저스틴이 돌을 집어서 머리 위로 들어 올리고는 불 한가운데로 던져 버린다. 불꽃이 여기저기로 빠르게 튀자 몇몇 여자아이들이 비명을 지르며 뒤로 깡충 뛰어간다.

"6학년 학생들, 이리로 오세요!"

앤드류 선생님이 얼마 떨어지지 않은 나무 아래에서 손을 흔들며 우리를 부른다. 선생님은 숫자를 세기 시작한다.

"열, 아홉, 여덟……."

남자아이들이 전속력으로 달려간다. 팔과 다리가 제멋대로 놀고, 가면서 서로 이리저리 부딪힌다. 여자아이들은 남자아이들보다 천천히 움직인다. 무리 지어 걸어가는데, 선생님이 아이들 숫자를 다 세든 말든 상관하지도 않는다. 나는 그 여자아이들 뒤에서 걸어간다.(네 뒤에 가까이) 하지만 나는 너희처럼 천천히 걸으며 남자아이들을 구경하는 무리에 속하지는 않는다. 나는 완전히 다른 범주 안에 있다. 나는 이제 여자아이들의 뒤를 보는 데 전문가가 되어 있다.

"숙녀 여러분, 이제야 보게 되어 반가워요."

선생님이 말했다. 그러더니 선생님은 무리로 돌아가서 물었다.

"뭐가 들리나요?"

선생님은 어깨보다 더 넓게 다리를 벌렸다. 선생님의 머리는 너무 짧아서 거의 대머리처럼 보인다. 꼭 군인 같다. 아니면 핏불테리어랄까.

모두 잠자코 있다. 그러다가 저스틴 말로니가 방귀 소리를 내자 모두들 웃음을 터뜨렸다. 선생님만 빼고. 오브리가 네게 기대 네 귀에 대고 뭐라고 속삭인다. 너는 킥킥거린다.

제발 한 번만이라도 뒤돌아 나를 봤으면 좋겠어.

선생님이 재차 물었다.

"뭐가 들립니까?"

나는 눈을 감고 귀를 기울였다. 혼자 앉은 뒤로 그 많은 시간 동안 구내식당에서 들리는 소음을 듣고 있다 보니 나는 뭘 듣는 데 아주 능숙해져 있었다. 반 아이들이 웅성대는 소리가 들린다. 위급한 상황이라도 되는 듯 메뚜기 날개가 높은 음조로 파닥이는 소리, 높고 낮은 선율로 읊조리는 새의 노랫소리, 부엉이가 처음으로 '우~' 하는 소리. 저 멀리 다른 수련회장에서는 누군가 큰 소리로 애국가를 부르는 소리가 들렸다. 또 다른 수련장에서는

록 음악을 연주하는 듯 쿵쿵 드럼 소리가 들렸다.

저 새들은 어떻고. 다른 새들을 부르는 소리가 수없이 들린다. 어떤 소리는 휘파람 소리 같기도 하고, 어떤 소리는 '까악까악' 하는 소리로 들린다. 어떤 새는 재잘거리는가 하면 다른 새는 노래를 부르는 것 같다. 새들이 서로 다른 소리를 내는 것 같지만 거기에는 리듬이 있다. 메뚜기와 부엉이도 그렇다. 리듬에 맞추어 소리를 낸다. 꼭 음악 같다. 왠지 모든 음조와 리듬이 잘 짜 맞추어진 것 같다.

그러다 비로소 이해가 가기 시작했다. 이건 음악이다. 분명히. 그러니까 방금 알아낸 건데, 다른 종류의 동물들이 서로의 소리에 응답하며 함께 노래를 부른다. 각 동물마다 자신만의 음높이와 유형이 있고, 이들은 다른 동물의 빈 공간을 채워 나간다.

이것은 콘서트다. 바로 지금 이 음악 소리를 들으면서 알 수 있다. 나는 눈을 뜬다. 그러고는 선생님을 똑바로 바라본다.

"오케스트라요."

내가 말했다. 숨도 쉬지 않고 그 단어가 나왔다. 선생님이 고개를 들어 올렸다.

"뭐?"

"오케스트라라고요."

내가 다시 말했다.

"아님, 모르겠어요. 정확히 오케스트라는 아니고, 뭐 비슷한 거요."

선생님이 그냥 나를 빤히 쳐다보았다.
"저 모든 소리가요."
내가 계속했다.
"새든, 뭐든지요. 함께 연주하고 있어요."
하지만 말이 채 다 나오기도 전에, 선생님이 눈썹을 치켜뜨는 모습이 눈에 들어왔다. 그러자 나는 이게 선생님이 원하는 대답이 아니라는 걸 알아차렸다. 틀린 대답이야. 그것도 완전히 빗나간. 하지만 이미 입 밖으로 내뱉은 이상 다시 주워 담을 수는 없었다.

나는 내가 한 말에서 멀리 떨어지려는 듯 어깨를 으쓱했다.
"그냥 제 말은요, 제게 들리는 소리가 그렇게 들린다는 거예요. 뭐 아무튼."
"허."

선생님은 내가 방금 전 한 말을 조금도 예상하지 못했다는 말투로 대답했다. 그래서 선생님이 할 수 있는 대답은 그게 다였다. 선생님이 허락이라도 한 듯, 아이들이 웃음을 터뜨린다. 모두 다, 너를 포함해서. 선생님은 우리가 무슨 소리를 들어야 할지 알려 준다.

"수지가 여기 숲 속에서 모차르트의 음악을 듣고 있는 사이, 여러분들은 그밖에 다른 소리를 들어보길 바란다."

선생님은 손으로 리듬을 타는 몸짓을 했다. 이윽고 멀리서 록 음악을 연주하는 베이스 소리가 둥둥 하고 들렸다. 그러자 선생님은 낮은 파동이 높은 파동보다 더 멀리 들린다는 사실을 알려 주었다. 따라서 이 때문에 멀리서 악대가 연주할 때 다른 악기보다 드럼 소리가 더 잘 들린다는 것이다. 내 얼굴이 발갛게 달아올랐다. 대신에 그걸 이야기했으면 좋았을 텐데.

* * *

그 뒤로 나는 한동안 수련회장을 돌아다녔다. 나 혼자. 머리 위에 오케스트라를 듣고 있는데, 연못 근처에서 소란스러운 소리가 들렸다. 딜런과 케빈 오코너가 무언가를 서로 주거니 받거니 하고 있었다. 나는 돌이나 공이겠거니 생각했지만, 팔 다리가 달려 있었다.

개구리였다. 녀석들은 개구리를 서로 던지며 주고받고 있었다.

그만해.

나는 그렇게 생각한다. 그 말이 입 밖으로 나오지는 않지만.

너는 딜런 근처에 서 있다. 너는 딜런을 보고 있다. 엉덩이를 내민 채, 딜런에게서 눈을 떼지 않는다.

딜런은 네가 근처에 있다는 사실을 분명히 알아. 왜냐하면 개구리를 잡아서 네게 바로 들이댔으니까. 딜런은 개구리를 네 얼굴에 대고 꼼지락거리지. 너는 무서운 양 "꺅!" 소리를 질러. 하지만 딜런이 자기에게 그러는 걸 즐기는 것 같기도 해.

딜런은 씩 웃더니 자기 손에 들린 개구리를 바라본다. 딜런은 나무를 향해 몸을 돌린다.

　안 돼, 안 돼, 안 된다고. 그건 자작나무야.

　흰 자작나무. 딜런에게서 겨우 몇 발자국 떨어져 있을 뿐이다.

　제발, 내가 생각하는 그런 짓은 하지 말아 줘.

　딜런이 팔을 들어 올린다.

　나는 흠칫 숨을 빨아들인다. 안 돼.

　딜런이 팔을 뒤로 젖히고, 메이저리그 투수처럼 강속구를 막 던지려 하는 모습이 느린 동작으로 펼쳐진다.

　나무는 바로 녀석 앞에 있다. 얼굴에는 미소가 번진다. 팔을 뒤로 구부린다. 녀석은 지금 아무런 이유도 없이 생명 하나를 죽이려 하고 있다.

　다른 아이들은 동시에 소리를 지르며 웃고 있다.

　아무도 말리려 하지 않는다.

　나는 너를, 너의 눈을 똑바로 바라본다. 너는 이걸 막을 수 있어. 분명히.

　나는 너의 이름을 부른다.

　"프래니."

　하지만 목에 걸린 것처럼 작게 튀어나오고 만다.

　너는 내 목소리를 듣지 못한다. 하지만 너는 분명히 직감하고 있어. 너는 내가 널 바라보고 있다는 걸 알고 있어.

　너는 고개를 들어 나를 똑바로 바라본다.

　나는 너를 노려본다. 나는 나의 마음을 전달하려 갖은 노력을 한다.

딜런은 너 때문에 그러는 거야. 나는 눈빛으로 말한다. 제발 못 하게 막아 줘. 웃지 말라고. 제발 부추기지 마.

딜런이 팔을 뒤로 젖힌다. 아주 멀리 젖힌다.

제발. 너는 나와 함께 박쥐 아래를 달리던 그 여자아이였잖니.

꺅꺅거리는 소리가 지금은 더 커졌다.

플루퍼너터를 데리고 함께 놀았잖아. 사람들이 잔인한 짓을 할 때 눈물을 흘렸잖아.

딜런이 아주 잠시 팔을 들고 서 있다.

이건 네가 아니야. 난 너를 알아. 난 그 누구보다도 너를 잘 알아.

그리고 그때 네가 눈을 가늘게 뜨고 노려보았다. 너무나도 가늘게. 하지만 이제 충분해.

너의 그런 행동은 여태껏 단 한 번도 본 적이 없는 모습이었다. 생기 없고 무감각한 너의 눈빛. 너는 딜런에게 몸을 돌려 버린다. 그와 동시에 딜런은 개구리를 날려 버린다.

너는 다른 아이들처럼 웃으며 손으로 입을 움켜쥔다.

개구리가 공중으로 날아가는 데는 1초도 걸리지 않았다. 만화에서나 나올 법하게, 우스꽝스럽게. 그리고 소리가 들렸다. 끔찍한 소리가. 둔탁하고 철퍼덕하는 소리. 축축하면서도 건조한 소리다. 내가 들어본 것 중 가장 끔찍한 소리였다.

여기저기서 한마디씩 소리가 들렸다.

"웩."

"아, 역겨워."

"구역질 나."

모두 웃음과 뒤섞인 말이었다. 웃음소리가 더욱 커졌다.

나는 아이들에게서 몸을 돌려 버린다. 너에게서, 너의 모든 것에서. 나는 방금 본 장면을 잊어버리려고 숨을 깊게 쉬었다.

어떻게 하면 막을 수 있을까, 알 수 없었다.

나는 뭐가 올바른 방법인지 모르겠어. 나는 박쥐라든지 개똥벌레에 대해서는 잘 알아. 나는 오줌이나 땀이 더럽지 않다는 것도 알고. 우주가 존재하기 전 이 세상에는 색깔도, 소리도, 빛도, 공기조차도 없었다는 사실도 알지. 하지만 이런 것들은 아무 짝에도 쓸모가 없어.

나는 다른 것들을 알았어야 해. 이를테면 베레모를 머리 앞쪽으로 고정해서 귀여워 보이면서도 아기처럼은 보이지 않게 하는 법. 아니면 아이들과 무리 지어 걷는 법, 또는 모닥불에서 불꽃이 튈 때 "꺅!" 하고 소리 지르는 법, 남자아이들 곁에 있을 때 엉덩이를 뒤로 빼는 법 등을.

나는 나중에 네가 제나와 함께 내 옆을 빠르게 걸어가면서 "오케스트라래."라고 비웃을 때 맞받아치는 법을 알고 있어야 했어. 오케스트라를 쓰레기통 밑바닥에서 기어 올라가는 구더기 한 무리쯤으로 치부해 버리다니. 너는 웃으며 걸어갔지. 네가 나를 비웃고 있었다는 걸, 내가 선생님께 했던 대답을 비웃고 있었다는 걸 시간이 조금 흐른 뒤에야 알게 되었어.

나는 그날 저녁 어떻게 해야 좋을지 알았어야 해. 다른 아이들이 어둠 속에서 속닥거리고 낄낄거리는 소리를 들었을 때 말이야. 나는 내 침낭 속에 있었는데, 낄낄거리는 소리가 가까워지더니, 내게 아주, 아주 가까이, 누군가 내 위를 맴돌고 있다는 느낌이 들었어.

내 뺨 위로 축축하고 따뜻한 무언가가 느껴졌지.

침. 누군가 내 얼굴에 침을 뱉고 갔다. 침은 땀과는 다르다. 소변과도 달라. 깨끗하지 않다. 전혀 살균이 되지도 않아.

나는 거기에 그냥 누워서 자는 척하는 것보다 달리 어떻게 해야 하는지 알고 있어야 했다. 이전에 내 가장 친한 친구(이제 알겠어. 너는 나의 가장 친한 친구가 아니야. 이제 더 이상.)가 킥킥거리며 자리를 떠나 어둠 속으로 재빨리 움직인다. 그 사이에 따뜻한 침이 내 볼을 타고 코로 흘러 내려가면서 내 피부를 간질인다.

## 대체하다

과학 발표 바로 전날 밤, 나는 잠에 들 수 없었다. 눈을 감으면 해파리가 보였다. 다시 눈을 뜨면 해파리가 어슴푸레 사라져 갔다.

나는 침대에서 나와 불을 켜고, 방 안을 서성거리며 내가 내일 발표할 말을 연습했다. 과제물을 큰 소리로 중얼거리는데 문이 열렸다.

"주?"

엄마였다. 엄마는 목욕 가운을 입은 채 눈을 비볐다.

"뭐하고 있어?"

나는 어깨를 으쓱했다.

"지금 새벽 한 시 반이야, 주."

엄마가 말했다.

"이제 자라."

하지만 자리에 누워도, 줄곧 비몽사몽이었다. 아침이 되면, 나는 말을 해야 한다. 아침이 되면, 나는 내가 알고 있는 바를 모두에게 이야기해야 한다. 다하고 나면, 내가 바라는 대로 잘 진행된다면, 이제 더 이상 나 혼자서만 이 일을 비밀로 간직하지 않겠지. 그리고 만약 내가 바라는 대로 되지 않는다면······.

음. 그렇다면 제이미야말로 정말 단 하나 남은 희망이다.

## 잊어버리지 않는 방법

 록 레이크에서의 수련회는 어제였다. 하지만 나는 머릿속에서 개구리를 지워낼 수 없었다.

 그 소리, 살이 나무에 부딪혀 났던 퍽 소리가 계속 귓가에 맴돌았다. 영사기에 돌아가는 필름처럼, 개구리의 팔다리가 허공을 가로지르며 날아가는 모습이 기억난다. 하지만 거기에 재미있는 점은 하나도 없었다. 개구리는 속수무책으로 당하고 말았다. 완전히.

 그리고 너는 나를 똑바로 보고 있었다. 너의 눈이 나를 본 순간, 눈빛은 변하고 말았다. 그때 넌 마음먹었지. 상관하지 않기로. 네가 이제 누구 편인지 결정을 했지.

 그리고 내가 그 일에 대해 생각할 때마다, 나는 비명을 지르고 싶다.

"내가 그렇게 행동하면 날 쏴 버려."

오래전에 넌 그렇게 말했지. 너는 오브리처럼 되지 않겠다고 맹세했잖아.

"내게 신호를 보내."

넌 그렇게 말했어. 비밀 메시지. 엄청난 걸로.

나는 노력했어. 네 이름을 부르려고 애썼지만 목에 걸려서 나오지 않더라.

나는 네 눈을 보며 말했지. 넌 외면해 버렸어.

퍽, 팍.

이제 6학년이 끝나가고 있다.

나는 네게 메시지를 보낼 거야. 시간이 없어.

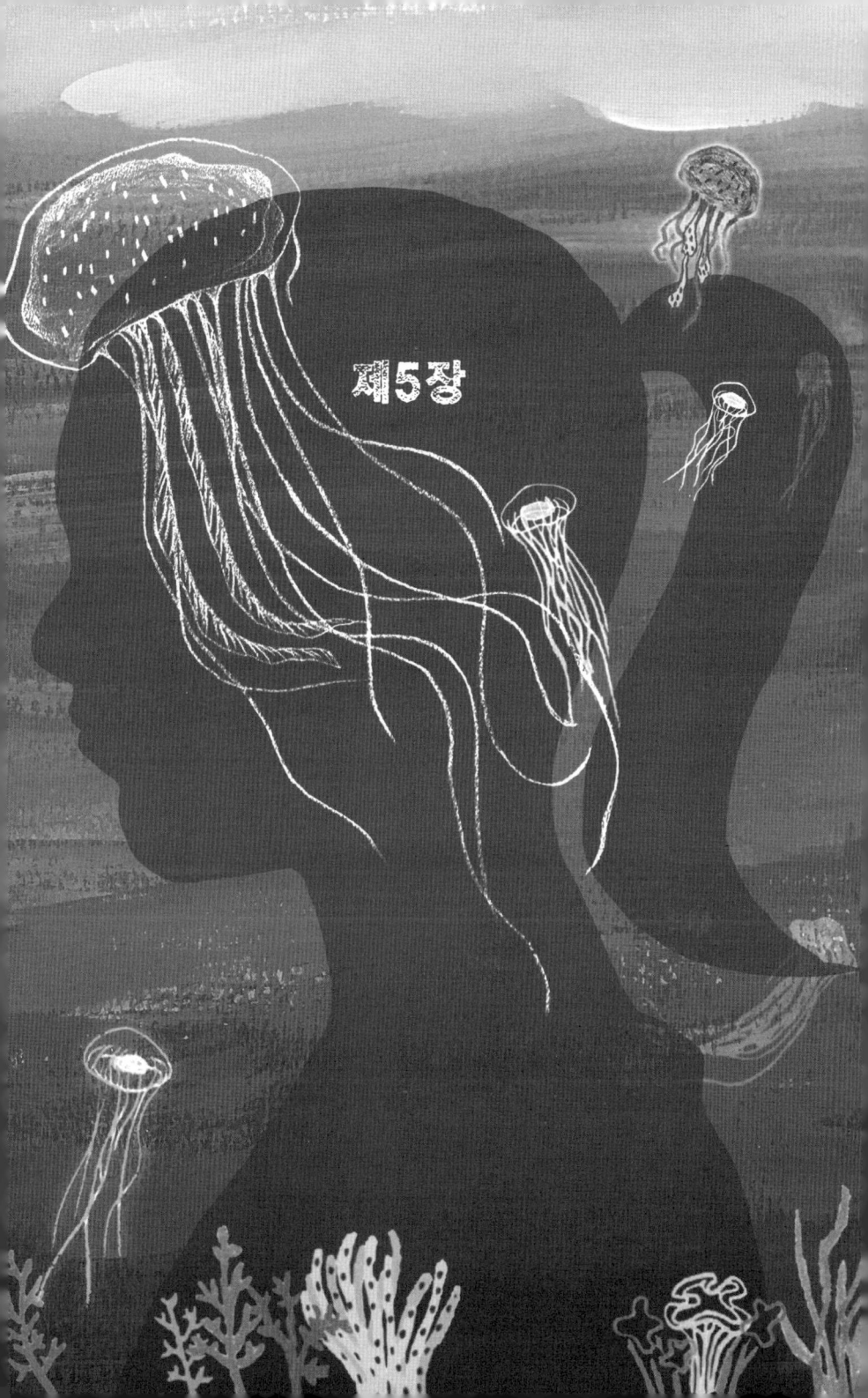

# 과정

---

잘 짜인 과정은 이치에 맞으며 간단하고 쉽습니다. 어떤 도구를 사용하였나요? 무엇을 하였으며, 어떻게 했습니까?

— 터튼 선생님

## 우리보다 강하다

당신이 알아야 할 또 다른 사실. 해파리는 우리보다 강하다. 생각해 보자. 해파리의 촉수는 그 어떤 동물보다 빨리 반응한다. 침은 작살처럼 구부러져 있는데, 보이지 않는 수백 만 개의 무기가 항시 대기 중이다. 해파리의 촉수가 수면을 스치듯 지나갈 때, 알게 모르게 행동을 개시한다. 7,000억 분의 1초 사이에, 즉 사람이 알아차리고 반응하기에는 너무나도 짧은 시간 안에 해파리는 자신의 작살에서 총알을 내뿜듯 독을 내보낸다.

침이 몸의 나머지에서 떨어져 나간 뒤, 해파리가 죽어 버린다고 해도 그 독성은 오래 지속된다. 해파리는 촉수로 쏘는 데에는 귀신이다. 지구상에서 해파리의 침처럼 무섭고 위험한 것은 없다.

해파리가 자신의 일에 대해 의미를 부여할 필요는 없다. 누구를 쏘고 왜 쏘는지 고민할 필요가 없다는 말이다. 해파리는 극적인 사건, 사랑, 우정, 슬픔 따위에 얽매이지 않는다. 사람들을 일부러 고통에 빠뜨리려고 돌진하지도 않는다.

해파리는 그저 짝짓기를 위해 다른 종류의 해파리와 만난다. 소란스러운 일도 없다. 수컷은 입을 열어 정액을 내보낸다. 암컷은 정액 사이를 빠져나가며 정자를 받아들인다. 전체 과정은 깔끔하다. 서로를 매만진다든지 감상 또는 열정, 고통 따위는 없다.

부모 해파리는 그 다음에 무슨 일이 일어날지 전혀 궁금해하지 않는다. 자손을 낳거나 아니면 낳지 않거나, 둘 중 하나다. 새끼들은 살아남을 수도 있고 아닐 수도 있다. 새끼들은 자신의 부모에 대해 생각하지 않는다. 어떤 해파리도 다른 해파리를 그리워하지 않는다.

녀석들은 다른 해파리를 지나간다. 절대 멈추는 법도 없고, 깊은 저편으로 고동치며 내려가는 일도 절대 멈추지 않는다.

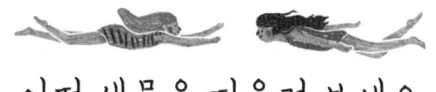
## 어떤 생물을 떠올려 보세요

"수지?"

터튼 선생님이 날 보며 미소 지었다.

"준비됐니?"

내 과학 과제를 발표하는 날이었다. 나는 종이 뭉치와 커다란 사진 몇 장을 들고 교실 앞으로 걸어갔다. 심장이 어찌나 쿵쿵 뛰던지 내 귀로도 들릴 지경이었다.

내 발이 타일 바닥을 가로질러 움직였다. 형광등이 머리 위에서 윙윙거리며 비추고 있었다. 누군가 의자를 고쳐 앉다가 '끼익' 소리를 냈다. 소리가 너무 커서 나는 움찔해 버렸다.

나는 숨을 깊이 쉬었다. 작년 이후로 이렇게 많은 아이들 앞에서 말을 해 본 적이 없다. 나는 내가 큰 소리로 말할 수나 있을까 의구심이 들었다. 그래도 깊이 숨을 쉬고 눈을 감았다. 그리고 제이미만 생각했다.

 휘몰아치는 해파리 촉수로 조금의 두려움도 없이 손을 뻗는 제이미의 모습을 떠올렸다. 병원에서 빨간 수영복을 입고 괴로움에 몸을 뒤틀어 대던 제이미, 마치 바늘 수백만 개에 찔린 것처럼 가장 끔찍한 고통 한가운데에 놓인 자신의 모습을 전 세계가 볼 수 있도록 내버려 두었던 제이미의 모습을.

 제이미가 그 정도 일을 할 수 있다면, 당연히 나도 할 수 있을 것이다. 나는 뒤의 벽을 뚫어져라 바라보았다. 그러고 나서 입을 열었다.

 "어떤 생물을 머릿속에 떠올려 보세요."

 나는 말을 시작했다. 그러다 침을 꿀꺽 삼켰다. (심장은 아직도 쿵쾅거리고 있다.)

 "여느 동물과 다른 어떤 생명을 떠올려 보세요. 과학자들은 한때 이 동물이 식물이라고 믿었답니다." (깊은 숨.)

 "입과 엉덩이가 하나예요. 같은 곳에서 먹고 배설하지요." (웃음소리가 들린다. 좋아. 내 말을 듣고 있군.)

 "다른 동물에게는 위험한 존재예요. 심지어 죽은 다음에도요."

 나는 교실을 휙 둘러보았다. 그 와중에 사라 존스턴이 자리에서 조금 몸을 기울이고 있는 걸 알아차렸다.

 그래서 나는 이야기를 했다. 해파리의 생애 주기에 대해 이야기했다. 바다의 맨 밑바닥에 달라붙어 거의 식물이나 마찬

가지로 생을 시작한다는 사실. 그 단계를 '플라눌라'*라 부른다. 하지만 다 자라고 나서는 바다의 바닥에서 벗어나 대양을 자유롭게 고동치며 다닌다는 것. 그 다음 메두사와 같은 형태로 모습이 변한다.

나는 달걀 프라이처럼 생긴 해파리의 사진을 보여 주었다. 다스 베이더**처럼 생긴 해파리의 사진도 보여 주었고, 마치 유치원생이 그릴 법한 모습으로, 커다란 원을 중심으로 선이 여기저기 제멋대로 뻗어 있는 해파리의 사진도 보여 주었다. 해파리가 공격을 받았을 때 경찰차 사이렌처럼 빛이 번쩍이는 모습, 주변에 있는 빛을 모두 흡수해 버리는 해파리의 모습도 보여 주었다.

"마치 살아 있는 블랙홀 같아요."

나는 같은 반 아이들에게 이야기를 들려주었다.

"바다에 살고 있는 블랙홀이라고나 할까요."

나는 사진을 연달아 보여 주며 해파리에 대해 기본적인 정보를 들려주었다. 이를테면 해파리의 먹이는 무엇이고, 어디에 살며, 해파리가 움직이는 방법, 해파리의 다양한 모습 등에 대해. 설명을 마친 뒤 나는 아이들에게 다른 사실을 이야기하기 시작했다.

나쁜 사실들.

---

\*달걀 모양으로 섬모에 덮여 옮겨 다니는 형태
\*\*영화 〈스타워즈〉의 등장인물

나는 해파리가 바다를 뒤덮고 있다고 말했다.

먹이를 모두 독차지하고 있다는 사실을.

펭귄의 먹이까지 모두 뺏어 가고 있다는 사실을.

그래서 고래까지 멸종 위기로 몰아가고 있다는 사실을.

과학자들은 해파리의 숫자가 유례없이 많아지고 있다고 여기며, 호주 근처에나 살았던 치명적인 해파리가 이제는 다른 곳에도 존재할 가능성이 있다고 믿는다. 예를 들어 영국, 하와이, 플로리다, 아니면 더 가까이에. 우리가 있는 메릴랜드까지도.

그 시점에 터튼 선생님이 입을 열었다.

"말을 끊어서 미안한데, 수지."

선생님이 부드럽게 말했다.

"이제 곧 마무리를 해야 할 시간인 것 같구나."

"제 말 아직 끝나지 않았어요."

나는 딱 잘라서 말했다.

"네가 들려주고 싶은 이야기가 많다는 건 아주 좋아. 하지만 우리는 다른 학생의 발표도 들어야 해. 게다가 시간도 없……."

선생님이 말했다.

"저 아직 안 끝났다고요."

내가 말했다. 선생님에게 이렇게 강하고 큰 목소리를 낸 적이 한 번도 없었다. 하지만 나는 멈추지 않았다. 지금 이 순간 멈춘다면, 내가 알려 주고 싶은 가장 중요한 대목을 말할 수 없을 것이다. 그러자 교실 분위기가 순식간에 아주 경직되고 말았다.

내가 선생님을 노려보자, 선생님은 놀라서 눈썹을 치떴다. 그러더니 뭔가 생각에 잠긴 듯 당신의 무릎만 내려다보았다. 그러다 다시 고개를 들었을 때, 긴장한 듯 미소가 스쳐 지나갔다.

"몇 분만 더 줄게, 수지. 네가 말하려던 걸 다하고 끝내도 돼. 하지만 빨리 마무리하길 바란다."

나는 깊게 숨을 들이쉬고 요점을 말했다.

"가장 무서운 것은 아마도 이루칸지 해파리일지도 모릅니다. 치명적이고, 작고 투명하지요. 물속에서 이 동물은 잘 보이지도 않을 거예요."

나는 희생자의 숫자를 말해 주었다. 더더욱 먼 거리를 여행하는 해파리의 이동 경로와 치명적으로 빠른 맥박과 출혈을 초래한다는 것. 그리고 다른 증상을 일으켜 사망에 이르게 한다는 것.

그때 나는 다들 이해하리라 생각했다. 정말 그렇게 생각했다. 모두들 이해하리라고.

"......그래서 이것이 우리가 이 바다의 무서운 메두사에 대해 가능한 많이 배워야 하는 이유입니다."

나는 입을 다물고 침을 꿀꺽 삼켰다. 그리고 숨을 깊게 내쉬었다. 그 다음 고개를 들었다.

선생님은 내가 선생님 말을 가로막았을 때, 딱 그때와 같은 표정으로 나를 바라보고 있었다. 장담하건대 뭔가 열심히 애써 생각하고 있는 모습이었다.

나 해낸 것 같아, 이런 생각이 들었다. 그리고 나는 교실을 휙 둘러보며 아이들의 표정을 살폈다. 아이들도 나와 같은 생각을 하고 있는지 알고 싶었다.

몇몇은 나를 보고 있었고, 몇몇은 아니었다. 그리고 나를 바라보고 있는 아이들도 특별히 마음이 동한 것 같지는 않았다. 뒤쪽에 앉아 있던 남자아이 중 누군가는 하품을 했다.

하품을 하던 남자아이 건너편으로, 여자아이 하나가 접은 쪽지를 발로 조심스럽게 자기 앞에 앉아 있던 여자아이 쪽으로 옮겼다. 그러자 앞에 있던 여자아이가 바닥에 연필을 떨어뜨리더니, 쪽지와 연필 둘 다를 집어 올렸다. 그 아이는 쪽지를 펴더니 '킥' 하고 코웃음을 쳤다.

오브리는 내가 작년에 오줌에 대해 이야기했을 때 보였던 그 표정 그대로 몰리를 힐끗 쳐다보았다. 몰리는 아주 작게 몸짓으로 대답했는데, 아주 살짝만 움직여서 아무도 알아채지 못했다. 하지만 나는 알아보았다. 귀에다 손가락을 대고 빙빙 돌리는 모습을. 쟤 미쳤어, 라는 듯.

미쳤군, 미쳤어.

나는 선생님을 슬쩍 바라보았다. 그리고 그때 깨달았다. 선생님은 프래니에 대해 생각하고 있는 게 아니다. 선생님은 걱정하고 있었다. 하지만 그 걱정은 프래니의 죽음에 대해서가 아니었다. 아니면 해파리가 전 세계를 지배하기 시작했다는 걱정이 아니었다.

나에 대한 걱정이었다.

왜 그런지는 모르겠지만, 이번 과제에서, 내가 가장 큰 소리를 내어 말했던 가장 중요한 말이 잘못된 방향으로 마침표를 찍고 말았다.

"수지."

선생님이 마침내 입을 열었다.

"정말 놀라울 정도로 빈틈없는 발표였어. 발표를 준비하면서 얼마나 많은 노력을 기울였는지 알 수 있구나."

선생님은 나머지 학생들에게 몸을 돌렸다.

"아무래도 오늘 수업은 여기까지 해야겠다. 미안하지만 패트릭, 내일 발표를 해 주렴."

그 다음에 무슨 수업을 하든 항상 다음 시간 수업의 숙제를 하고 있던 패트릭은 "네에에!" 하며 모터라도 달린 양 주먹을 위로 흔들었다.

그러고 나서 모두들 평소대로 돌아갔다. 마치 내가 아무 말도 하지 않았다는 듯.

이게 다야? 이렇게 말하고 싶었다. 아니, 아니야. 너희는 이해하지 못했어. 이렇게 말하고 싶었다. 내 말 듣지 않았어? 내 말을 듣기는 했니?

우리 중 한 사람이 이미 해파리에게 희생당했다는 사실을 알지 못한다는 거니?

그리고 언젠가 해파리가 우리 모두를 밀어내 버릴 거라는 것도 모르는 거야?

나는 종이를 몇 장 떨어뜨려서 다시 주우면서 바닥을 빤히 내려다보았다. 내 손은 벌벌 떨리고 있었다.

교실 뒤쪽에서 누군가가 기침하는 척하면서 뭐라고 큰 소리로 말했는데, 교실 안에 있는 모두가 그 말을 듣고 웃음을 터뜨렸다.

그 말은 '메두사'였다.

모두들 깔깔 웃어 댔다. 나는 고개를 돌려서 딜런을 바라보았다. 딜런은 천장을 쳐다보며 모르는 척하고 있었다.

그러고 나서 내가 다시 칠판으로 몸을 돌리자, 누군가 또 메두사라고 내뱉었다. 이번에는 딜런이 그랬다는 걸 확실히 알 수 있었다. 그리고 다음에 모두들 같은 말을 하며 기침을 했다.

"메두사!"

별안간 나는 외부에 서서 내 자신을 보고 있었다. 마치 내가 교실 구석에 서서 관찰하는 것 같았다. 세상을 소중하게 여겨야 한다는 확신에 찬 소녀는 보이지 않았다. 대신 대걸레 같은 머리의 괴상한 여자아이가 얼굴이 붉게 얼룩진 채 손을 벌벌 떨고 있는 모습이 보였다. 소녀의 얼굴은 가장 추한 모습으로 일그러져서, 눈물이 볼을 타고 흘러내리기 시작했다. 눈물이 한 번 나오기 시작하자, 주체할 수 없을 정도로 하염없이 흘러나왔다.

"메두사!"

"이제 그만."

선생님이 새된 목소리로 말했다.

교실이 조용해졌다. 하지만 이제부터 내 별명은 메두사가 되리라는 걸 직감했다.

"가서 자리에 앉아라, 수지."

선생님이 조용히 말했다. 나는 고개를 끄덕이고는 내 자리로 곧장 달려갔다. 나는 애들 보는 앞에서 마냥 앉아서 울고 싶지 않았다. 그래서 선생님이 지난밤에 한 숙제를 살펴보는 동안, 나는 공책을 열고 펜을 들었다.

제이미, 정말 만나고 싶어요. 당신이 나를 만나서 이해한다고 말해 줬으면 좋겠어요. 왜냐하면 그밖에 누구도 나를 이해하지 못하거든요.

나는 노력했지만, 아이들은 내가 본 것을 보지 못했어요.

제이미는 나를 이해할 거예요. 왜냐하면 난 제이미의 사진을 본 적이 있으니까. 온라인으로 당신의 사진을 무지 많이 봤답니다.

어떤 사진에서 당신은 유리병을 들고 있더군요. 유리병 안에는 유령처럼 투명한 이루칸지가 들어 있었어요. 그 안을 바라보는 당신의 눈빛은 참 부드러워 보이더군요. 다른 사진에서 당신은, 상자 해파리가 있는 수조를 뚫어져라 바라보고 있었어요. 해파리가 수조 위쪽에 있었고, 당신은 아래에서 위를 바라보고 있었죠. 밤하늘에 빛나는 별처럼 물속에 반점이 떠다녔어요. 그리고 당신이 유리 건너편에서 희미하게 보이는 덕분에, 아마도 물의 반대편에 있어서 그랬을지도 모르겠는데, 당신도 꼭 유령처럼 보였어요.

그리고 여기 재미있는 걸 하나 발견했어요. 해파리를 바라보는 당신의 눈빛에서 분노 따위는 없었다는 걸요. 역겨운 표정은 결단코 없었지요.

당신과 완전히 동떨어진 생물이라는 것처럼 여기는 표정도 아니었어요.

그저 호기심 어린 눈빛이었을 뿐. 그게 다였지요. 그저 녀석들이 어떤 존재인지 알아내고 싶어 하는 거요. 마치 이 녀석들이 우리에게 무언가 말하고 싶은 바가 있는데, 당신은 귀 기울여 그것을 들으려는 것처럼요.

왜 그렇게 관심을 기울이나요? 다른 모든 이들이 그렇게 싫어하는데 왜 당신만 유독 신경을 쓰는 거죠? 그러니까, 해파리에 쏘여 병원에서 거의 숨넘어갈 것 같은 모습을 하고 누워 있던 당신을 봤어요. 그런데도 왜 화조차 내지 않는 거죠?

아무도 좋아하지 않는 이 생명을 왜 그토록 사랑하는 건가요?

# 메시지를 보내는 방법

 소변은 물이 95퍼센트 이상을 차지한다. 정확히 같은 방식으로 사람들은 해파리를 묘사한다. 물의 95퍼센트 이상을 차지하고 있다고. 하지만 이건 내게 아직 중요한 의미가 되지 않는다. 아직은. 지금 내게 중요한 사실은 이제 6학년 마지막 날이 며칠 남지 않았고, 소변을 얼리는 일은 쉽다는 것이다.
 "내게 신호를 보내."
 네가 그렇게 말했지. 그리고 오랫동안, 나는 어떻게 메시지를 보내야 할지 몰랐어. 그러다 수련회에 다녀온 뒤 내 뺨에 침이 떨어진 걸 느꼈을 때, 난 실행에 옮겼지.
 "눈에 확 띄게 아주 큰 메시지로."
 네가 그랬지.
 내가 그때 구내식당에서 네게 했던 말, 기억나니? 동물들은 다른 동물과 의사소통을 하려고 오줌을 이용한다고 말이야. 그래서 그걸 이용하기로 마음먹었지. 네가 내게 의사소통했던 방식으로 똑같이 메시지를 전달해 주겠어. 몸에서 나오는 액체로 말이야.

얇고 평평한 접시가 필요해. 이런 것들이야 만들어내기 쉽지. 매주 토요일마다 밍 플레이스에서 남긴 음식을 여기에 담아 집에 가져오거든. 동그란 플라스틱 포장용기가 가장 완벽한 재료이지. 가장 작은 크기로. 높이가 대략 5센티미터 정도 되는 거면 충분해. 냉장고 맨 뒤 칸에 꼭 맞게 넣을 수 있거든.

이 용기에 정확히 소변을 보는 일도 쉽지. 화장실에 앉아서 내 밑에 이 용기를 대면 끝이니까. 한 번에, 소변을 중간에 멈추고 다른 용기로 바꾼다. 나는 내 앞에 소변이 담긴 용기들을 나란히 세워 놓고 뚜껑을 닫는다.

이제 완벽히 깔끔해. 언젠가 내가 말했지, 소변은 무균 상태라고. 유일하게 역겨운 사실은 우리가 그것이 역겹다고 여긴다는 것뿐이야.

너도 알겠지만 내 말은 옳았어. 저 여자아이들이 비웃었다고 해도, 너도 비웃었다고 해도, 내 말은 옳았다고.

뚜껑을 단단하게 닫은 뒤, 나는 바깥 면을 잘 씻고, 냉동실에 넣는다. 얼린 채소가 들어 있는 비닐을 주변에 놓고, 그 앞에 얼음을 얼린 그릇도 놓는다. 그러고 나서 나는 잠자리에 든다. 내일은 6학년 마지막 날이다.

다음 날 아침에 엄마가 샤워를 하는 사이, 나는 도시락 가방 안에 얼린 용기를 차곡차곡 쌓아 넣는다. 그러고 나서 내 책가방 맨 아래 도시락 가방을 놓는다. 속이 쓰리지만, 그토록 오랫동안 내가 느꼈던 감정보다 더 확신이 선다. 적어도 그 순간만큼은 내 머릿속에서 맴돌던 그 '퍽, 퍽' 하던 개구리 죽는 소리가 들리지 않는다.

나는 엄마에게 선생님이 아침에 일찍 와서 교실을 청소하라고 했다며 학교에 좀 더 일찍 데려다 줄 수 있는지 묻는다. 주차장이 거의 비어 있었는데도, 엄마는 그에 대해 내게 묻지 않는다. 엄마는 나를 믿으니까, 나는 그렇게 생각한다. 내가 신뢰받을 자격이 없는데도 엄마는 나를 믿는다.

이것은 사람이 자라면서 일어나는 우발적인 사건에 불과할지도 모른다. 성장하면서 다른 사람들과 간극이 너무 벌어져, 그 많은 공간을 거짓말로 채워야 할지도 모른다.

복도에는 아무도 없다. 학생들이 없으니 복도는 여느 중학교와 달라 보인다. 임시로 무대를 만든 영화 세트장 같다. 나는 이게 미래의 모습이고, 학생들은 모두 사라지고 없다는 상상해 본다. 그리고 이 세상에 남은 사람은 나 하나뿐. 밖에서는, 거대한 곤충이 지구 위를 돌아다닌다. 언제라도 복도 끝 쪽 정문에 나타날 것 같다. 안으로 들어와 나를 먹어치워 버릴지도. 그럼 그게 내 삶의 마지막이 되겠지.

내 가방 안에 들어 있는 물건의 무게가 느껴진다. 네게 보내는 나의 메시지야. 그리고 나는 사물함으로 향한다.

## 끔찍하게 잘못되었어

내 과학 발표가 끝나고 종이 올리자, 터튼 선생님이 말했다.
"수지, 잠깐만 남아 있으렴."

나는 고개를 끄덕였지만 시선은 피했다. 그저 내 책상만 뚫어져라 바라볼 뿐. 아이들은 마치 내 빌어먹을 발표는 들은 적 없었다는 듯 책을 챙기고 수다를 떨며 복도로 나갔다.

저스틴 말로니가 지나가면서 내 책상 위에 조용히 쪽지 한 장을 놓았다. 종이에는 무언가를 지저분하게 끼적여 놓았는데, 하나같이 모두 해파리였다. 그중에서는 내가 사진으로 보여 준 것처럼 너덜너덜한 모양의 해파리도 있었다. 교실이 텅 비자, 선생님이 말했다.

"수지?"

나는 아무 말도 하지 않았다.

"저기, 수지."

선생님은 내가 고개를 들 때까지 기다렸다.

"정말 훌륭한 발표였어. 네가 얼마나 열심히 노력했는지 알 수 있겠더구나. 나는 이번 과제에 A를 거의 주지 않았지만, 네 것에는 A를 줄게. 충분히 그러고도 남아."

나는 저스틴이 그린 그림을 다시 내려다보았다. 엉성하게 그린 것처럼 보여도 사실 꽤나 정확했다.

"있잖아, 수지."

선생님이 말했다.

"선생님은 여기에서 점심을 먹는단다. 와서 같이 먹어도 돼. 선생님과 이야기하고 싶으면 언제든지 와도 좋아."

그러고 보니 레그스 박사님 생각이 났다. 내가 이야기해 볼 만한 선생님이지만 별로 그러고 싶지 않은.

하지만 내가 같이 앉고 싶은 유일한 사람은 제이미이다. 제이미와 함께라면 내가 무슨 말을 해야 할지 알 것이다.

"아니면 그냥 앉아서 같이 밥만 먹어도 되고. 이야기는 하지 않아도 돼, 알았지?"

선생님이 말했다. 나는 고개를 끄덕였지만 여전히 시선은 피했다. 선생님을 바라보면, 또 다시 눈물을 쏟을 것 같다.

"자신감을 가지렴, 수지. 넌 오늘 아주 훌륭한 일을 해냈어."

그러고 나서 나는 교실에서 나왔다. 복도로 몸을 옮기며 나는 이해가 가지 않는 또 다른 일에 대해 생각했다. 과제 준비에 온 정성을 쏟고 점수도 A를 받았는데, 왜 그릇된 일을 저지른 것처럼 기분이 찜찜한 걸까.

  너, 프래니, 너 자신처럼, 끔찍하게 잘못되었다.

## 심지어 더욱 잘못되었어

605번 사물함(네 사물함이지.)에 손을 뻗어 문을 연다. 이것은 너의 메시지야. 그리고 너는 이해할 거야.

오줌은 아직 얼어 있지만, 끝부분부터 녹기 시작해. 완벽해. 이제 용기 바깥으로 금세 흘러내리겠지.

사물함에는 위로 비스듬히 올라간 선반도 있다. 얼린 오줌은 선반에 꼭 맞는 크기로 들어간다. 나는 빠르게, 하지만 조용히 네 사물함 안 선반 위에 꾹꾹 올려놓는다.

심장이 몹시 조여 오지만 나는 애써 무시한다. 상황이 다르게 흘러갔더라면, 네게 다른 메시지를 보낼 수 있었더라면, 너와 내 사이가 좀 더 빨리 회복될 수 있었을까. 여기에서 네 사물함에 얼린 오줌을 넣는 대신, 지금 이 순간 학교 버스에 너와 함께 앉게 되었을지도 모르지.

얼린 오줌이 사물함 뒤쪽으로 덜컹 떨어지는 소리가 들린다. 무언가 부드럽게 착지했을 때 들리는 조용한 '쿵' 소리.

얼마 전 나는 네 사물함에 쪽지를 슬쩍 넣었단다. '절친'이라든 지 '너만 볼 것', 그리고 우리의 별명인 사자머리 양과 딸기소녀 등이 쓰인 쪽지였지. 이건 다른 종류의 쪽지야.

나를 보고 비웃지 말았어야 해. 나더러 이상하다고 하지 말았어야 해. 내게 침을 뱉지 말았어야 한다고.

하지만 네게 이것은 알려 주고 싶어. 이건 복수가 아니라고. 내가 이 일을 하는 이유는 네가 나에게 부탁했기 때문이야. 너더러 내 말 좀 들어 달라고 하는 것뿐이야. 마지막으로, 제발 좀 들어 줘. 네가 완전히 사라져 버리기 전에 우리를 구원할 노력을 하는 거라고.

처음에 너는 충격을 좀 받겠지. 고개를 들어 날 똑바로 쳐다볼 거야. 너 무슨 짓을 한 거야? 이런 표정으로 말이지.

그러면 나는 널 노려볼 거야. 매섭게. 그리고 눈으로 네게 말할 거야. 네가 그랬잖아. 눈에 띄게 아주 엄청난 것으로 해 달라고.

그러면 넌 깨닫게 되겠지. 아주 엄청난 일을 했구나. 그래야만 했기 때문에.

나는 엄청난 일을 했지. 왜냐하면 네가 내게 그렇게 말했으니까. 나는 엄청난 일을 했지. 왜냐하면 이제 시간이 되었으니까. 너를 되돌릴 시간. 우리를 되돌릴 시간.

그리고 나를 바라보는 너의 얼굴은 변할 거야. 네 눈빛이 말하겠지. 내가 그렇게 너에게 상처를 줬니?

그러면 내 눈은 말할 거야. 그래.

그럼 네 눈이 대답하겠지. 알았어.

그리고 또 너의 눈이 말하겠지. 미안해.

그리고 이제 서로 비긴 거야. 우린 다시 시작할 수 있어.

얼린 오줌이 네 분홍색 '레드 삭스' 티셔츠를 적시고 사물함 문 안에 걸려 있는 장식품으로 떨어지는 모습을 머릿속에 그려 본다. 잡지에서 오린 고양이 사진, 물방울무늬가 있는 자석 거울로 말이야. 그리고 너의 새로운 친구들 사진으로도. 식스 플래그스 놀이동산에서 함께 찍은 우리 사진을 치워 버리고 그 사진으로 바꾸어 버렸지. 그 사진들을 생각할 때, 나는 얼린 오줌을 더욱 힘껏 밀어 넣었어.

마지막 메시지가 안으로 사라지자, 나는 빈 플라스틱 용기와 뚜껑을 휙 빼내고는 내 도시락 가방 안에 쑤셔 넣는다. 나는 도시락 가방을 가지고 여학생 화장실로 가서 쓰레기통에 용기와 뚜껑을 집어넣고는 화장실 휴지를 구겨서 위에 잘 덮는다. 그러고 나서 나는 손을 씻으러 세면대로 간다.

거울 앞에 서 있는 동안, 뭔가 다른 느낌이 든다. 목 뒤가 욱신거리는 느낌. 눈꺼풀에 경련이 일어난다. 나는 세면대를 붙잡고 거울을 보려고 하지만 모든 게 흐릿하게 보일 뿐이다. 지금 느끼는 감정에서 어떻게 해서든 벗어나고 싶지만, 다리가 나를 가만히 내버려 두지 않는다. 나는 바닥에 맥없이 주저앉고 만다.

40여 분이 지나고 복도는 아이들로 북적북적해진다. 얼음은 다 녹아 버렸을 터이다. 네 사물함은 흠뻑 젖어 버렸겠지.

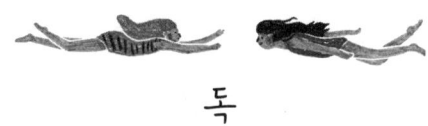

## 독

제이미, 나와 당신 둘 다 아는 진실은 독을 지니고 있다는 것 자체가 나쁜 일을 초래하지 않는다는 것입니다. 독은 자신을 보호하기 위해 있을 뿐이지요.
자신의 신체가 연약할수록 당사자는 더욱 자신을 보호할 구실을 찾게 됩니다. 따라서 더 많은 독을 지니고 있다면, 우리는 그 동물을 용서할 줄 알아야 합니다. 왜냐하면 독이야말로 그 생물에게 가장 필요한 방어도구니까요. 그리고 정말이지, 뼈조차 없는 해파리보다 더 연약한 동물이 과연 있을까요?
나는 당신이 이를 이해하리라 생각합니다. 나 역시 그렇다는 걸 알고 있었으면 하고요. 우리가 함께 앉아서 이러한 화제에 대해 이야기하면 좋겠어요. 촉수라든지 독, 그 누구도 이해하지 못하는 생물의 시작과 끝에 대해서 말이에요.

## 나를 봐

　나는 네가 다가오는 걸 보면서 내 사물함 앞에 서 있었다. 내 심장은 이제 더 차분하게 뛰고 있다. 차갑고 끈적끈적한 느낌은 사라지고 없다. 속이 뒤틀리기만 할 뿐.
　네가 네 사물함에 오기 직전, 나는 내 사물함을 닫고 교실로 걸어 들어간다. 나는 초를 셌다. 나는 돌아서 너를 보지 않는다. 아직은. 하지만 어쨌든 알고 있다. 이제 너는 네 사물함 비밀번호를 돌리고 있다고. 이제 너는 사물함 손잡이를 돌린다. 그리고 안으로 손을 뻗는다.
　야단법석이 일어나는 소리가 들리지만, 나는 고개를 돌리지 않는다. 누군가 소리친다.
　"역겨워!"
　그러다 다른 아이들의 목소리도 들린다.

"으웩!"

"오줌이야! 오줌이라고!"

"헐, 누군가 쟤 사물함에 오줌을 누고 갔나 봐!"

웃음소리가 들린다. 무슨 일인지 보려고 사물함 쪽으로 뛰어가는 소리도 들린다. 요란법석이 느껴지고, 넘치는 에너지도 느껴진다. 마치 그 안에 모양, 부피, 무게가 있는 것 같다. 고개를 돌리면 손을 뻗어 만질 수 있을 것 같다. 나는 내 폐로 들어갔다 나가는 공기에만 신경 쓴다. 누군가 말한다.

"교무실에 가서 이야기할게."

빠르게 뛰어가는 발소리가 들린다. 나는 교실 문 앞에 서 있다. 나는 내 책들을 천천히 조심스럽게 다잡는다. 아이들이 모두 물러나고 나서야 나는 고개를 든다.

너는 네 자신을 구겨버리듯 어깨를 동그랗게 움츠리고 있다. 울고 있는 것 같다. 내가 생각했던 방향과 이상하리만치 다르게 가는 것 같다. 프래니가 울고 있다.

이제 너는 나를 봐야 해. 메시지가 효과가 있다면, 네가 나를 이해한다면, 나를 봐야지.

종이 울린다. 아이들은 나를 지나 교실로 들어간다. 아이들은 아직도 웃고 있다.

담임 선생님은 모두에게 앉으라고 말하지만, 나는 교실 문 앞에서 꾸물거린다. 나를 보라고. 속으로 되뇐다.

선생님이 말한다.

"수잔 스완슨, 와서 자리에 앉아라."

문 근처에는 연필깎이가 있다. 나는 가방에서 연필 하나를 꺼내 연필깎이에 넣는다. 나는 연필깎이 손잡이를 아주 천천히 돌린다.

주임 선생님이 비닐봉지를 들고 네게 간다. 너는 네 물건을 한번에 봉지에 담는다. 이제 네 어깨는 심하게 흔들린다.

선생님은 아이들에게 책상을 깨끗이 비우라고 주문한다. 나는 계속해서 연필깎이 손잡이만 돌린다.

나. 를. 봐.

그리고 너와 주임 선생님은 교무실로 향한다. 선생님은 봉지를 대신 들어 줄 생각도 하지 않는다. 네가 한걸음 옮길 때마다 너는 더욱 멀어진다. 지금 고개를 돌리지 않으면, 내 눈을 볼 수 없을지도 모르는데.

둘이 함께, 모퉁이를 돈다.

이윽고 너는 사라진다.

이 모습이 내가 너를 본 마지막 모습일 것이라고는 의문조차 품지 않는다. 그런 의문을 품을 이유가 세상에 어디 있을까?

이제 내가 생각하고 있는 것은 그냥 이것뿐이다. 너는 나를 보지 않았어.

이건 너에게 새로운 시작이 아니잖아. 나는 깨닫는다. 이건 완전히 다른 무언가라고.

이건 일종의 마침표이지.

나는 손을 벽에 대고 침착해지려 애쓴다. 그리고 교실로 몸을 돌린다. 아이들이 책상에서 종이 더미를 꺼낸다. 선생님은 아이들이 책상을 빨리 치우면, 종이로 비행기를 접어서 비행기 날리기 대회를 열 수 있을 것이라 말한다. 아이들이 환호한다. 나만 빼고.

나는 아무 감정도 느낄 수 없다.

아무짝에 쓸모없는 6학년의 마지막 시간이 잠자코 내 곁에 머물러 있다. 아이들이 교실에서 종이비행기를 날리고 있는 동안, 내가 6학년 졸업 여행에서 혼자 앉아 있는 동안, 학교 버스가 주차장에서 차를 빼내고 있는 동안, 이 끔찍한 학교생활이 점점 멀어져 간다.

나중에야 나는 느낌이 왔다. 화장실에 들어가 변기에 앉는데, 팬티에 피 한 점이 묻어 있는 게 보였다. 피는 놀라움 그 자체였다. 내가 피를 보았을 때, 그제야 부끄러움이 커다란 파도처럼 밀려 들어왔다. 진홍 빛깔이 내게 경고를 보내듯 요란하게 울리고 있었다.

아니면 나를 비난하는지도.

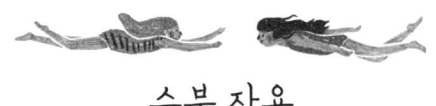

## 수분 작용

　과학 발표를 마친 뒤, 아이들은 내가 복도를 지나갈 때마다 손으로 입을 가리고 "메두사"라고 내뱉기 시작했다. 그날 하루 종일 그렇게 놀리더니, 그게 딱 하루만 써먹을 일은 아니라는 듯 그 다음 날 아침에도 똑같은 행동을 했다.
　그 일은 그날 점심시간에 터튼 선생님에게 가기로 마음먹은 이유 중 하나가 되었다. 나는 문간에 서서 흠흠, 헛기침을 했다.
　"아."
　선생님 얼굴이 조금 밝아지며 입을 열었다.
　"들어와, 수지."
　선생님은 책상 근처로 의자 하나를 더 끌어와서는 톡톡 두드렸다. 내가 앉자 선생님이 말을 걸었다.

"잘 지냈니?"

나는 선생님의 신발을 바라보았다. 갈색 가죽 부츠였는데, 오래 신어서 술이 뒤로 늘어져 있었다. 돌연 유용하면서도 흥미진진한 물건으로 보였다. 정말이지 원하는 곳 어디든 신고 갈 수 있는. 나는 교실 바깥의 복도가 카키색 옷을 입은 적군으로 우글우글한 모습을 상상했다. 선생님이 세상을 구하기 위해 척박한 지대를 뚫고 돌진한다.

"수지, 넌 아주 훌륭한 학생이야."

선생님이 말했다.

"하지만 조금 걱정도 된단다. 작년에 너를 가르쳤던 선생님들과 이야기해 봤는데, 올해 네 행동이 조금 변한 것 같다고 하시더구나. 변하는 건 정상이야. 누구나 변하니까. 하지만 네가 괜찮은 건지 알고는 싶어. 괜찮니?"

나는 계속 선생님 부츠만 바라보면서 고개를 끄덕였다.

"좋아."

선생님은 이제 의문점이 다 해소되었다는 뉘앙스로 말했다.

"알게 되어 다행이다."

긴 침묵이 흐르고, 선생님은 화제를 다른 쪽으로 돌렸다.

"너는 과학을 정말 좋아하는 것 같더라. 선생님 말이 맞니?"

나는 그 점에 대해 생각해 보았다. 나는 선생님이 우리에게 보여 주었던 것들을 참 좋아한다. 내가 온라인에서 찾은 것도 무척 좋아한다. 나는 이 우주에서 반복되는 규칙적인 움직임도 좋아하고, 태양계가 원자와 닮아 있다는 점도, 지구 밖에서 보이는 산줄기의 모양이 그저 눈에 덮인 고사리처럼 보인다는 사실도 좋다. 무려 30억 마리의 벌레들이 여름 한 달 동안에 내 머리 위를 날아다닌다는 사실도 좋아하고, 깊이 2센티미터에 지나지 않는 흙 속에 사는 생물이 수백만 가지나 된다는 사실도 좋아한다.

이러한 사실들은 내가 평생 동안 한곳에 머무르면서 새로이 우리에게 다가올 사실들이 무궁무진하다는 생각이 들게 한다. 나는 미지의 세계가 아직도 존재하며, 이것이 사람들에게 알려지기만을 기다리고 있다는 것이 좋다.

하지만 때로 과학을 연구한다는 것은 다른 것, 즉 더 무서운 사실을 드러내기도 한다. 나는 포식자와 먹잇감에 대해 생각하기는 싫다. 이를테면 여우의 턱 안에서 몸부림치는 토끼의 모습 따위 말이다. 침대에 누워 우주의 크기에 대해 알아보는 일도 별로다. 빛의 속도로 우주를 여행하는 법을 알고 있다고 해도(사실은 불가능하지만) 그 누구도 반지름만 460억 광년에 달하는, 달리 말하면 이 세상에서 역사가 가장 오래된 어떤 존재보다도 3배는 더 큰 크기의 끝에 갈 수 없다는 사실도 싫다. 더 별로인 것은 오늘날의 우주 끝에 당장 갈 수 있다고 해도 우주는 훨씬 더 빠른 속도로 팽창하고 있기 때문에 절대로 끝까지 다다를 수 없다는 사실이다. 우리가 아무리 노력을 한다고 해도 우리는 중간에 낀 세계, 실제로 말하면 그냥 아무것도 아닌 세계에 영원히 갇히고 만다.

나는 창백한 푸른 점 위에 있다는 사실이 싫다. 주변에 아무것도 없는 세상. 그저 제멋대로 팽창하기만 하고 아무것도 없는 세상이 싫다.

"네게 보여 주고 싶은 게 있어, 수지."

선생님이 말했다. 선생님은 컴퓨터에 무언가를 치더니, 모니터를 내가 있는 쪽으로 기울이고는 영상을 하나 켰다.

"어젯밤에 본 건데 말이야, 너도 좋아할 것 같아서."

선생님이 '동작' 버튼을 누르고는 과제물 몇 개를 집어 점수를 매기기 시작했다. 나는 선생님이 나를 이렇게 혼자 내버려 두어서 좋았다.

처음에는, 영상에서 한 남자가 수많은 사람들이 보는 가운데 무대 위에 올라 말하고 있었다. 남자는 약간 혀 짧은 소리로 '자가 수분'에 대해 설명을 했다. 자연이 번식을 하는 방법이라고 묘사했다.

그러고 나서 화면에서 꽃이 피는 장면이 저속으로 촬영되어 나왔다. 여린 꽃잎이 활짝 펴지자, 보라색 줄무늬가 있는 긴 꽃차례*가 드러났다.

이건 참 긍정적인 의미의 '만발'인걸, 이라는 생각이 들었다. 만발한다는 말은 참 많은 의미를 가지고 있다. 해파리가

---

*꽃이 붙은 줄기나 가지

만발한다는 말은 끔찍할지 몰라도, 어떤 만발은 이것을 포함하여 아름다울 수 있다.

누군가 교실 문 앞에 나타났다. 저스틴 말로니였다.

"터튼 선생님?"

저스틴이 나를 힐끗 보았다.

"어, 안녕, 벨."

나는 영상을 보느라 정신이 없어서 저스틴이 내 이름을 틀리게 말했는데도 얼굴을 찌푸릴 겨를조차 없었다. 선생님이 책상에서 고개를 들었다.

"아, 말로니 군. 참고 목록 다 적어 왔니?"

"네."

저스틴은 양처럼 나긋나긋하게 대답하고는 종이를 선생님께 건넸다. 선생님이 종이를 점검하더니 고개를 끄덕였다.

"고마워. 네 과제에 추가할게. 하지만 다음번에는 미리 제출하도록. 이건 과제의 핵심이거든, 알았지?"

저스틴은 고개를 끄덕거리고는 나가려고 돌아섰다. 그러다 내게 물었다.

"뭐 보고 있는 거야, 벨?"

"쉬잇."

나는 새된 목소리로 대답했다. 또 그 이름이다. 벨. 나는 모니터에서 눈을 떼지 않았다.

느린 동작으로 벌이 꽃에서 날아오른다. 마치 비행기가 이

류하듯이. 그러다 다른 벌 무리와 합류한다. 벌들의 날개는 심장이 수백만 번 고동치듯 퍼덕이고 있다.

"우와."

저스틴이 말했다.

"보고 싶으면 의자 갖고 와서 앉으렴."

선생님이 말했다. 나는 얼굴을 찌푸렸다. 하지만 저스틴은 내 얼굴을 못 본 건지 아님 모른 척한 건지, 의자를 모니터로 끌고 왔다.

저스틴이 앉자, 화면에서는 박쥐가 밤에 사막을 가로질러 날아가는 모습이 나왔다. 달빛 덕분에 박쥐 날개 속의 뼈대가 훤히 보였다. 저스틴이 '휘익' 하고 휘파람을 불고 물었다.

"진지하게 묻는데, 이거 무슨 영상이야?"

나는 알지 못했다. 그냥 화면에 나오는 모든 모습이 아름답게 보일 뿐이었다. 그러다 화면 앞에 제왕나비 수백만 마리가 하늘 위에서 느린 동작으로 춤을 추었다. 저 모든 펄럭거림, 푸른 하늘과 대비되는 노란색, 안팎으로 들락날락하는 날갯짓을 보니 내 안에 무언가가 둘로 갈라진다는 생각이 들었다.

영상이 끝나고, 저스틴이 말했다.

"저기, 박쥐 나오던 화면으로 다시 돌리면 안 될까?"

그래서 박쥐 장면부터 다시 보았다.

"나는 세상이 언제나 저런 모습이면 좋겠어."

저스틴이 중얼거렸다. 선생님이 일을 하다가 고개를 들었다.

"그렇지."

우리는 종이 울리고 수학 시간이 될 때까지 영상을 보고, 또 보았다. 복도로 들어서면서 저스틴이 말했다.

"영상 같이 보게 해 줘서 고마워, 벨. 진짜 멋지더라."

그 이름을 부른 게 벌써 세 번째다. '벨'이라니. 왜 내 이름을 그렇게 부르는지 알 수 없었다. 아니면 왜 하고 많은 이름 중에 그 이름을 택했는지도. 하지만 그 정도 부르면 충분하다. 나는 멈춰 서서 손을 엉덩이에 턱 걸쳤다.

"그게 가장 눈에 띄는 점이지, 맞지?"

저스틴이 물었다.

"종*bell* 모양?"

나는 저스틴을 노려보았다. 저스틴은 한쪽 어깨에 걸치고 있던 가방을 다른 쪽으로 옮겨 매더니, 살짝 반쯤 웃는 모양으로 입을 꾸물거렸다.

나는 저스틴이 해파리에 대해 이야기하고 있다는 걸 알아차렸다. 종은 해파리의 신체 일부분으로, 동그란 종 모양을 하고 있으며 맥박처럼 고동친다. 촉수에 쏘이지 않고 만질 수 있는 유일한 부분이기도 하다.

"나는 메두사를 절대 좋아해 본 적 없거든."

저스틴이 말했다.

"머리 위에 뻗어 있는 그 오싹한 뱀들 말이야. 하지만 벨이라는 별명은 괜찮지, 그렇지 않니?"

저스틴이 오들오들 떠는 척했다.

저스틴은 나를 메두사라고 부르지 않겠군, 나는 생각했다. 얼마 전 영어 시간에 사전을 창문 너머로 집어 던진 죄로 방과 후에 교실에 남는 벌을 받은 아이이긴 하지만, 저스틴은 그렇게 나쁜 아이는 아닌 것 같다.

우리는 아무 말도 않은 채 수학 교실로 걸어갔다. 하지만 가장 긍정적인 의미의 침묵이다. 대화가 없어서 나온 침묵이긴 하지만, 극소수만이 알 수 있는 침묵이다.

## 최악의 침묵

 내가 네게 메시지를 전달하는 일이 실패한 이후, 그러니까 내 오줌으로 네 물건을 다 적셔 버린 것뿐으로 끝나 버린 이후, 나는 전화벨이 울리기만을 기다린다.
 벨이 울릴 거야. 하지만 좋은 소식은 아니겠지.
 누가 전화를 할지 알 수 없다. 아마도 교장 선생님일지도 모르고, 아니면 네 가방을 들어 주지 않은 주임 선생님일 수도. 아니면 너의 엄마이려나.
 너의 엄마. 그 젖은 옷을 빨고 우는 너를 다잡아 주었을 분.
 아마도 전화가 아예 울리지 않을 수도 있다. 아니면 텔레비전에서 본 것처럼, 경찰이 집으로 와서 수갑을 채우고 나를 경찰서로 데려갈지도 모른다.
 기다리는 일 말고는 달리 할 수 있는 게 없다. 엄마가 들어와서 내게 묻는다.

"저녁에 외식할까? 6학년이 끝난 기념으로 말이지."

나는 생각에 잠긴다. 엄마, 내가 한 짓을 알게 되면 엄마는 화가 나서 길길이 날뛸 거예요.

나는 설명하려고 애쓸 것이다. 나는 프래니가 이해하도록 애를 쓸 것이다. 네가 처음에 내게 비밀 메시지를 보내 달라고 하던 장본인이라면, 달리 누가 이 일을 이해할 수 있을까?

나조차도 이제 이해할 수 없는데.

## 이틀간의 침묵

하루 동안의 침묵은 너무 길다. 하지만 이틀간의 침묵은 참을 수 없다.

증거를 모으고 있는 중일지도 몰라. 나는 내 자신에게 말한다.

그러니까 너는 내가 그랬다는 걸 분명히 알고 있다. 너는 내가 왜 그런 짓을 했는지 이해하지 못할 수도 있지만, 어쨌든 내가 그랬다는 건 분명히 알고 있을 것이다.

그래서 다들 어디에 있는 거지?

전화벨은 울리지 않고, 초인종도 마찬가지다. 그리고 엄마는 아무 일도 없었다는 듯 평소처럼 내게 밝은 표정으로 대한다.

우리 사이를 그냥 끝내 버릴 수 있었다면 훨씬 더 좋았을 텐데.

## 그리고 지속되는 침묵

사흘이 지나서야 나는 다른 가능성을 염두에 두기 시작했다.
너는 내게 이야기할 시점을 기다리고 있는지도 모른다.
너는 너만의 메시지를 계획하고 있는지도 모른다.
아니면 그 무엇보다도, 침묵으로 대응하는 것이 가장 나쁘고 힘든 방식이라는 것을 알고 있는지도 모른다.
그때 전화벨은 울리지 않을 것이라는 걸 알게 되었다. 아무도 우리 집에 오지 않을 것이다. 오늘도, 내일도, 그 다음 날에도.
내가 다음에 너를 보게 될 날이 언제가 될지도 모르겠다.
내가 저지른 일은 우리 사이에 중단된 채 있을 뿐이다. 그냥 그곳에 조용히, 끝맺지 못한 문장처럼 매달려 있을 뿐이다.

## 내가 이야기하고 싶지 않은 것

나는 7학년이 시작되기 겨우 사흘 전, 6학년이 끝난 지 67일이 지난 시점에서 매사추세츠 사우스 그로브의 성 막달라 마리아 성공회 교회에서 일어났던 일은 이야기하고 싶지 않다.

그날이 얼마나 끈적끈적하게 더웠는지, 얼마나 사람들로 붐볐는지, 엄마와 내가 일찍 도착했지만 이미 너무 많은 사람들로 가득 차 있어 앉을 자리조차 없었다는 사실도 말하고 싶지 않다. 교회 입구에 서 있는 느낌이 어땠는지 기억하기도 싫고, 사람들이 너무 다닥다닥 붙어 있던데다가 수프처럼 질척한 공기는 숨쉬기조차 어려웠다는 기억도 떠올리고 싶지 않다. 나는 엄마에게 낮은 목소리로 말했다.

"이 많은 사람들이 대체 어디서 온 거야?"

엄마가 뒤이어 속삭였다.

"아이의 장례식은 보통 때와는 달라."

엄마는 내 질문에 딱 맞아떨어지는 대답을 하지 않았다고 꼬집어 말하려 했지만, 끝에서부터 굳게 다문 엄마의 엄숙한 입 모양새가 눈에 들어오고 말았다.

그래서 나는 그에 대해 말하고 싶지 않아졌다. 단조로운 오르간의 소리가 너무 느리고 구슬프게 울려 퍼져서 음악이 다 끝나고 나서야 노래 제목이 〈무지개 저 너머 Somewhere over the rainbow〉\*라는 걸 알게 되었다는 걸 말하고 싶지 않은 것과 똑같은 이치다. 아니면 내 손에 들린 장례식 안내장(이게 어디서 난 거지? 누가, 언제 내게 건네 준 걸까?)을 내려다보는 것, 그리고 여기에 실린 네 사진을 보고 있는 거에 대해서도. 너는 해변에 서서 눈을 가늘게 뜨고 바다를 바라보고 있었지. 주근깨로 덮인 어깨 위로 끈이 파고드는 수영복을 입고서 말이야.

너는 단발머리로 새로 잘랐는데, '귀엽다'는 생각이 들었다. 그러다 '귀엽다'는 단어는 네가 주로 말하던 단어라는 생각이 들고 나니, 속이 조금 아파졌다.

네 사진 아래에 이런 글귀가 쓰여 있다.

'마지막으로 찍은 사진. 8월 19일.'

네가 세상을 떠난 날이라는 걸 누구나 알고 있다. 네 장례식 안내장의 앞면에 모두가 볼 수 있도록 네 사진을 놓았다는 사실이, 믿을 수 없을 정도로 잔인해 보인다.

---

\* 뮤지컬 영화 〈오즈의 마법사〉의 주제가

몇몇 사람이 눈에 띈다. 학교 상담 선생님과 터튼 선생님. 터튼 선생님 수업은 네가 한 번도 들어가 본 적이 없고 앞으로도 영영 그렇겠지. 그리고 네 옆집에 사는 아주머니. 남편은 우리가 태어나기도 전에 돌아가셨는데, 때로 우리가 아주머니네 수영장에서 놀도록 허락해 주기도 했다. 아빠의 모습을 보고 놀라기도 했다. 검은 정장을 입어 알아보지 못할 뻔했는데, 아론 오빠와 로코 오빠 근처에 서 있었다. 학교 교장 선생님과 너의 이모할머니 모습도 보였다. 린다 이모할머니는 우리가 '엉덩이 선반'이라고 부르곤 했는데, 이모할머니의 엉덩이가 우유 컵을 얹어 놓을 수 있을 정도로 컸기 때문이다.

그리고 내 가까이, 여자아이 두 명이 뒷좌석 중 한 군데에 앉아 있었다. 어깨를 둥글게 말고, 머리는 완벽할 정도로 깔끔하게 하나로 묶여 있었다. 오브리와 몰리였다. 어깨가 들썩이고 있는 걸 보니 울고 있다는 걸 한눈에 알 수 있었다.

네가 알아서는 안 될 사실이 하나 있어. 때때로 장례식에서, 누군가를 혐오하는 감정을 가질 수 있다는 것. 네게 말하는데, 그때 난 그 아이들이 싫었다. 그 아이들이 앉을 자리가 있었다는 것, 목 뒤를 간질이는 곱슬머리 따윈 느낄 필요가 없다는 사실도. 그냥 그 아이들이 있다는 사실 자체가 싫었다. 하지만 무엇보다도 그 아이들이 울고 있는 모습이 제일 싫었다. 저렇게 울 정도로 너와 가까운 사이였다는 것이 싫다. 그저 내가 할 수 있던 일은 그곳에 뻣뻣하게 서서 뒤틀리는 속을 부여잡고 있는 것뿐이었는데. 그 아이들이 흘리는 눈물, 내게 부족한 그 눈물은 증거가 되었다. 네가 나를 떠났을 때 네가 옳았다는 것, 결국 나는 네게 다시 친구가 될 자격이 없었다는 걸 증명하는 꼴이 되고 말았다.

아니, 나는 그 일에 대해 이야기하고 싶지 않아. 지금도, 앞으로도. 하지만 네게 세 가지만 이야기해 줄게.

첫째, 교회가 들썩였다. 모두들 잠자코 앉아 있으려 애쓰고 있었지만, 사실은, 그렇지 못했다. 팬들처럼 안내장을 흔들었다. 눈을 가볍게 두드리기도 하고, 등이 올라갔다 내려갔다, 올라갔다 내려갔다, 그러다 때로 흔들리기도 했다. 바스락거리는 소리, 훌쩍거리는 소리, 한숨과 울음소리 등 너무나 많은 움직임과 소리 때문에 어지러울 정도였다. 예외가 있었다면, 교회 맨 앞에 있는 관, 딱 하나만 완전히 정지 상태였다는 걸, 나는 알게 되었다. 네가 그 관 안에 있었다. 한 치의 움직임도 없는 열두 살 아이. 지금, 그리고 영원히.

둘째, 새 두 마리가 서까래 근처에 있었다. 장담하건대, 교회에서 그 새들을 본 사람은 나밖에 없다. 다른 이들은 앞을 보고 있거나 고개를 숙이고 있거나 서로 기대어 있었다. 하지만 고개를 들었다면 어두운 빛깔을 한 새가 날개를 펄럭이는 모습을 볼 수 있었을 것이다.

마지막, 장례식이 끝나고, 남자들이 네 관을 옮기고 너희 엄마가 흐트러진 눈으로 그 뒤를 비틀거리며 따르고 난 뒤, 나는 교회 밖에 서서 낯익은 사람들, 낯선 사람들이 건물 밖으로 줄지어 나가는 모습을 바라보았다. 그때 내가 하고 싶던 유일한 일은 비명을 지르는 것이었다. 내가 비명을 지르며 말하고 싶은 건 이거였다. 난 네가 싫어. 너의 모든 것이 싫어. 단순히 네 친구들이 슬퍼한다고 해서 싫은 게 아니야. 슬픔은 그 아이들의 것이니까. 어쨌거나 너는 처음부터 그들의 소유가 아니었으니까. 나는 어른들도 싫어. 이 상황을 바로잡아 주지 않아서. 어떻게든 이 상황을 좋아지게 만들어 주지 않은 어른들이 싫어. 그저 다 내려놓아 버린 어른들이 싫다고.

여기 중요한 사실이 있다. 다른 사람들은 그냥 포기해 버렸다.

하지만 나는 포기하지 않았어. 우리 아빠가 인사를 하며 날 안아 주었을 때도, 로코 오빠와 아론 오빠가 나를 보러 왔을 때 우리 오빠가 나를 오랫동안, 아주 오랫동안 안아 주었을 때도, 우리 엄마와 내가 조용히 차로 걸어갔을 때에도 난 포기하지 않았어. 먼지에 덮인 계기판을 보았을 때에도, 백미러에 쓰인 '사물이 거울에 보이는 것보다 가까이에 있음'이라는 경고 문구를 보았을 때에도 난 포기하지 않았어.

모두 다 끝나 버렸을지도 모르지. 그리고 이제 새로운 삶을 시작해야 한다고들 하지. 하지만 나는 확신했어. 다른 이들이 어떻게 하든, 나는 지금껏 일어난 일들을 받아들이지 않을 것이라고.

# 사물이 거울에 보이는 것보다 가까이에 있음

"주."

완전히 다른 세계에서 온 듯, 엄마의 목소리가 들렸다. 그러다 엄마가 내 어깨에 손을 얹었다. 그러다 아주 잠깐, 내가 바다를 가로질러 가는데, 어찌된 일인지 엄마가 내 옆에 있었다. 그러자 내가 눈을 뜨고 주위를 둘러보았다.

내 방. 꿈이었다.

"주, 여태껏 침대에서 뭐하고 있던 거야? 40분 전부터 일어나라고 했잖아!"

내가 눈을 깜빡였다. 엄마는 작업복 차림이었지만, 머리는 부스스했다. 엄마가 이불을 휙 젖혀 버렸다. 나는 공처럼 몸을 말았다. 아무것도 하고 싶지 않았다. 그저 다시 꿈으로 돌아가고 싶을 뿐.

"얼른, 주."

엄마가 재촉했다.

"엄마가 오늘 학교까지 데려다 줄 시간 없다는 거 알잖아. 엄마는 이 시간쯤이면 네가 준비 다 했을 줄 알았다."

나는 "끙" 하고 신음하고는 앉았다.

"머리, 양치. 서둘러."

엄마가 말했다. 학교에 갈 준비를 하면서 꿈에서 일어났던 일을 모조리 기억하려고 애썼다.

엄마가 나를 깨웠을 때 나는 물속에 있었다. 나는 제이미의 실험실을 보고 있었다. 실험실은 물 위에 놓여 있었다. 수족관처럼 물 끝자락에 자리 잡은 건물이 아니라 깨끗한 푸른 바다에 둘러싸여 물 위에 둥둥 떠 있었다.

제이미에게 가려면 헤엄을 쳐야 했다. 제이미는 내가 누구인지 알고 있다는 듯, 내가 왜 거기에 있는지 알고 있다는 듯 날 보고 씩 웃었다. 꼭 나에게 이렇게 말하는 것 같았다.

'올 거야, 말 거야?'

제이미의 실험실 주변에는, 익히 알고 있듯이 이루칸지 해파리로 득실거렸다. 어떻게 그 사실을 알고 있었는지 모르겠지만 난 이미 알고 있었다.

하지만 어쨌든 나는 물에 뛰어들어 제이미를 향해 헤엄쳤다. 내가 가까이 가자, 제이미가 손을 내밀었다. 그 순간 이루칸지가 눈에 들어왔다. 완전히 내 코앞에 있었다.

내가 제미이에게 막 손을 뻗으려는 순간, 나는 해파리에게 막 쏘이려는 참이었다. 둘 다, 동시에. 나는 어떤 일이 먼저 일어났는지 알지 못했다. 그 순간 나는 어떤 깨달음을 얻기 직전이었다. 무언가 중요한.

부엌에서 서랍을 재빨리 열고 식기가 달그락거리는 소리가 들렸다.

"빨리, 주!"

엄마가 부엌에서 불렀다. 엄마가 내는 온갖 소리 때문에 생각에 집중하기가 어려웠다. 그 꿈이 대체 뭐가 그렇게 중요했을까?

부엌에 들어오니, 엄마가 토스트에 버터를 바르고 있었다.

"아침은 버스에서 먹어야 할 거야."

엄마가 말했다. 엄마가 완전히 다른 신발을 신고 있는 모습이 눈에 띄었다. 나는 엄마의 발을 가리켰다. 엄마는 잠시 지나서야 내가 무엇을 말하려는지 알아차리고는 투덜거렸다.

"아이고, 세상에."

엄마는 내게 토스트를 냅다 떠안겼다.

"여기."

그러고는 시계를 흘낏 보더니 안방으로 뛰어 들어갔다. 옷장 안을 뒤지는 소리가 나더니 엄마가 다른 신발을 들고 나타났다.

"책 챙겼지?"

내가 고개를 끄덕였다. 엄마는 내 뒤에 바짝 붙어서 나를 문 밖으로 밀어냈다. 그리고 신발도 신지 않은 채 맨발로 차에 돌진했다. 엄마가 주차장에서 차를 뺀 뒤 창문을 열고 말했다.

"잘 다녀와."

학교 버스가 내가 있는 곳으로 느릿느릿 다가왔다. 학교에 가야만 한다는 사실이 싫다. 여기에 꼼짝없이 갇혀 지내야 한다는 사실이 싫다. 뭐 하나 제대로 되는 게 없는 이곳, 사우스 그로브의 7학년 교실에서.

그때 내가 깨달은 사실이 있었다. 꿈속에서 다음에 무슨 일이 일어났던지 간에, 제이미에게 손이 닿든 해파리에게 쏘이든, 그냥 잠자코 있는 것보다 낫다. 잠자코 가만히 있는 게 가장 나쁘다. 그냥 기다리면서 아무것도 알지 못한 채 무서워하기. 그것이 그 어떤 일이 일어나는 것보다 더 나쁘다.

해파리에 쏘이는 것보다 나빠. 그다지 미친 짓이 아닐지도 몰라.

나는 깨달았다.

제이미를 만나러 가야 할지도 몰라.

그러니까, 안 될 건 뭐람?

## 브리짓 브라운이라는 소녀

 

   대략 이삼 년 전 어느 여름날, 아이들 세 명이 플로리다 잭슨빌을 출발하는 비행기에 올랐다. 아이들은 대륙을 가로질러 테네시 주 내슈빌로 날아갔다. 같이 간 어른은 없었다.
   그 사건은 이후 온갖 뉴스를 장식했다. 나는 〈굿모닝 아메리카〉라는 텔레비전 프로그램에서 그 뉴스를 보았다. 브리짓 브라운이라는 열다섯 살 소녀는 아이 돌보는 일을 하면서 700달러를 모았다고 한다. 브리짓은 열한 살짜리 동생 코디와 열세 살짜리 이웃사촌 바비에게 같이 가지 않겠냐고 물었다. 바비는 내슈빌에 가자고 했다. 그곳에는 '돌리우드'라고, 증기기관차와 롤러코스터가 있는 커다란 놀이공원이 있기 때문이었다.
   브리짓 브라운과 동생 코디, 그리고 바비는 택시를 타고 공항에 갔다. 공항의 탑승 수속구에서 비행기표를 사고 잭슨빌에서 약 800여 킬로미터나 떨어진 내슈빌까지 날아갔다. 센티미터로 환산하면 무려 8,000만 센티미터나 되는 거리다. 그 누구도 아이들에게 신분증을 보여 달라고 하지 않았다. 아무도 아이들의 길을 막지 않았다.

사실, 아이들에게 비행기표를 건넨 직원은 비행기가 막 출발하려고 하니 놓치고 싶지 않으면 서둘러 가라고 말하기도 했다.

아이들이 사전에 준비를 제대로 했더라면, 즉 사전에 계획이 잘 짰더라면 아이들은 내슈빌이 아니라 녹스빌로 갔을 것이다. 왜냐하면 돌리우드와 녹스빌 사이의 거리는 60킬로미터밖에 되지 않지만, 내슈빌에서는 320킬로미터나 떨어져 있기 때문이다.

비행기가 목적지에 닿긴 했는데, 아이들은 놀이공원까지 갈 수 있는 돈이 없었다.

나는 아이들이 공항에 서서 돈을 세면서 다른 사람들의 이목을 끌지 않으려 애쓰는 모습을 머릿속에 그려 보았다. 아이들이 얼마나 오랫동안 공항에 머물면서 고민에 빠져 있었을지 궁금해졌다. 결국, 아이들은 부모님께 연락하여 집으로 돌아갔다.

이것이 열다섯 살 브리짓 브라운의 문제다. 어떻게 계획을 짜면 좋을지 몰랐다는 것. 지도를 보면서 돈 계산을 하고, 택시와 고속도로 요금, 교통상황 등을 잘 알았더라면 성공했을지도 모른다. 그 먼 길을 건너 돌리우드까지 잘 갔을지도 모른다.

혼자서 비행기를 타고 멀리까지 간 다른 아이들의 기록도 있는데, 대부분 비슷했다. 하지만 여기 내가 브리짓 브라운의 사례에서 알게 된 것이 있다. 브리짓은 법을 어기지 않았다. 브리짓이 한 일은 법적으로 전혀 문제가 없었다.

열두 살이 넘은 아이는 혼자서 비행기를 탈 수 있다.

혹시나 해서 찾아봤는데, 사실이었다. 이 경우에 대해 설명해 주는 문구가 있다. 항공 규정에 '열두 살 이상의 승객은 유효한 표를 소지한 경우 어른의 동반 없이 비행기에 탑승할 수 있다.'는 문구를 분명히 기술해 놓았다. 그러니까 원하는 곳은 어디든 갈 수 있다. 필요한 것은 잘 짜인 계획과 목적지, 필요한 돈, 그리고 흐트러지지 않을 수 있는 강한 정신력. 그러면 비행기 안으로 발걸음을 옮기고 사라져 버릴 수 있다.

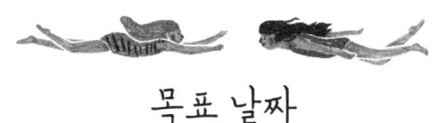

## 목표 날짜

학교에서 열리는 행사 공고문이 복도에 붙었다.

> **겨울 댄스 경연대회**
>
> 2월 10일
> 가장 마음에 드는 주제에 투표하세요.
>
> 심야의 파리●열대의 지상낙원●
> 영웅과 악당●할리우드에서 맞는 저녁
>
> 교무실에서 투표할 수 있습니다.
> 한 학생당 한 표만 행사할 수 있습니다.

아, 학교 댄스 경연대회라.
엄마가 이 대회에 대해 알게 되면 무슨 말을 할까 짐작이

갔다.

"가!"

그렇게 말하겠지.

"가야지, 재미있을 거야."

나는 공고문을 다시 바라보다 날짜를 보았다. 2월 10일. 그다지 머지않았다. 그래서 그때 나는 세 가지를 결심했다.

1. 나는 투표하러 가지 않겠다.
2. 나는 댄스 경연대회에 가지 않겠다.
3. 나는 2월 10일에 해외에 나가 있을 것이다.

그때 확신이 섰다. 나는 정말로 하고 말 거야. 스스로 호주에 갈 거라고.

그리고 목표 날짜가 정해졌다.

## 앓던 이 빠진 듯

호주로 가기로 마음먹은 순간 금세 기분이 좋아졌다니, 참 웃기기도 하다. 앓던 이 빠진 듯, 즉 별안간 기분이 편안해지는 느낌이 들었다. 변한 것은 아무것도 없다. 아직 모든 것이 그대로다.

나는 계획이 있어. 곧 떠날 거라고.

누군가 문을 빠끔히 열고 안으로 빛 한 줄기가 들어오게끔 하는 것 같았다.

반대편에 빛이 있다는 사실을 알게 된 것만으로도, 나를 메두사라고 부르거나 학교 댄스 대회에 대해 이야기하는 아이들 주변을 떠돌아다니는 일이 한결 쉬워졌다.

이제 해야 할 일은 하나씩 준비하는 것뿐이었다. 필요한 돈 모으기, 비행기표 사기, 제이미에게 가기. 그러면 모든 게 달라지겠지. 모두 나를 이해하게 될 거야.

*　*　*

나는 매일 터튼 선생님의 교실에서 점심을 먹었다. 저스틴이 가끔 우리와 함께했다.
"구내식당보다 여기가 나아."
언젠가 그렇게 말한 적이 있었다. 선생님의 교실에 오는 단 하나의 이유였다.
선생님은 저스틴이 온 바닥에 과자 부스러기를 떨어뜨려도 그다지 신경 쓰지 않는 눈치였다. 내가 어깨를 으쓱하는 것 말고는 거의 대답하는 일이 없어도 개의치 않았다. 저스틴이 날더러 벨이라고 불러도. 왜 그렇게 부르는지 묻지 않았다. 그냥 그렇게 하도록 내버려 뒀다.
선생님은 우리를 믿는 것 같았다. 우리에게 당신의 공간을 내어 주었다는 사실, 그것은 곧 우리를 믿는다는 증거였다.
선생님은 종종 우리에게 재미있는 자료를 보여 주었다. 심해의 사진을 담은 책이라든지, 엄청난 배율을 자랑하는 현미경으로 찍은 사진첩이라든지. 현미경으로 찍은 사진 중에는 사람의 머리카락이 마치 땅에서 자라는 커다란 나무처럼 보이는 것도 있었다. 하루는 선생님이 우리에게 동영상 하나를 보여 주었다. 과학자들이 '세상에서 가장 놀라운 사실*The most*

*astounding fact*'이라고 부르는 것에 대해 묘사하는 영상이었는데, 살아 있는 모든 생물은 사라진 별의 잔해로부터 온 원자로 구성되었다는 것이다.

우리는 우주진, 즉 별의 먼지로 만들어졌다. 그러고 보니 선생님이 우리에게 해 주었던 이야기가 떠올랐다. 우리는 몸 안에 셰익스피어의 원자를 지닌 채 살아가고 있다고.

사라 존스턴이 문을 두드렸다.

"주임 선생님이 이걸 갖다 드리라고 해서요."

사라는 터튼 선생님께 종이 한 장을 건넸다. 그러다 나와 저스틴에게 눈길을 돌렸다.

"미안."

사라가 우리에게 작은 소리로 말했다. 선생님이 종이를 받으며 싱긋 웃었다.

"고마워, 사라."

사라가 교실을 떠나려다 문간에서 잠시 멈춰 섰다.

"네."

천문학자가 말하고 있다.

"그래요, 우리는 이 우주의 일부에 지나지 않죠. 우리는 이 우주 안에 있어요. 하지만 이 둘보다 더 중요한 사실은 우주가 우리 안에도 있다는 것이죠."

사라는 우리가 보고 있는 영상을 어깨 너머로 바라보며 문 앞에서 꾸물거렸다. 선생님이 사라에게 말했다.

"여기 앉아, 사라. 같이 보자."

사라가 나와 저스틴을 힐끗 보았다. 우리와 함께 앉고 싶은 눈치인 것 같았다. 내가 얼굴을 찌푸렸다. 사라가 알아차린 게 틀림없었다.

"음, 아뇨, 괜찮아요."

사라는 그렇게 말하고 슬쩍 나가 버렸다.

좋아. 나는 생각했다.

'내게 필요한 마지막 일은 다른 사람이 지금 내 일상에 끼어들지 않도록 하는 것이다. 특히 내가 떠날 채비를 하고 있을 때 말이다.'

## 탈출을 준비하는 방법

호주 케언스, 그러니까 그레이트 배리어 리프의 끝자락에 있는 그곳에 가려면 물어볼 필요도 없이 돈이 꽤 많이 필요하다. 비행기표는 편도로만 계산해도 족히 1,000달러는 넘는다. 표를 사려면 신용카드가 있어야 한다.

내게는 신용카드가 없다. 하지만 부모님은 가지고 있다. 그리고 때마침, 매주 토요일 저녁 밍 플레이스에서 저녁을 먹고 나서는 항상 아빠가 밝은 파란색 신용카드로 계산을 했다.

매주 하는 일은 항상 똑같았다. 토요일 밤마다 일정한 리듬을 타는 듯했다. 튀김국수, 음료, 수프. 음식이 지글지글거리는 소리. 그리고 창문에는 '중국 음식, 영업 중'이라고 쓰여 있는 반짝이는 네온사인이 걸려 있다. 식사를 마친 뒤에는 종업원이 와서 영수증을 내려놓는다. 그러면 아빠는 식탁 위에 신용카드를 놓고 손에 묻은 음식물을 씻기 위해 일어선다.

매주 밍 플레이스에서 하는 일은 대개 이런 양상으로 일어났다. 해변으로 넘실거리는 파도와 흡사하다. 어떤 사람이 이 규칙을 알아차렸을 수도 있고, 모를 수도 있다.

난 알아차렸다.

\* \* \*

주의 깊게 몇 주 동안 관찰한 뒤, 나는 아빠가 자리를 떴을 때 신용카드를 집었다. 그리고 종업원이 카드를 가지러 올 때까지 초를 세었다.

1초, 2초, 3초, 4초…… 41초가 될 때까지.

그 다음 두어 주 동안 똑같이 초를 셌다. 카드를 가지고 있는 시간이 훨씬 많이 걸린 적도 있었다. 91초, 83초, 123초.

12월 어느 날 밤, 나는 분홍색 색인 카드를 가지고 왔다. 아빠가 자리에서 벗어나자 나는 카드에 쓰인 것을 적어나가기 시작했다.

다음 주, 나는 그 색인 카드를 다시 들고 왔다. 그 일을 다 하는 데 저녁 식사 네 번이라는 시간이 걸렸다. 새해로 접어드는 주 내내, 나는 카드 정보를 적어 내려갔다. 나는 신용카드에 적힌 번호와 글자를 모조리 베껴 썼다. 신용카드의 왼쪽 위 구석에 있는 글자도 썼다. '체이스'와 '프리덤*Chase Freedom*.'* 나는 이 말이 언젠가 영어 선생님이 이야기한 모순어법이라고 생각했다. 왜냐하면 누군가 당신을 추격한다면 당신은 진실한 자유를 가질 수 없기 때문이다.

다른 시각에서 보면, 모순어법이 아닐지도 모른다. 사실 내가 하고 있는 이 일도, 일종의 자유를 추구하고 있는 일일지도 모른다.

나는 몽땅 베꼈다. 카드의 로고라고 할 수 있는, 부등변 사각형 모양이 원을 그리고 있는 모양까지. 유효 기간과 아빠의 이름인 제임스 P. 스완슨도 적었다.

나는 카드 뒤에 있는 정보도 모두 적어 놓았다. 중요하지 않아 보이는 정보도 모두. '이 카드는 서명된 회원만이 사용하실 수 있습니다.'라고 쓰인 카드 약관과 24시간 고객센터 번호까지. 나는 카드를 다른 방향으로 돌릴 때마다 보였다 사라졌다 하는, 빛나는 독수리 모양도 그려 넣었다. 남김없이 모조리 적었다.

아빠가 우리 자리로 돌아 왔을 때, 색인 카드는 어김없이 내 주머니에 들어가 있었다.

하지만 1월, 나는 모든 걸 내 손에 넣었다. 내 분홍 색인 카드는 아빠의 빛나는 파란 신용카드의 완벽한 복제품이 되어 있었다.

-----
*추구(추격)와 자유를 뜻하는 말로, 미국 신용카드사의 이름

그날 밤 집으로 돌아와, 나는 그 색인 카드를 양말 서랍 안에 밀어 넣었다.

나는 내가 옳은 일을 하고 있는 건지 그릇된 일을 하고 있는 건지에 대해서 의문을 품지 않았다. 아빠는 나중에 나를 이해할 것이다. 내가 입증해 보여야 할 때 제대로 보여 주면, 내가 왜 그래야만 했는지 설명하고 나면, 아빠는 이해할 것이다.

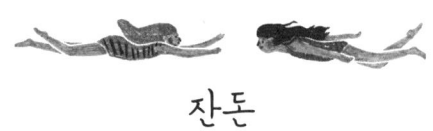
## 잔돈

호주 퀸즐랜드, 그러니까 그레이트 배리어 리프의 끝자락에 위치한 그곳에 가려면 다른 것도 필요하다.

현금이 있어야 한다. 아빠의 신용카드로는 부족하다. 택시비도 있어야 하고, 음식 사 먹을 돈도 있어야 한다. 그리고 호텔 비용을 지불할 때에도 현금이 가장 좋을 것 같다는 생각이 들었다. 그러면 부모님이 날 찾기 더 힘들어질 것이다.

나는 사람들이 내가 원하는 답을 얻을 때까지 나를 찾길 바라지 않는다.

현금을 확보할 수 있는 방법이 몇 가지 있다. 일단, 내 돼지저금통을 부쉈다. 지난 몇 년 동안 잔돈이 생기는 족족 돼지저금통에 떨어뜨리곤 했다. 집 주변에 굴러다니는 동전이나 엄마가 생각날 때마다 또는 내가 달라고 할 때마다 받던 5달러의 일주일 용돈 등은 어김없이 돼지 배 속으로 들어갔다.

다른 아이들은 용돈을 받으면 쇼핑몰에 가서 물건을 사거나 친구와 영화를 보는 데 써 버린다. 하지만 나는 쇼핑몰을 좋아하지도 않고, 함께 영화를 보러 갈 친구도 없다.

나는 5달러 지폐와 구겨진 1달러 지폐, 그리고 동전을 세었다. 그동안 저금한 돈이 283달러 62센트라는 걸 알고 놀랐다. 꽤 많은 돈이긴 하지만 그것만으로는 부족하다.

돈이 더 필요해. 그래서 나는 엄마에게 고개를 돌렸다.

매주, 나는 엄마의 지갑에서 돈을 조금씩 꺼냈다. 절대로 많이 꺼내지는 않았다. 지갑에 40달러가 있으면, 그중에서 4달러 또는 5달러만 꺼냈다. 21달러가 있다면, 3달러 또는 4달러만 꺼냈다. 다른 엄마들이라면 좀 더 유심히 돈의 행방을 추적하겠지만, 우리 엄마는 그렇지 않았다. 엄마는 정신이 너무 산만해서 집을 제때 보여 주는 주는 법도 거의 없다. 잃어버린 물건을 찾으려 항상 창고며 옷장을 뒤지고 다닌다. 엄마는 어떤 일을 주의 깊게 주시한 적이 단 한 번도 없다.

엄마는 우유와 간식을 사 먹을 수 있도록 매일 내게 돈을 준다. 지금은 점심시간마다 터튼 선생님 교실에서 밥을 먹는 데도 말이다. 점심값과 엄마 지갑에서 빼낸 눈 먼 돈 등을 전부 더해 보니 250달러가 더 확보될 것 같고, 언제 떠나느냐에 따라서 더 많아질 수도 있다.

적어도 현금 500달러는 모을 수 있을 것 같다. 그러면 택시

비며 식사비, 그리고 볼품없는 호텔에서 며칠 묵는 비용 정도는 될 것이다.

그 다음에 무슨 일이 일어나게 될지는 알기 힘들었다. 부모님이 일단 내가 거기에 있다는 것을 알게 되면 날 데리러 올 것이다. 하지만 확신할 수는 없다. 아마도 화가 잔뜩 나서 날 그냥 거기에 내버려 두고 혼자 알아서 오도록 할지도 모른다. 나는 부모님이 어떻게 나올지 상상할 수 없었다. 사실은, 그런 생각을 할 때마다 아직 먼 일에 지나지 않으니까 더 이상 생각하고 싶지 않기도 했다.

나는 현금을 커다란 편지 봉투에 넣고 봉투가 점점 부풀어 오르는 모습을 바라보았다. 엄마의 지갑에서 돈을 빼내는 일은 때론 너무 죄책감이 들었다. 속이 쓰려 드러누워 버릴 때도 있었다. 나는 옳은 일을 하고 있다고 스스로를 타일렀다. 무엇보다도, 엄마야말로 "일은 때로 그냥 일어난다."고 말한 사람이다. 엄마야말로 애초부터 날 이해하지 못한 장본인이었다.

엄마는 내게 세상이 어떤 점에서는 아직도 상식대로 돌아간다고 보여 줄 수도 있었다. 아직도 일정한 규칙이 존재한다는. 그러면 이런 짓을 하지 않았을지도 모른다.

하지만 엄마는 그렇게 하지 않았다. 그저 어깨를 으쓱하고는 때로 일은 그냥 일어난다고 말했을 뿐이다. 그리고 어쨌든 이 정도면 충분하다고 예상할 뿐이었다.

그래서 나는 돈을 빼내는 것에 대해, 정확히 말해서 선택권이 없었다.

나는 열다섯 살짜리 브리짓 브라운이 되고 싶지 않았다.

나는 완벽하게 준비를 하고 싶었다.

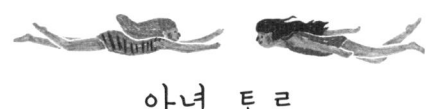

## 안녕, 토르

지렁이를 해부하던 날, 저스틴과 나는 과학 실험실에 앉아 우리 앞에 놓인 쟁반을 뚫어져라 바라보고 있었다. 쟁반 위에는 절단용 칼과 형형색색의 플라스틱으로 머리를 덮은 핀 한 무더기가 있었다. 돋보기도 있었고, 그와 함께 멸균 용액이 들어 있는 작은 그릇도 놓여 있었다. 도구들 한가운데, 죽은 지렁이가 강화유리 컵 안에 놓여 있었다.

나는 컵을 빤히 쳐다보았다. 저스틴이 날 바라보았다.

"내가 지렁이를 자르고 다졌으면 하는 거지, 그렇지?"

저스틴이 물었다. 내가 고개를 끄덕였다.

"걱정마, 벨. 내가 할게."

저스틴이 내 팔을 토닥이며 말했다. 저스틴은 핀셋으로 죽은 지렁이를 들어 올리고는 우리 앞 탁자에 올려놓았다. 내가 평소에 보았던 여느 지렁이와 다를 바 없었다. 누워 있는 모습이 몸에서 떨어져 나간 팔다리처럼 보인다는 것 빼고는.

그걸 보니 엔젤 야나기하라의 실험용 쥐가 떠올랐다. 그리고 작년에 딜런이 나무로 던져 버렸던 개구리도 생각났다. 방부제 냄새가 코를 찔렀다.

저스틴이 칼을 집었다. 지렁이를 가만가만 찔렀다. 그러다 주춤했다.

"있잖아, 이 녀석에게 이름을 하나 지어 주면 어떨까 하는데. 그러면 왠지 기품 있어 보이잖아."

나는 그 생각이 마음에 들었다. 내가 씩 웃었다.

"모*Moe** 어때?"

저스틴이 말했다. 나는 얼굴을 찡그렸다.

"흙 파먹는 악당 피터는?"

나는 고개를 흔들었다.

"토르*Thor*** 는?"

토르라. 이렇게 작은 녀석에게 거창한 이름이긴 하다. 나는 미소를 지었다. 아주 조금만. 그 정도면 충분하다.

"오, 전지전능하신 토르시여."

저스틴이 지렁이를 내려다보며 말했다.

"크기는 작을지 몰라도, 다리 없이 살았던 짧은 인생은 우

---

＊만화 〈심슨 가족〉에 나오는 캐릭터 이름
＊＊천둥의 신

리가 과학적 방법을 알아가는 데 크나큰 도움이 되었습니다. 그리고 7학년을 통과할 수 있는 능력을 부여받을 수 있었고요."

저스틴은 지렁이의 가운데를 깔끔하게 잘라 나가면서 계속 이야기했다.

"야, 이름 이야기가 나와서 말인데, 벨은 〈백설 공주〉에 나온 공주 이름 아니야?"

"'미녀'의 이름이야."

내가 말했다. 저스틴은 놀라서 고개를 들었다. 그러더니 입이 귀에 닿도록 씩 웃었다.

뭐 때문에 내가 저스틴과 말하기로 마음먹은 건지는 잘 모르겠다. 저스틴이 내게 굳이 입을 열도록 원하지 않아서 그럴지도 모르겠다. 혼자서 주저리주저리 떠드는 것만으로도 충분히 만족하고 있었으니까. 아니면 이제 내가 더 이상 잃을 것도 없기 때문인지도 모르겠다. 며칠이 지나면 나는 떠나고 없을 테니까.

"야, 이것 보게. 말을 하다니."

저스틴이 말했다.

"나도 말할 줄 알아. 알려 줘야 할 것이 있다면. 그리고 그건 미녀의 이름이야."

"미녀?"

"〈미녀와 야수〉. 거기에서 미녀의 이름이 벨이라고."

"아."

저스틴은 잠시 생각에 잠겼다.

"그러면 내가 야수가 되는 거야?"

나는 어깨를 으쓱했다.

"야수는 나쁜 놈이잖아. 맞지?"

저스틴이 물었다. 나는 고개를 흔들었다.

"그렇지 않아. 야수는 그저 자신에 대해 잘 모르는 사람들을 두려워할 뿐이야. 그게 다라고."

"허. 그 말이 맞는 것 같네."

저스틴이 지렁이의 등 부분을 조심스럽게 벗겨내자 회색 모래주머니가 보였다. 반짝이는 모양의 생식기관인데, 그걸 보니 통조림에서 막 꺼낸 신선한 흰 콩이 떠올랐다.

해부가 한창 진행 중이었지만, 초시계가 울리자 저스틴이 메스를 내려놓아야 했다. 저스틴은 주머니에 손을 넣고는 알약을 꺼냈다. 나는 손바닥을 편 채 손을 올렸다. 저스틴이 망설였다.

"음, 너는 먹지 않는 것이 좋을 것 같은데, 벨."

내가 이맛살을 찌푸렸다. 당연히 나는 저스틴의 약을 먹을 생각이 없다. 저스틴이 약을 내게 건넸다.

나는 알약을 돌려 보았다. 한 면에 육각형 모양이 그려져 있었는데, 끝에 뭐라고 쓰여 있었다. 6 같기도 하고 9 같기도 하고, 그도 아니면 기하학적인 달팽이 문양처럼 보이기도 했다. 나는 약을 돌려주었다.

"차이가 뭐야?"

내가 물었다.

"차이?"

"약을 먹기 전하고 먹은 후."

"아."

저스틴은 미간을 찡그렸다.

"음…… 약을 먹기 전에는…….."

저스틴이 천천히 입을 열었다.

"모든 게 동시에 일어나는 것 같아. 너무 빨라서 내가 단 하나도 제대로 잡지 못할 만큼."

"어떤 거?"

"전부. 모두 다."

저스틴이 실험실을 둘러보았다.

"이를테면 시계가 재깍거리는 것, 아이들이 입은 옷의 색깔, 내가 머릿속에 정렬해 놓은 일이라든지 대화 내용, 깜빡 잊어버린 숙제와 등이 배기는 내 자리, 그리고 다음 시간은 체육 시간인데 그때 배구를 할 수도 있고, 아니면 프리즈 댄스\*를 할 수 있다는 것, 그리고 지금 내 팔이 간지럽고 진눈깨비가 내리고 있다는 것 전부. 이 모든 게 한데 뒤엉켜 있는 것 같은 거야. 그리고 소리도 너무 시끄러워. 모든 생각이 너무

---

\*춤을 추다가 어떤 구호가 나오면 동작을 멈추는 게임

소란해서 잘 이해가 가지도 않아. 하지만 그때 이 약을 먹으면, 차이를 느낄 수 없는지는 몰라도, 내 주변의 세상이 변하는 것 같아."

저스틴은 입술을 잘근잘근하다가 보충 설명을 해 주려 했다.

"모든 것이 그냥 덜…… 혼란스럽게 돼. 그 사이에 틈이 생긴다고 할까. 아무튼 소음이 잦아들지."

저스틴이 고개를 절레절레 흔들었다.

"모르겠다. 설명하기 힘들어."

그러다 자기 손 안에 있던 알약을 내려다보았다.

"건배."

저스틴은 그렇게 말하고는 알약을 입에 던져 넣고 꿀꺽 삼켰다.

"오케스트라 같네."

내가 조용히 말했다.

"어?"

"소리가 마구잡이로 들리는 것과 오케스트라를 듣는 것의 차이 같다고."

내가 말했다.

"그래."

저스틴은 자신의 생각을 그대로 내뱉었다. 목소리에서 저스틴이 놀랐다는 걸 알 수 있었다.

"그래, 맞아. 바로 그거야."

내가 고개를 들자 저스틴은 나를 감탄하는 눈빛으로 보고 있었다. 나는 왠지 불편해져서, 그냥 말을 마쳤다.

"이제 이거 끝내야지."

그리고 솔직히, 해부를 끝내는 일은 그다지 나쁘지 않았다. 끔찍하기보다는 재미있었다. 수업이 끝나기 전, 저스틴은 토르에게 한 번 더 말했다.

"감사합니다, 전지전능하신 토르님. 이렇게 중대한 결단을 내려 주셔서. 이제 편히 주무시길."

## 작별 인사를 하는 법

2월 초, 댄스 경연대회가 시작되기 불과 일주일 전, 나는 레그스 박사님과 다시 마주했다.

"오늘은 뭐 이야기하고 싶은 거 없니, 수잔?"

나는 고개를 흔들었다. 우리는 오랫동안 아무 말도 하지 않은 채 앉아 있었다. 머릿속으로는 여행 갈 때 필요한 목록을 되뇌고 있었다.

이 시점까지는 준비가 거의 되어 있었다. 돈 봉투, 택시 회사 번호 두 개. 케언스 택시와 코랄 시 택시.

바로 전날 밤, 나는 인터넷에 접속하여 트로피카나 모텔에 2박을 예약했다. 그곳이 내가 본 곳 중 가장 가격이 저렴했다.

나는 환율과 일기예보를 계속 눈여겨보았다.(지구 반대편이라 그곳은 여름이었다. 낮은 길고 따뜻했다.) 나는 교통 지도를 보고 빨래방의 위치를 확인했다. 혹시라도 옷이 다 더러워질 것에 대비해서 말이다.

나는 호주 억양도 암기하고, 'blue'라는 단어가 싸움을 의미한다는 것도 배웠다. 'to make a blue'는 실수를 저지른다는 뜻이고, 'bluey'는 '개', '재킷', '장비', '빨강머리' 혹은 '전쟁에 나간 포르투갈 남자'를 뜻한다는 것도 알게 되었다.

공항에서 모텔까지 가는 법도 익혀 두었고, 모텔에서 제이미의 연구실로 가는 방법도 알아 두었다. 하도 계획을 완벽하게 해 놔서, 한눈에 그릴 수 있을 정도였다.

그러니까, 그곳에 가 있는 내 모습이 눈에 선했다. 따뜻한 호주의 여름날, 비행기에서 내려 막 여행을 시작한 내 모습 말이다. 제이미와 악수하며 바다 끝자락에 있는 제미이의 연구실로 가는 내 모습이 그려졌다. 내가 알아낸 사실을 부모님에게 알려 드리려고 전화하는 내 모습을 그릴 수 있었다. 머릿속에 그릴 수 없던 단 한 가지는 실제로 집을 떠나는 모습이었다.

나는 박사님을 슬쩍 보았다. 박사님은 으레 그랬듯이 무릎 위에 손을 포개고 멍하니 바라보고 있었다.

"질문이 있어요."

내가 입을 열었다. 이 시점에서, 끝나기 바로 직전인데, 질문 하나 해서 잃을 게 뭐가 있을까? 내가 말을 내뱉자 박사님은 짐짓 놀란 모양이었다. 하지만 곧바로 평상시 모습으로 돌아왔다. 박사님은 나를 보며 미소를 지었다.
"뭐든 물어보렴, 수잔."
"어떻게……."
나는 망설였다. 나는 이 일을 어떻게 해야 하는지 알고 싶었다. 이 여행을 어떻게 할 수 있는지. 어떻게 우리 집을 나설 수 있는지, 어떻게 비행기를 타는지, 어떻게 다른 사람에게 상처를 주지 않고 떠날 수 있는지에 대해서 말이다. 내가 다시 입을 열었다.
"어떡하면……."
그러다 고개를 절레절레 흔들었다. 설명하기 힘들었다.
"그냥 물어봐, 수잔."
박사님이 말했다.
"뭐든 말이다. 괜찮으니까."
"어떻게…… 작별 인사를 하죠?"
딱 들어맞는 질문은 아니었지만, 거의 근접한 것 같았다.
"오, 수잔."
박사님은 나를 오래도록 바라보았다. 그러다 선생님의 표정이 부드러워졌다. 나를 바라보는 박사님의 눈빛은 금방이라도 울음을 터뜨릴 것만 같았다.
"작별 인사를 할 준비가 되었니?"
나는 어깨를 으쓱했다.
"한 육 개월 정도 되었나?"

언제부터 육 개월이라는 거지? 선생님은 지금 무슨 이야기를 하고 있는 거야? 그러다 알아차렸다. 아, 그거.

박사님은 입술을 굳게 다물었다가 고개를 흔들었다. 부드러운 눈빛으로 계속 내 모습을 주시했다.

"작별 인사를 하는 것은 중요하지. 우리에게 새로이 삶을 시작하도록 해 주거든."

나는 자리를 고쳐 앉았다. 박사님은 확실히 내게 어떻게 하라고 방법을 알려 주려는 게 아니었다.

"이 세상에 정말로 마법 같은 말은 없단다."

박사님이 말했다.

"네가 사랑하는 누군가에게 작별 인사를 하는 데 올바른 말이 단 하나만 있는 것은 아니야. 하지만 가장 중요한 것은 네 안에 그들의 일부를 지니고 있는 거란다."

나는 우리 가족이 가지고 있는 일부분을 가지고 가는 모습을 떠올리려 했다. 내가 상상할 수 있는 거라고는 우리 엄마, 아빠, 아론 오빠, 로코 오빠의 작은 모형뿐이었다. 내 주머니에 넣을 수 있을 만큼 작은 인형처럼 말이다.

"마지막으로, 수잔……."

박사님이 말을 이었다.

"우리가 관심을 쏟는 사람들과 함께 시간을 보낸다는 것은 축복이란다. 완벽하지 않다고 해도 말이지. 언제, 어떻게든, 우리가 예상한 것과 달리 끝을 맺는다고 해도. 그 사람이 우리 곁을 떠난다고 해도 말이다."

그 사람이 우리 곁을 떠난다고 해도. 하지만 물론, 나 역시 떠나는 장본인이다. 우리 엄마가 빈 집에 들어오는 모습을 상상했다. 아빠가 밍 플레이스에서 롤링 록을 마시며 나를 기다리는 모습. 어쩌면 부모님 둘 다 안도할지도 모르겠다. 내 의도적인 침묵에서 벗어날 수 있으니까. 단지 잠시만이라도, 부모님은 내 침묵 때문에 숨 막혀 죽을 것 같은 표정을 보이지 않아도 된다.

레그스 박사님은 눈을 가늘게 뜨고 고개를 기울였다.

"내 말 뜻 이해하겠지, 수잔?"

여기서 더 이상 어떻게 이해하라는 건지 도무지 알 수 없었다. 박사님은 계속해서 나를 바라보았다. 그런 모습이 왠지 불편해져서 입을 열었다.

"그럼요. 네. 그런 것 같아요."

"정말 기특하구나, 수잔. 여기까지 잘 왔어."

'저는 그런 것 같지 않은데요.'

이렇게 말하고 싶었다.

전혀 그런 것 같지 않다고요.

하지만 이제 막 변화가 일어나고 있었다.

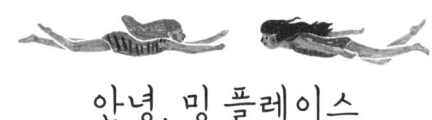

## 안녕, 밍 플레이스

 여행을 떠나기 전 마지막 토요일, 아빠와 나는 언제나 그랬던 것처럼 밍 플레이스의 분홍색 비닐 식탁보가 덮여 있는 자리에 앉았다.
 나는 브리짓 브라운과 다르다. 나는 나름대로 연구를 했다. 그리고 다음과 같은 네 가지를 알게 되었다.

1. 화요일, 동부 시간으로 대략 오후 세 시가 알맞은 수준의 국제 항공 요금을 찾는 데 가장 적당한 시각이다.
2. 수요일이나 목요일에 출발하는 비행기가 주말에 가까운 시각에 출발하는 비행기보다 가격이 싼 편이다.
3. 때마침, 엄마가 목요일 아침 일찍 집을 보여 주러 나간다.

4. 비행기표를 살 때 아빠 카드의 한도가 충분해야 한다. 그리고 아빠의 카드 명세서가 언제 날아올지 모르기 때문에, 가능한 떠나는 날에 임박해서 표를 사야 한다.

이 모든 것이 의미하는 바는, 나는 화요일 오후 세 시에 비행기표를 사고 목요일 아침에 떠날 거라는 거다. 금요일 밤이 되면 호주에 도착해 있겠지. 같은 반 아이들이 '영웅과 악당' 댄스 대회에 막 도착했을 때와 같은 시각이다.

지금 이 시점까지, 나는 내가 입을 열지 않기로 작정한 이래 밍 플레이스에 21번 앉아 있었다. 대략 한 시간 동안, 어림잡아 해파리가 35만 번 쏘는 시간이다. 그리고 다음 주 이 시각이면, 나는 지구 반대편에 와 있을 것이다.

나는 호주에도 중국 음식점이 있을까 그냥 궁금해졌다. 그때 아빠가 말했다.

"아, 이거 봐, 네가 재미있어 할 만한 걸 읽었는데 말이야."

요즘 아빠는 로코 오빠가 내게 죽은 작가들의 말을 인용하는 것과 같은 방식으로 말한다. 허공에 대고, 누가 듣던 상관없다는 듯이 말이다. 나는 소스가 담긴 작고 하얀 그릇에 튀김국수를 찍었다.

"여기서 멀리 떨어지지 않은 곳에 공룡의 발자국이 있다고 한다."

아빠가 말을 이었다.

"발자국이 수백 개. 어떤 남자가 불도저를 몰고 가다가 우연히 발견했는데, 그 주변에 아예 박물관 하나를 지어 버렸다."

아빠는 바삭거리는 국수 한 조각을 입에 쏙 넣었다.

"너랑 아빠랑 언제 한번 가 봐야겠는걸."

조만간엔 안 돼요. 나는 생각했다. 그러다 속이 약간 울렁거렸다.

종업원이 우리 음료를 내려놓았다. 셜리 템플 안에 담긴 얼음이 유리에 부딪혀 댕그랑 소리를 냈다.

"소리 정말 멋진데."

아빠는 종업원에게 고맙다는 듯 고개를 끄덕이고는 맥주를 부었다.

"공룡이 지나간 흔적을 우리도 밟을 수 있을 거야. 확실한 건 녀석들이 이 계곡 어디에든 있었다는 거지."

나는 근처에서 배회하는 공룡들을 머릿속에 떠올렸다. 수천만 년 뒤 현재 중국 식당에서 내가 셜리 템플을 마시며 앉아 있는 이곳 근처에서 말이다.

우리는 밥을 먹었다. 나는 수조 안의 물고기를 바라보았다. 저 가엾은 물고기들은 수족관에 대양 수조가 있다는 사실 따위는 알지 못한다. 커다란 대양이 실제로 있다는 사실은 고사하고 말이지. 녀석들은 자신들이 있는 유리 수조가 세상의 전부라고 생각할지도 모른다.

식사가 끝날 즈음 종업원이 와서 포춘 쿠키를 놓고 갔을 때, 내 포춘 쿠키의 종이는 비어 있었다. 한쪽 면에는 언제나 그렇듯 행운의 숫자가 쓰여 있었고, '중국어를 배워봅시다' 란에는 중국어로 겨울은 'dong tian'이라고 쓰여 있었다. 하지만 행운이 어디로 가는지 쓰여 있어야 할 칸에는 장미꽃이 그려진 선만 있을 뿐이었다. 다시 말해서, 완전히 백지였다.

나는 고개를 쭉 뺀고 아빠의 포춘 쿠키를 바라보았다. 거기에는 '순조로운 장거리 여행! 기대가 큽니다.'라고 쓰여 있었다. 나는 얼굴을 찌푸렸다. 그 종이야말로 내가 가지고 있어야 했는데.

\* \* \*

집으로 가는 길에, 우리는 뉴스를 들었다. 서부 지역에 산불이 일어났고, 지구 반대편에 산사태가 일어났다는 뉴스였다. 어린 소녀의 몸속에서 자신의 무게보다 더 크게 자라던 종양을 제거하느라 의사들이 열네 시간이나 매달렸다는 뉴스도 있었다. 나는 머릿속으로 실제 아이의 위에 자기 몸집만 한 덩어리를 이고 있는 모습을 그려 보려고 했지만 머릿속에 떠오르는 건 아이를 멀리 옮겨 버리는 거대한 풍선뿐이었다.

그리고 다음에 진행자가 누구의 이름을 말하는데, 나는 누군지 대번에 알아차렸다. 다이애나 니아드.

"……다섯 번째 시도를 위해 준비하고 있습니다. 지난 시도는 해파리 때문에 좌절되었으며……."

그때 아빠가 갑자기 끼어들어 온 차를 피해 급하게 핸들을 돌렸다.

"좋아, 친구."

아빠는 다른 운전수를 향해 투덜거렸다.

"이게 다 자네를 위해서라고."

"쉿."

나는 라디오의 소리를 높였다.

"올해 64세인 니아드는 이번 다섯 번째 도전을 마지막으로, 해파리를 향해 승리를 외치게 되길 바란다고 말합니다."

그러고 나서 진행자는 다른 뉴스로 옮겼다. 아빠는 여전히 운전대에 손을 올린 채 나를 흘낏 보았다.

"그 이야기 듣고 있었어?"

아빠가 놀라 물었다. 나는 어깨를 으쓱하고는 창문 너머 황량한 나무를 바라보았다. 다이애나 니아드는 무서울 정도로 강인할지는 몰라도, 한편으로는 내가 정말로 좋아하는 점도 있었다. 자신이 무엇을 원하는지 잘 알고 있으며 어떤 한계도 거부한다는 점. 거리, 나이, 그리고 해파리의 촉수조차도.

\* \* \*

엄마 집에 다다르자, 아빠가 말했다.
"잘 자렴, 우리 딸."
언제나 그랬듯이. 나도 여느 때처럼 차에서 내렸다.
아빠는 내가 현관 앞에 갈 때까지 찻길에서 기다렸다. 안으로 발을 한걸음 내딛기 전 나는 아빠를 향해 손을 흔들었다.
아빠, 안녕.
아빠는 헤드라이트를 깜빡이고는 찻길로 돌아갔다.
여기에 내가 말하지 않고 침묵하면서 배운 중요한 사실이 있다. 말을 전혀 하지 않을 때 비밀을 지키기 훨씬 쉽다는 것.

## 화요일, 오후 세 시

화요일이었다. 아빠의 신용카드로 비행기표를 사기로 한 날이다.

표를 사는 일은 너무나 간단했다. 날짜와 지역을 입력한다. 나는 시카고와 홍콩을 거쳐 브리즈번으로 갈 것이다.

내가 저런 곳에 갈 거라니, 상상조차 할 수 없었다. 사우스 그로브의 내 조그만 방에서, 그 어느 곳도 영 실감이 나지 않았다.

내 비행기표는 하루하고도 반나절이면 나를 호주 케언스로 데려다 줄 것이다. 나는 단 36시간 만에 겨울에서 여름으로 가게 된다.

나는 신용카드에 쓰인 번호와 아빠의 이름, 유효기간을 하나하나 입력했다. 몽땅.

내가 예약을 한 여행사 홈페이지 아래쪽에 커다랗고 빨간 버튼이 보였다. 구매.

나는 버튼을 클릭했다. 아무 망설임 없이.

정말로 해내고 말았어.

나는 앉아서 잠시 숨을 내쉬었다.

자리에서 일어나 공항으로 가는 버스 회사에 전화했다. 해외로 나가는 비행기를 타러 공항에 가야 한다고 말했다. 마치 여태껏 계속 여행 계획을 짰던 것처럼 내 목소리에는 자신감이 넘쳤다.

전화기 반대편 너머의 목소리에는 일말의 놀라움도 없었다. 상대방은 내가 몇 살인지도 묻지 않았다. 그저 출발 시각과 몇 시에 데리러 가면 되는지 묻기만 했다.

나는 두 가지 중 하나를 선택해야 했다. 아론 오빠가 일하고 있는 대학교의 학생 회관으로 데리러 올 수도 있고, 시내 호텔로 데리러 올 수도 있었다. 대학교는 위험하긴 하지만 가깝다. 거기까지 충분히 걸어갈 수 있다.

나는 대학교에서 버스를 타겠다고 말했다. 상대방은 버스 비용으로 54달러를 현금으로 지불해야 한다고 일러주었다. 준비는 끝났다.

## 수요일

다음 날, 학교의 학기 마지막 날, 나는 묘하게 의기양양한 느낌을 받았다.

내가 이 일을 해내고 말았어.

나는 떠날 예정이고, 중요한 그 무언가를 증명할 때까지 돌아오지 않을 것이다.

복도 위를 둥실둥실 떠다니는 느낌이었다. 복도에 있는 것 같기도 하고, 아닌 것 같은 느낌이 동시에 들었다. 벌써부터 이미 유령이 된 것 같았다. 유령의 심장.

\* \* \*

종업식 날, 저스틴이 내 사물함으로 왔다.

"야, 벨. 금요일 댄스 대회에 올 거지?"

그 순간, 저스틴에게 털어놓고 싶은 충동이 마구 일었다. 내가 떠난 뒤에 나의 의도를 전달해 줄 누군가가 필요하다면, 나는 그렇게 했을 것이다. 하지만 저스틴이 잠자코 입을 다물고 있어 줄지 전혀 확신이 서지 않았다. 그래서 나는 고개를 흔들었다.

"나 그날 어디 가."

"안됐구먼. 완전 멋진 옷 준비해 놓았는데."

"넌 뭔데, 악당이야, 영웅이야?"

나는 아이들이 선택한 주제를 가리키며 물었다.

"미안."

저스틴이 그렇게 말하며 싱긋 미소를 지었다.

"댄스 대회에 오면 확실히 알게 될 거야."

종이 울렸다. 우리는 코트를 입고 함께 학교 버스를 타는 곳으로 걸어갔다. 버스에 올라타기 직전, 나는 잠시 멈추고 씩 웃었다.

"왜 웃어?"

저스틴이 물었다.

"악당. 네 복장은 분명히 악당이야."

나는 버스에 타 내 자리에 홀로 앉았다. 저스틴이 창문 밖에서 손을 흔들었다. 그러고는 코트 깊숙이 손을 밀어 넣고 자기가 탈 버스를 타러 걸어갔다.

시동이 걸리고, 나는 우리 학교가 점점 작아지는 모습을 지켜보았다. 벽돌이며 시멘트가 저 멀리 점차 사라지고 있었다.

*  *  *

학교 버스에서 내렸을 때, 나는 곧장 집으로 가지 않기로 마음먹었다. 대신 찬바람을 뚫고 아론 오빠와 로코 오빠가 사는 아파트로 걸어갔다. 오빠들이 마지막으로 나를 '수지 큐'라고 부르는 소리를 듣고 싶었다. 오빠들이 나누는 대화와 에너지로 기분 전환을 하고 싶었다. 하지만 초인종을 울려도 아무 대답이 없었다.

나는 뒷마당에 서서 그저 내 숨소리만 들었다. 추워서 손가락에 감각이 없었다. 안으로 들어가고 싶은 마음이 절실했다. 함께 앉을 수 없다면 그냥 혼자라도 있고 싶었다.

오빠들이 뒷마당 화분 아래에 열쇠를 두고 다닌다는 게 생각났다. 내가 안에 들어간다 한들 개의치 않을 것이다. 단 몇 분이면 되니까. 집에 가기 전에 그냥 몸을 녹일 정도만 있으면 되니까.

안으로 들어가서 나는 이 방 저 방을 돌아다녔다. 깔끔하게 정돈된 부엌, 완전히 마르지 않은 채 식기 건조기에 가지런히 놓여 있는 그릇들,(오빠들이 집을 나선 지 얼마 되지 않았나 보다.) 면도용 크림 냄새가 나는 화장실. 거실에는 잡지 한 무더기가 있었다. 〈스포츠 일러스트레이티드Sports Illustrated〉*라든지 〈뉴욕커New Yorker〉**, 〈애틀랜틱Atlantic〉***, 그리고 〈애드버스터Adbuster〉****라고 부르는 어떤 거. 구석에는 나이키 운동화 한 켤레가 있었고, 그 안에 안팎이 뒤집힌 운동용 양말이 쑤셔 박혀 있었다.

오빠들을 뒤로 하고 가야 한다는 사실이 싫다. 벽난로 선반 위에 몇 년 전에 찍은 아론 오빠의 사진 액자가 있었다. 그 위에는 얼마 정도 되는 돈도 놓여 있었다. 액자에는 포스트잇으로 써 놓은 메모가 붙어 있었다.

나는 사진을 들어 올렸다. 사진 속에는 아론 오빠가 축구장에 서 있었다. 내가 수학 시간에 창문으로 매일 보는, 똑같은 운동장이다. 오빠는 두꺼운 안경을 쓰고 치아 교정기를 낀 채 축구공을 들고 있었다. 오빠가 치아 교정을 했다는 사실도 잊어버리고 있었다. 오빠의 팔은 너무나도 가냘파 보였다. 지금의 내 팔보다도 가늘어 보인다. 지금 내 나이쯤에 찍었던 사진이 분명하다.

오늘날 오빠가 보여 주는 자신만만한 모습은 흔적도 보이지 않았다.

나는 선반 위에 사진을 도로 올려놓고 돈을 집었다. 20달

---

\* 미국의 스포츠 잡지
\*\* 미국의 시사 주간지
\*\*\* 미국의 시사 잡지
\*\*\*\* 미국의 격월간지

러 2장, 5달러 한 장, 1달러 세 장. 전부 합해 48달러.

나는 이미 엄마에게서 가져갈 대로 가져갔다. 아빠의 신용카드로 비행기표도 예약했다. 오빠들의 돈까지 훔칠 필요는 없다. 그렇지? 아니, 아직은. 혹시 모르지. 정확히 48달러가 부족해지면 어떻게 하지?

머릿속에 내슈빌 공항에 서서 자기가 가진 돈을 세고 있는 브리짓 브라운이 떠올랐다.

나는 바지 주머니에 돈을 쑤셔 넣고는 문으로 향했다. 그러다 멈칫했다. 다시 선반으로 달려가 오빠 사진이 담긴 액자를 집고는 아파트 밖으로 뛰쳐나갔다. 밖으로 나오고 나서야 내가 열쇠를 집 안, 선반 위에 놓고 왔다는 사실을 깨달았다. 열쇠를 가지러 돌아갔지만 문은 안에서 잠기고 말았다. 이제 더 이상 문을 열 수 없게 된 것이다.

나는 어떻게 해야 할지 몰라서, 오빠 사진을 꼭 쥐고 집까지 뛰다시피 해서 갔다. 가는 내내 꽁꽁 얼어 있는 길에서 몇 번씩 미끄러질 뻔했는지 모른다.

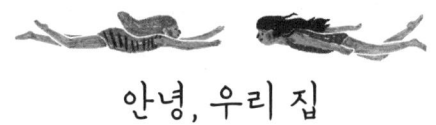

## 안녕, 우리 집

 목요일 오전 일곱 시 십팔 분이 되었다. 우리 집에서 보내는 마지막 날이다. 엄마는 나 혼자 학교 버스를 타고 갈 것이라고 여기며 오늘 아침 일찍 나갈 것이다. 하지만 학교에 가는 대신 나는 오빠가 일하는 학교로 향할 것이고, 공항버스가 나를 태우고 갈 것이다.
 나는 망가진 구닥다리 토스터에 식빵을 넣었다. 엄마가 중고가게에서 찾았다는 또 다른 '보물'이다. 그때 엄마가 작업복을 입고 부엌으로 걸어 들어왔다. 엄마가 내 이마에 입맞춤을 하자 나는 엄마를 떼어 냈다.
 "엄마, 오늘 아침에 집 보여 주어야 한다는 거 기억하고 있지, 주?"
 당연히 기억하지요. 그것에 맞춰서 내 계획을 다 짜 놓았는데.

"오늘 필요한 거 다 가지고 있어?"

나는 고개를 끄덕였다. 그럼요. 내가 계획한 일과와 엄마의 생각이 정확히 일치하는 것은 아니지만.

엄마는 가방을 들어 올리고 서류를 분류하기 시작했다.

"아, 겨울에 집을 보여 주는 일은 정말 싫어. 모든 게 항상 음산해 보이거든."

난 머릿속으로 엄마에게 말했다. 나 떠나요, 엄마. 멀리 떠날 거야.

엄마는 가방 안으로 서류를 아무렇게나 밀어 넣고는 찬장 서랍을 열고 버터 바르는 나이프를 꺼냈다.

"그래도 여름이 그다지 머지않았을지도 몰라."

나는 생각보다 더 세게 서랍을 닫았다. 쾅.

"어머, 조심해야지."

엄마가 톡 쏘았다.

미안해, 엄마. 엄마는 이해하지 못할 거야.

내 토스트가 튀어나왔는데, 끝부분이 검게 타 있었다. 이 빌어먹을 보물이라고 부르는 물건에서 나온 빌어먹을 검댕이 토스트. 별안간 검게 탄 부분이야말로 세상에서 가장 슬픈 모습처럼 보였다. 그러자 슬퍼하는 내 자신에 화가 났다.

슬퍼하는 일은 위험하다. 슬픔은 모든 걸 망가뜨릴 수 있다. 슬픔은 나를 멈춰 세울 수 있는 유일한 감정이다.

나는 토스트를 싱크대로 세게 던져 버렸다. 철제 싱크대 안에서 토스트 부스러기가 산산이 흩어졌다.
"주."
엄마가 놀라 말했다. 나는 빵 봉투를 찢어 빵 두 개를 휙 빼냈다.
그냥 가, 그냥 가, 그냥 가라고. 엄마가 가지 않으면 나는 시작하지 못해.
엄마가 고개를 절레절레 흔들었다.
"어머나."
엄마가 구시렁댔다.
"꿈자리가 사나웠던 모양이네."
나는 빵을 토스터에 넣고 가장 짧은 시간 쪽으로 다이얼을 돌렸다. 내 뒤에서 엄마가 내 어깨에 손을 얹었다. 나는 엄마의 손에서 벗어나려 획 피했다.
엄마, 그냥 가란 말이야. 엄마는 내가 작별 인사를 고할 마지막 사람이라고. 그리고 나는 이제 이 인사를 끝내 버리고 싶어. 그러니까 제발 가요.
나는 냉장고 문을 벌컥 열어젖혔다. 안에 있던 병이며 단지들이 흔들거렸다.
"알겠어, 주. 오늘 무슨 일 있는 거니?"
엄마가 물었다.
무슨 일이 있냐고 물어보신다면 이렇게 대답해 드리지요.

나는 이제 이 엄청난 일을 막 시작할 참이라고요. 그리고 엄마가 나와 함께 보내는 이 순간이 자꾸 날 주춤하게 만들어요.

나는 잠시 냉장고 안을 노려보았다.

"뭐 찾고 있는데? 버터?"

엄마가 물었다.

그리고 그 때문에 엄마가 빨리 없어져야 해요.

나는 냉장고 문을 쾅 닫았다. 유리병이 더욱 흔들렸다.

엄마가 한숨을 크게 내쉬었다. 엄마는 아주 천천히 숨을 들이마시고 내쉬었다. 엄마가 이성을 잃지 않기 위해 무던히 애쓰고 있다는 걸 알 수 있었다.

엄마는 냉장고로 걸어가 문을 열었다. 그러더니 아무 말도 않고 버터 하나를 집어 반 정도 포장을 벗긴 다음, 내 앞의 식탁에 올려놓았다.

나는 엄마를 쳐다볼 엄두가 나지 않았다. 대신 나는 냄새라도 맡을 요량으로 버터를 내 코앞에 갖다 대었다. 나는 냄새가 고약하다는 듯 식탁 위에 버터를 툭 던졌다.

"맙소사! 너 너무 버릇없는 거 아니니, 주."

제발, 제발 그냥 가요.

내 토스트가 튀어나왔다. 이번에는 덜 탔다. 나는 하나를 집어 접시에 던져 버리고 위에 버터를 발랐다. 버터를 너무 세게 발랐는지 토스트가 찢어져 버렸다.

"주."

엄마가 입을 열었다.

"엄마가 오늘 아침에 네 기분이 나아질 수 있도록 도와 줄 수 있다면, 지금 말하는 게 좋아."

그래서 그때 내가 말했다.

"그냥 가."

내가 뾰로통하게 말했다.

"주……."

내가 획 뒤돌아섰다. 새된 소리가 입 밖으로 튀어나왔다.

"그냥 가라고. 엄마가 여기 없었으면 좋겠어."

얼른 이 순간이 지나갔으면 했다. 얼른 탈출구 밖으로 빠져나가 저 너머에 무엇이 놓여 있든 그냥 가 버리고 싶었다. 이제 작별 인사를 마치고 다 끝내 버리고 싶었다.

엄마가 시계를 흘낏 보았다.

"늦으면 안 되는데, 하지만 우리 딸……. 도대체 왜 그러는데?"

내가 엄마의 말을 가로막았다.

"그냥 좀 가면 안 돼?"

나의 안과 밖, 내 마음속과 내가 세상 밖으로 표현하는 것 사이를 무언가 가로막고 있었다. 그 격차가 너무나 커서 내 자신을 수십억 개로 쪼개 버릴 것만 같았다. 바로 여기 부엌 한가운데에서.

엄마가 한숨을 쉬었다.

"엄마가 어떻게 하면 좋을지 모르겠구나."

엄마가 조용히 말했다.

"그냥 가기만 하면 돼. 그게 엄마가 해야 할 일이야."

내가 말했다. 엄마가 가방을 들었다.

"학교 끝나고 보자, 알았지?"

엄마가 말했다.

"그때 이야기할 수 있을 거야."

난 여기에 없을 거야, 엄마. 미안해. 하지만 난 여기에 없을 거라고. 내가 해야 할 일이 있거든.

"학교에 가서 지금보다 기분이 더 나아지면 좋겠다, 주."

엄마가 주춤하더니 말을 이었다.

"사랑해."

엄마는 뒤로 조용히 문을 닫고 나갔다. 엄마의 발소리가 들리자, 나는 동시에 두 가지가 하고 싶어졌다. 도망치고 싶었다. 하지만 동시에 나는 엄마를 쫓아가 내가 떠나는 것을 막아 주었으면 했다. 누군가 내게 이 일을 하길 바라기보다 지금 여기, 우리 집에 나를 필요로 하는 사람들이 있다고 말해 주었으면 했다. 엄마가 나를 내 침대에 데려다 놓고, 모든 게 정상으로 돌아왔을 때 비로소 나를 깨워 줬으면 했다.

하지만 나는 무엇이 정상인지 알지 못했다. 엄마는 차를 몰고 가 버렸다. 엄마가 떠나고 나서야 내가 작별 인사를 고해야 할 사람이 하나 더 있다는 사실을 알게 되었다.

## 전화

나는 전화기를 들었다.

아직도 그 번호를 생생히 기억하고 있다. 함께 이야기를 나누지 않고는 못 배기던 그때부터 말이다. 같은 날 둘 다 『제임스와 슈퍼 복숭아』를 다 읽고 내가 뉴욕에 있는 복숭아 저택에 대해 이야기해 주고 싶어 안달하던 그때부터 말이다. 아니면 숙제가 뭔지 알면서도 굳이 서로의 숙제를 점검하기 위해 수백 번 전화를 했던 그때부터. 아니면 딜런 파커가 하이탑 운동화*를 신고 패트리어츠** 셔츠를 입고, 머리는 모히칸 모양으로 뾰족하게 세운 채 나타났을 때, 프래니가 "저기 새로 온 애 정말 이상하지 않니?"라고 말했던 그 순간부터. 나는

---

\* 발목을 보호하기 위해 신는 목이 긴 운동화
\*\* 미국 미식축구 팀의 이름

딜런이 유별나게 이상하다고는 생각하지 않았다. 딜런에 대해 그다지 깊이 생각해 본 적도 결코 없었다. 하지만 난 "그래."라고 대답했고, 오랫동안 왜 프래니가 딜런을 처음 본 그 순간 그 애에 대해 말했는지 알지 못했다.

신호가 세 번 울렸다. 전화를 막 끊으려는 순간 누군가 전화를 받는 소리가 들렸다.

"여보세요?"

프래니의 엄마였다. 나는 숨을 깊게 내쉬었다. 프래니의 엄마는 내가 지난 몇 달 동안 말하지 않고 침묵했다는 사실을 모를 터였고, 나는 프래니가 죽기 전에도 전화로 말을 한 적이 없었다. 프래니의 엄마는 내가 무슨 말을 내뱉는 일이 얼마나 어려울지 알 턱이 없었다.

"플루퍼너터는 잘 지내요?"

긴 침묵이 흐르고 나서야 프래니의 엄마가 대답했다.

"잘 지내지, 수지. 원한다면 가끔 여기로 와서 같이 놀아 줘도 돼."

나는 프래니의 집으로 가서 프래니의 엄마가 혼자 앉아 있는 대신, 내가 혼자 앉아 있는 대신, 함께 앉아 있는 모습을 머리에 떠올렸다. 우리를 이어 주는 것이라고는 길가를 따라 박혀 있는 나무말뚝에 감긴 노끈뿐이었다. 내가 정말 그러고 싶은지 확신이 서지도 않았다. 그래도 대답은 했다.

"네."

한동안 우리 둘은 말이 없었다. 그러다 내가 입을 열었다.

"전화하기에 너무 이른 시각이었나 봐요. 별 생각 없이 전화한 건데."

"아냐, 괜찮아. 일어난 지 꽤 되었는걸."

나는 부엌에 앉아 있는 프래니의 엄마를 머릿속에 그려 보았다. 부엌 찬장 근처의 벽지 가장자리에는 담쟁이덩굴 모양이 찍힌 천 조각이 붙어 있었다. 찬장에는 꽃무늬가 있는 도자기 손잡이가 달려 있었는데, 프래니와 나는 브라우니를 구울 때 찬장 손잡이에 반죽을 묻혀 얼룩을 내곤 했다. 모든 도구를 깔끔하게 쓰려고 갖은 노력을 썼지만 말이다.

"내일 밤에 학교에서 댄스 대회가 있어요."

"그래?"

"네. 주제는 영웅과 악당이래요."

무슨 말을 하면 좋을지, 무슨 말을 하면 안 되는지 알기 힘들었다. 그러니까 프래니의 엄마에게 학교 댄스 대회 따위에 대해서는 말하지 말았어야 했다. 프래니는 더 이상 그곳에 갈 수 없으니까. 이상했다. 나는 자라고 있고, 다른 아이들도 마찬가지다. 최근 몇 달 동안, 나는 공식적으로 청소년이 되었다. 이제 조금 있으면 나는 열네 살이 될 것이다. 영원히 오지 않을 것만 같은 나이로 들린다. 하지만 프래니는 언제까지고 열두 살일 것이다.

"너는 어떤 건데?"

프래니의 엄마가 물었다.

"네?"

"영웅이야, 악당이야?"

"아."

내가 대답했다.

"저는 가지 않을 거예요. 다른 데 가거든요."

나는 숨을 깊게 내쉬었다. 왜냐하면 지금이 기회이기 때문에. 지금이 내가 하려는 것과 그 이유를 말할 기회이다. 다른 모든 사람들은, 일은 때때로 그냥 일어난다며 다 체념해 버릴지는 몰라도 나는 아직 포기하지 않았다고.

내가 막 말을 하려고 할 때, 프래니의 엄마가 먼저 말했다.

"너도 알지? 프래니는 항상 너를 많이 칭찬했단다, 수지."

그리고 그때 나는 뭐라고 말하면 좋을지 알 수 없었다.

"너는 남들이 뭐라 생각하건 신경 쓰지 않는다고 했지. 프래니가 너의 그런 점을 얼마나 좋아했는지 몰라. 내가 생각하기엔 프래니도 너의 그런 점을 조금이라도 닮았으면 하고 바랐던 것 같아."

프래니 엄마의 입에서 나온 말은 놀라움 그 자체였다. 지금 내게 거짓말을 하고 있는 게 아닌지 의구심이 들 정도였다.

프래니가 나처럼 될 수 있기를 바랄지도 모른다니, 그런 일은 내게 한 번도 일어나지 않았다. 그리고 당연한 일이지만, 프래니의 엄마가 지금 말한 것도 사실이 아니었다. 나는 다른 사람들이 생각하는 것에 대해 신경 쓰고 있었다. 나는 프래니의 생각에 신경을 쓰고 있었다.

우리는 잠시 동안 그냥 앉아 있었다. 각기 다른 집에 앉아, 서로에게 아무 말도 하지 않고 있었다. 말보다 침묵하고 있는 것이 더 낫다는 말은 참 기이하기도 하다. 침묵은 소음보다 더 많은 의미를 전달할 수 있다. 같은 방식으로 누군가의 부재는 그 사람이 존재하는 것보다 더 많은 자리를 차지할 수 있다. 잠시 뒤, 나는 입술을 깨물었다.

"저 가야 해요."

"전화해 줘서 고마워, 수지."

"플루퍼너터에게 안부 전해 주세요."

"그럴게. 잘 지내야 해, 알았지?"

나는 고개를 끄덕였다. 프래니의 엄마는 그런 내 모습을 볼 수 없겠지만. 그러고 나서 우리는 또 한동안 앉아 있었다. 이윽고 무슨 소리가 들렸다. '안녕'이라는 말처럼 들리기도 했다. 어쩌면 프래니 엄마의 목에서 벗어나려는 작고 슬픈 소리일지도 모르겠다.

나는 전화를 끊었다. 그리고 방으로 가서 옷장에 있던 여행 가방을 꺼낸 뒤, 가방 바깥에 달린 주머니에 오빠의 사진을 넣었다. 그러고 나서 가방을 들고 문 밖으로 걸어 나왔다.

## 결말

 혹시 모르지. 아마도 누군가의 결말은 실제로 죽었을 때가 아닐지도 모른다. 그보다 누군가 그 죽음을 입에 담을 때가 진짜 마지막일지도. 숨을 거두었을 때 진짜로 사라지는 게 아니라, 어둡고 형체 없는 그림자 속으로 숨어 버리는 걸지도 몰라. 단지 윤곽만 남은 채로 말이다. 시간이 흐르면 사람들은 죽은 이를 잊어 가고, 윤곽은 어둠 속에 몸을 숨긴다. 세상 사람들이 죽은 이의 이름을 마지막으로 부르고 나면 그제야 맨 마지막 모습은 영원히 희미해져 간다.
 그게 사실이라면, 누군가 죽고 나서도 그 사람의 이름을 부르지 않을 그럴듯한 이유가 된다. 왜냐하면 결코 알 수 없으니까. 언제가 마지막이 될지 모를 테니까.
 그런 다음 죽은 이들은 영원히 사라져 버리겠지.

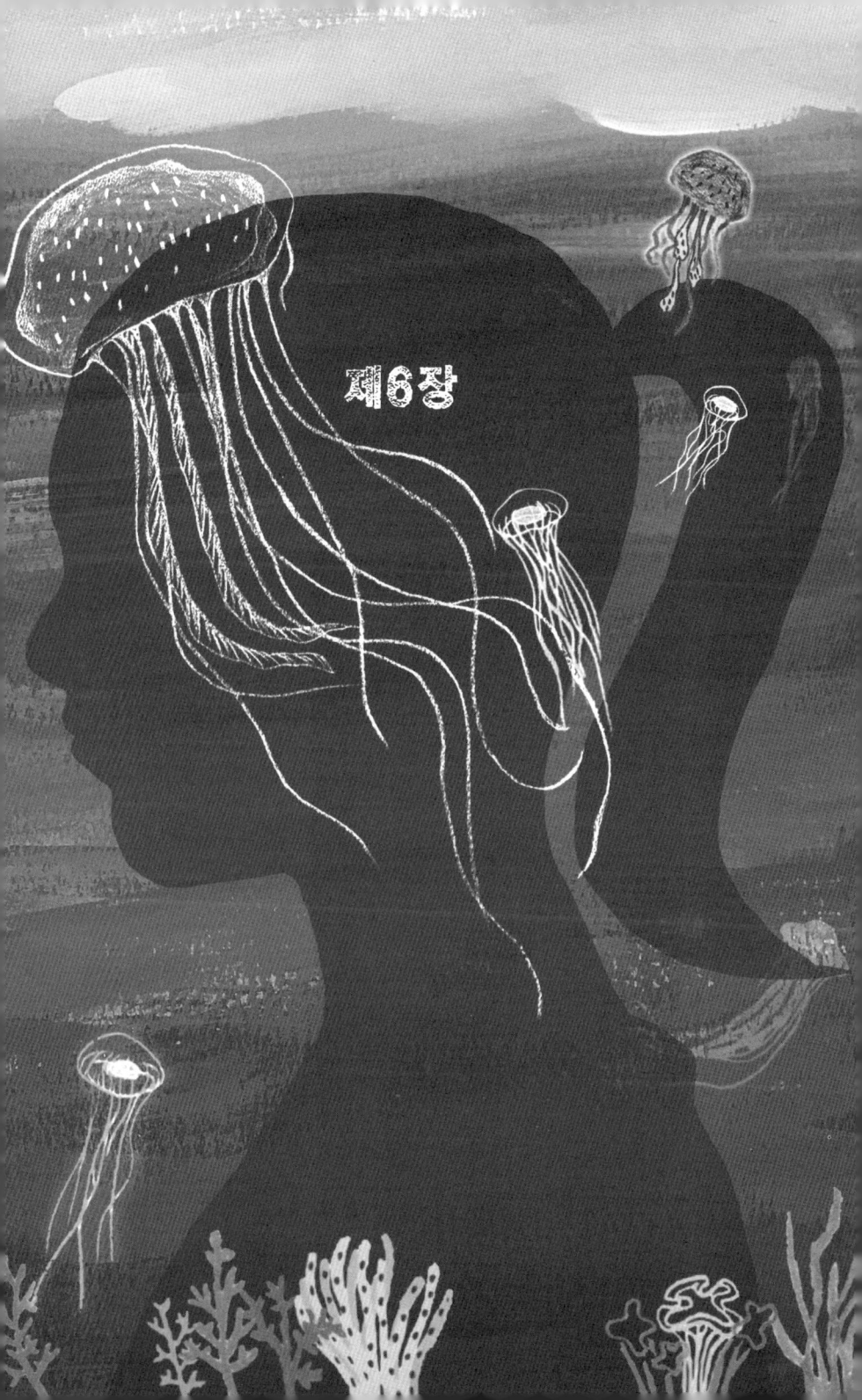

# 결과

지금까지 관찰한 것을 요약하세요. 결과물이 가설을 뒷받침하나요? 이 점은 꼭 기억하세요. 과학은 사실 어떤 것을 '증명'하는 것이 절대로 아니랍니다. 과학은 그저 우리네 세상이 돌아가면서 남긴 흔적을 더 많이 찾는 데 도움을 줄 뿐이지요. 만약 당신의 연구 결과가 가설을 뒷받침하지 않는다는 걸 알게 된다면, 솔직하게 받아들이길 바랍니다. 과학은 성공보다 실패에서 배운다는 것임을 명심하세요.

— 터튼 선생님

## 영원불멸

여기에 마지막으로, 해파리에 관해 중요한 사실이 있다.

수백만 년이 지나도 당신이 이에 대해 절대 짐작조차 못할 거라는 데 내 모든 걸 건다.

해파리는 영원불멸하다.

부풀려서 말하는 게 아니다. 단순히 우리보다 수명이 길다는 걸 의미하는 것이 아니다. 그 말도 맞긴 하지만. 이 말은 문자 그대로 사실이다. 적어도 한 종류 이상의 해파리는 자랄수록 젊어진다. 지구상에 그 어떤 생물 중에 이런 특성을 지닌 생물은 없다. 어디 한 번 살펴보자. 홍해파리*Turritopsis dohrnii*. 영원불멸하는 해파리.

홍해파리는 공격을 받으면, 다 자란 상태, 그러니까 온전히 해파리처럼 보이는 그 단계에서 더 어린 단계, 즉 바다의 맨 밑바닥에 안전하게 달라붙는 형태로 돌아간다. 이론적으로 홍해파리는 이 과정을 무한정 반복할 수 있다. 다 자랐다가 다시 젊어지고, 자랐다가 젊어지고, 결국 영원히 죽지 않게 된다.

이는 마치 모든 게 잘못 돌아가기 시작할 때, 스트레스를 극도로 받기 시작할 때, 우리가 어린 시절로 퇴화하려는 경향과 같다. 상상해 보자. 이렇게 말한다고 머릿속에 떠올려 보자.

"아, 이거 너무 힘들어."

그러면 몸을 웅크리고 우리가 언제나 걱정 없이 지냈던 어린 시절로 돌아가려고 한다. 그리고 우리는 그냥 그 시절 상태로 머물면서, 자신을 영원히 안전하게 묶어 버린다.

그러면 이런 결과는 일어나지도 않았을 텐데. 뒤틀려 버린 그 모든 것들을 바로잡으려 노력할 필요가 전혀 없었을 텐데. 네게 그런 메시지 따위는 보내지 않았을 텐데. 그냥 모든 게 다 괜찮았을 텐데. 그냥 예전부터 그랬던 것처럼 다 쉽게 흘러갔을 텐데.

너는 여기에 다시 있게 되었을 텐데. 그리고 프래니, 너는 나를 다시 사랑하게 되었을 텐데. 네가 내게 언제나 그랬던 것처럼.

## 호주를 향해

 속임수를 쓴다는 것은 그냥 할 수 있다고 믿기만 하면 되는 일이다. 어떤 일을 할 수 있다고 믿을 때, 그게 설령 무서운 일일지라도, 그건 마법과 같은 힘을 준다. 자신감은 마법이다. 그 어떤 일도 헤쳐 나갈 수 있게끔 해 준다.
 여행 가방을 질질 끌고 대학교 캠퍼스까지 그 먼 길을 걸어갈 수 있게 해 준다. 혼자가 아닌, 어디 소속인 척하며 그 긴 시간 추위를 견디며 서 있도록 해 준다. 궁금증을 자아내게 만든다. 공항버스가 정말로 올까? 그리고 버스가 정말로 나타났을 때 안도와 두려움을 동시에 느끼게 해 준다.
 버스 안은 낯선 이들로 가득했다. 백발의 아주머니가 붉은 정장을 입은 여자에게 오랜 시간 수다를 떨고 있었다. 아주머니는 이제 4킬로그램을 갓 넘긴, 막 태어난 손자를 보러 애틀

랜타로 간다고 했다. 붉은 정장을 입은 여자는 그랜드 래피즈 *Grand Rapids*\*로 당일 출장을 간다고 한다. 들어갔다 바로 나오는 일정으로 예술 작품에 대해 이야기를 하러 간다고 했다.

나는 애써 다른 사람들을 보지 않으려 했다. 가능한 눈을 마주치지 않았다. 버스가 호텔에 멈추었을 때, 오래된 담배 같은 냄새를 풍기는 남자가 내 옆에 앉아 "안녕." 하고 인사를 건넬 때에도 나는 고개조차 돌리지 않았다.

나는 옆으로 지나가는 집들을 바라보며 생각했다. 집들아, 안녕.

나는 큰길로 들어서며 지나가는 작은 길들을 바라보며 생각했다. 작은 길들아, 잘 있어.

나는 큰길을 지나 고속도로로 진입할 때 생각했다. 안녕 사우스 그로브, 매사추세츠.

나는 내 코트 주머니에 손을 뻗어 분홍색 색인 카드를 만지작거렸다. 아빠의 신용카드 내용을 복사한 그 카드이다.

지금까지, 퍽 수월하게 지나갔다. 내가 얼마나 계획을 철두철미하게 잘 짰는지 스스로 뿌듯해졌다.

엄마에 대해서는 생각하지 않기로 했다. 엄마를 꼭 안으며 작별 인사를 하지 않았다는 그 사실에 대해서 말이다. 그렇게 하는 대신, 나는 엄마가 차에 타고 멀리 떠나는 모습만 바라보았을 뿐이다.

---

\*미국 미시간 주 서남부의 도시

버스가 공항에 다다르자, 사람들이 하나둘씩 내려 각자 가야 할 터미널로 향했다. 버스의 문이 열릴 때마다 얼음장 같은 북극 바람이 안으로 휘몰아쳤다. 가만히 살펴보니, 사람들이 버스에서 내리기 전 운전수에게 돈을 건네는 것 같았다. 그래서 국제선 터미널에 도착했을 때, 나는 봉투에 손을 넣고 구겨진 지폐 하나를 꺼냈다. 나는 운전수에게 돈을 주고는 가방을 받고 고맙다는 인사를 했다. 그 모든 시간 동안 나는 이 일을 전부터 해 왔던 것처럼 침착하게 먼 곳만 바라보았다.

그러고 나서 나는 공항 탑승 수속구로 가서 줄을 섰다. 이제 나는 탑승권을 받고 보안 검색대를 지나 이 세상 끝자락으로 날아갈 것이다.

나는 내 시계도 이미 케언스 시각으로 맞추어 놓았다. 여기 매사추세츠보다 열다섯 시간 빠르다.

보조 가방에는 칫솔과 작은 휴대용 치약도 구비해 놓았다. 여분의 양말과 속옷도 넣었다. 호주에 도착했을 때 찝찝한 기분으로 내리기 싫기 때문이다.

호주에서 쓸지도 모르는 단어와 관용구도 적어 놓았다. 'chemist'는 '약국', 'boot'는 '자동차의 트렁크', 'lift'는 엘리베이터, 그리고 'come good'은 '상황이 괜찮아지다'이다.

내 여행의 첫 번째 단계는 잘 마친 것 같다. 제임스 쿡 대학교에 있는 제이미 시모어의 사무실 주소도 있다. 공항에서 15킬로미터, 그러니까 미국 단위로 9마일 정도 떨어져 있다.

그곳에 가려면 나는 캡틴 쿡이라는 택시를 타고 고속도로를 달려야 한다. 택시 회사의 이름은 전에 프래니와 공부한 대로, 영국에서 호주로 항해한 탐험가의 이름에서 따왔다는 사실도 알고 있다. 쿡 선장은 약 250년 전에 호주로 건너갔다. 태양과 지구 사이를 가로지르던 금성을 보기 위해 시작했던 여행 중 일부였다. 쿡 선장과 금성 여행 모두 잘 끝났다고 본다.

내가 도착했을 때, 나는 거대한 바다에서 2킬로미터도 채 떨어지지 않은 곳에 있을 것이다. 나는 파도가 치는 소리를 들을 수 있을지 궁금해졌고, 파도 소리가 지구의 숨 쉬는 소리처럼 들릴지도 궁금해졌다.

앞줄에 있던 탑승객들은 표를 손에 쥐고 출구로 걸어갔다. 나를 포함해 모두 일렬로 늘어서 있다가 한두 걸음씩 앞으로 몸을 옮겼다.

호주가 이제 온몸으로 느낄 수 있을 만큼 내 앞으로 바짝 다가왔다.

## 앉아

공항 탑승 수속구로 걸어가면서, 눈을 너무 많이 깜박이지 않기로 했다. 눈을 깜박인다는 것은 긴장했다는 뜻이다. 긴장하면 의심을 산다.

수속구 뒤에 있는 여자는 긴 금발이었는데, 눈이 아주 살짝 멀리 떨어져 있는 것 같았다. 빨간 손톱으로 '탁탁' 소리를 내며 속사포처럼 자판을 치고 있었다.

"이름?"

나는 이름을 말했다. 여자는 쳐다보지도 않고 자판을 눌러 댔다. 탁, 탁, 탁.

"여권?"

나는 가방에서 여권을 꺼내 여자에게 건네주었다. 여자는 내 여권을 열고는 빈 페이지로 획획 넘겼다. 그러더니 얼굴을 찌푸렸다.

"잠시만."

여자가 말했다.

"생년월일이 어떻게 되지요?"

내가 알려 주자, 여자의 표정이 이상하게 변했다.

"음, 그건……."

여자가 입을 열다가 목소리가 점점 잦아들었다. 자판 몇 개를 더 두드리더니, 다시 얼굴을 찡그렸다.

"비자를 신청하지 않은 것 같은데요."

나는 여자가 무슨 말을 하는지 잘 몰랐지만, 이 여행이 내게서 멀어지고 있다는 건 알게 되었다.

비자, 나는 생각했다. 비자라고 말했어.

나는 이걸로 상황을 바로잡을 수 있을 거라고는 생각하지 않았지만, 내가 할 수 있는 유일한 일을 했다. 나는 주머니에 손을 뻗어 아빠의 카드 정보를 베낀 분홍색 색인 카드를 꺼냈다. 나는 여자 앞에 카드를 놓았다. 여자는 카드를 바라보다, 몇 번씩 앞뒤로 뒤집어 보았다. 여자는 당황한 모습이었다.

"이게 뭐죠?"

여자가 물었다.

"비자예요."

내가 말했다. 나는 허공에 턱을 올리고, 복잡한 속내를 애써 감추며 자신 있게 말했다. 이 순간만 지나가면 돼, 이렇게 생각했다. 비행기에 타기 위해 무슨 짓이든 하라고.

여자가 미간을 찌푸렸다.

"이건 그냥······."

여자는 잠시 동안 카드를 뚫어져라 바라보다가 말했다.

"아, 아, 알았어요."

여자는 눈을 치떴다.

"얘야?"

여자의 목소리가 별안간 나긋나긋해졌다.

"부모님은 어디 계시니?"

나는 한숨을 푹 쉬고는 내가 할 수 있는 한 가장 품위 있는 목소리로 내뱉었다.

"부모님은 함께 여행 갈 수 없어요."

내가 말했다. 나는 여자 뒤의 컨베이어 벨트 위로 지나가는 여행 가방들을 바라보았다.

나는 눈을 몇 번 깜박이고는 덧붙였다.

"두 분 다 일하시거든요."

여자는 색인 카드의 뒤쪽 아래를 바라보았다. 무언가 생각에 잠긴 듯했다. 그러더니 입을 열었다.

"얘야, 너도 알겠지만 혼자서는 해외로 나가는 비행기에 탈 수 없단다."

"저는 표도 샀어요."

내가 말했다.

"그래. 하지만……."

나는 브리짓 브라운의 뉴스에서 본 내용을 따와서 말했다.

"열두 살 이상의 승객은 유효한 표를 소지한 경우 어른의 동반 없이 비행기에 탑승할 수 있다."

"아니."

여자가 말했다.

"국제 항공은 그렇지 않아."

여자가 다시 말했을 때, 목소리가 극도로 조용해졌다.

"미안하구나."

여자가 말했다.

조용한 목소리를 들으니 알 수 있었다. 나를 상냥하게 대해주려고 극히 애쓰고 있다는 사실. 저 여자가 내게 친절해질 필요가 있다고 생각한다면, 그건 좋은 징조가 아니다.

중요한 점은 이제, 여행은 여기까지라는 사실이다. 더 이상 내게 선택권은 없다.

나는 고개를 떨어뜨리고, 다음에 무슨 말을 하면 좋을지 생각했다. 지금 이 상황에서 어떻게 빠져나가야 할까. 재빨리 주도권을 잡아야 한다. 내 뒤에 여행객 한 무리가 줄지어 서 있다. 시간이 별로 없다.

나는 탑승 수속구의 탁자 위에 휘몰아치는 소용돌이만 멍하니 바라보았다. 하지만 아무리 애를 써도, 이 사태를 되돌릴 수 있는 방법을 알 수 없었다.

그러다 비로소 마음 깊이 이해하게 되었다. 이제 다 틀렸어. 그제야 소용돌이가 희미해지며 사라졌다.

내 손에 있던 색인 카드와 쓸모가 없어진 여권은 잔물결이 되어 녹아 없어져 버렸다.

"아, 애야."

여자가 말했다. 내 주위로 공항에서 윙윙대는 소리가 들렸다. 발걸음 소리와 여행 가방이 담긴 수레가 굴러가는 소리. 이런 소리들 말고도, 건물 안에서 윙윙거리는 소리도 들렸다. 난방기 돌아가는 소리일지도 모르겠다. 아니면 형광등에서 나는 소리일지도. 그때 좀 더 귀를 기울이면, 내 몸속에서 요동치는 맥박 소리도 들릴까 궁금해졌다.

나는 내가 벌벌 떨고 있다는 걸 알게 되었다.

브리짓 브라운 생각이 났다. 테네시까지 날아갔다가 다시 집으로 돌아와야 했던 소녀. 그 아이는 적어도 어디든 갔잖아, 이런 생각이 들었다.

나는 이제 겨우 비행기 탑승 수속구까지 왔을 뿐이었다. 내 어깨에 누군가 손을 얹는 것 같았다. 수속구 뒤에 있던 여자가 나와 있었다. 옆에 서니 생각보다 몸집이 작았다. 굽이 높은 구두를 신고 있었지만, 나보다 겨우 조금 더 컸다.

"같이 가자."

나는 여자가 나를 수속구 옆으로 데리고 가도록 내버려 두었다. 직원들이 드나드는 곳이었다.

"앉아."

여자가 말했다. 나는 바닥에 그대로 주저앉았다. 나는 고개를 들어 여자를 보았다. 날 바라보는 여자의 얼굴도 붉어졌다. 뜨거운 눈물이 내 볼을 타고 흘러내렸다.

여자는 내 옆에 쪼그리고 앉아 내 팔에 손을 얹고 살짝 눌렀다. 그리고 나서는 일어서서 가 버렸다. 나는 무릎에 얼굴을 파묻고 눈을 짓눌렀다.

피곤했다. 빛 때문에 눈이 아팠다.

나는 실패했다.

## 그녀가 해냈어

나는 오랜 시간 바닥에 앉아 사람들이 수속구에서 탑승권을 받는 모습, 출구로 나가는 모습을 바라보았다.

어떤 남자는 백발에 반짝반짝 빛나는 주황색 운동화를 신고 있었다. 어떤 여자는 군인이었는데, 머리부터 발끝까지 군복 차림이었다. 어린아이를 데리고 있는 엄마도 있었다. 아이는 얼굴에 콧물 범벅을 한 채 짜증나고 피곤한 듯 징징 울어 댔다. 두꺼운 티셔츠를 입고 있었는데, 엄마는 계속해서 모자를 씌워 주고 있었다. 엄마가 모자를 씌워 줄 때마다 아이는 재빨리 벗어 버렸다. 엄마는 아이를 업고 흔들어 주면서 앞만 멍하니 바라보았다.

여기 있는 모든 사람들은 어딘가로 갈 것이다.

나는 눈을 감고 내 숨소리에만 집중했다. 하루 종일, 일주일 내내, 내 평생 숨을 쉬고 있었지만 지금까지 내 숨소리를 의식한 적은 없었다.

프래니는 결코 돌아오지 않을 것이다.

결국 그런 것이다. 내가 제이미를 만나 문제는 해파리였다는 대답을 듣는다고 해도, 그래서 그동안 나의 주장이 계속 옳았다고 해도 변하는 것은 없다. 프래니는 저 세상으로 가 버렸고, 우리의 우정은 거기에서 그렇게 끝을 맺고 말았다.

미안해. 미안해. 정말 미안해.

나는 여전히 눈을 감은 채, 남자아이가 우는 소리, 탑승 창구에서 키보드를 두드리는 소리, 토론토발 비행기에 실린 짐들이 3번 수하물 수취장에 곧 도착할 것이라고 알리는 확성기 소리를 들었다.

네가 바라던 내가 되지 못해 미안해. 그런 짓을 저질러서 미안해. 네가 사라졌을 때 겪었을 그 끔찍한 순간을 생각하면 너무나 미안해.

"휴대폰을 여자 화장실에서 습득했습니다. 아래층으로 오셔서 찾아가시기 바랍니다."

미안해. 난 그냥 '획' 하고 날아가는 돌덩이 위의 바보 같은 존재에 불과했어. 나는 이 바위 위에 네가 가지 못하도록 마냥 붙들어 맸지. 이 작은 티끌에도 못 미치는 곳에서, 널 더 힘들게 하고 가만히 내버려 두지 않았어.

새로 시작하려고 그러던 것뿐인데, 결국 최악으로 끝내 버렸구나.

그만큼 잘못한 것 모두 미안해.

* * *

나는 잠이 들어 버린 게 분명했다. 눈을 떠 보니 비행기 안에서 쓰는 얇고 푹신한 담요가 덮여 있었기 때문이다. 각양각색의 조각보가 기워져 있는 모양이라서 내 몸을 다 덮고도 남았다. 나는 고개를 들어 보았지만, 아까 그 금발의 항공사 직원은 어디에도 보이지 않았다. 정장을 입은 남자가 나를 살짝 치고 지나갔다. 검은 가방을 끌고 있었는데, 가방의 모양새가 꼭 억지로 끌려가는 강아지 같았다.

나는 누워서 둥글게 몸을 말고는 담요로 폭 감쌌다. 바닥은 딱딱하고 차가웠지만, 볼에 닿은 느낌은 그럭저럭 괜찮았다. 나는 다시 눈을 감았다.

그 다음 눈을 떠 보니, 엄마가 내 앞에 있었다. 공항에서, 이 많은 낯선 사람들 가운데 엄마를 보니 놀라고 말았다. 오늘 아침에 마지막으로 보았던 모습 그대로, 엄마는 여전히 일할 때 입는 옷을 입고 있었다.

엄마가 내 얼굴을 뚫어져라 쳐다보았다. 몹시 충격을 받은 얼굴이었다.

"주."

엄마는 내 옆의 바닥에 맥없이 주저앉았다.

"아, 우리 딸."

엄마의 얼굴이 일그러지더니 눈물이 두 볼을 타고 흘러내리기 시작했다. 엄마의 눈물이 사랑의 눈물인지, 슬퍼서 나오는 건지, 행복해서 흘리는 건지, 아니면 그 셋이 한데 뒤엉켜 나오는 건지 알 수 없었다.

"아, 아, 우리 딸, 우리 주."

엄마는 내 손이 부서져라 꼭 잡았다. 그 사이 아론 오빠도 왔다. 오빠는 앉아서 주먹으로 부드럽게 손 인사를 하고, 무릎을 내게 살짝 부딪혔다. 오랜 시간 그 누구도 아무 말이 없었다. 그러다 얼마 뒤, 오빠가 쾌활하게 말했다.

"그래서…… 어떻게 된 거야, 주?"

그리고 그게 오빠의 말하는 방식이다. 지금껏 일어난 이 모든 상황이 그저 평상시와 같다는 듯. 덕분에 조금이나마 웃음을 되찾았다. 나는 손등으로 코를 훔쳤다.

"나는……."

내가 입을 열었다. 숨을 깊게 들이마셨다.

"나는 내가 증명할 수 있다고 생각했어. 무슨 일이 일어났는지 증명해 보일 수 있다고 생각했어."

당연한 얘기지만 엄마와 오빠는 내가 무슨 말을 하고 있는지 모른다. 이 둘은 지난 몇 달간 내가 무슨 생각을 하며 지내 왔는지 알지 못한다. 수족관으로 견학을 갔던 일도, 이루칸지 해파리에 대해서도, 5초마다 해파리가 23번 쏜다는 사실도 모른다. 제이미에 대해서도, 나의 연구에 관해서도, 아니면 다른 사람들이 몰랐던 어떤 일에 대해 알아내려고 생각했던 일에 대해서도 모른다. 브리짓 브라운이라든지 돌리우드, 아니면 내가 왜 공항 바닥에 혼자 앉아 있게 되었는지에 대해서도 알 길이 없다.

불가능한 일이 어떻게 오롯이 가능한 일로 될 수 있다는 건지 이해하지 못한다.

나는 내 입에서 쏟아져 나오는 말들을 듣고 있었다. 내가 가장 오랜 시간 동안 했던 말보다 더 많았다. 엄마와 오빠가 말도 안 된다고 하는 목소리도 들을 수 있었다. 내가 어떻게든 설명해 보려고 애써도 내 입에서 나오는 말을 도무지 이치에 맞게 만들 수 없었다.

이것은 말을 하지 않을 때 초래할 수 있는 또 다른 일이다. 머릿속에 일어나는 일이 정상적이면서도 합리적인지, 아니면 단점과 결함으로 채워져 있는지 파악하기 힘들어지게 되는 것이다.

내가 말을 마치자, 내 머릿속에 있던 말을 다 내뱉고 할 수 있는 한 최선을 다해 설명을 하고 나니, 레그스 박사님이 처음 만난 날 했던 말이 떠올랐다. 모든 이들은 각기 다른 방식으로 슬퍼하지. 슬퍼하는 데 옳고 그른 방식은 없단다.

음, 나는 생각했다. 지금 내가 지껄이는 말을 들었으면, 아마 마음이 바뀌었을걸.

***

내가 할 말을 다 하고, 우리는 잠시 앉아 있었다. 그러다 엄마가 조용히 입을 열었다.

"엄마는 줄곧 이안류* 때문일 것이라고 생각했어."

나는 엄마를 바라보았다.

"뭐?"

"그러니까 프래니가 왜 익사했는지는 모르겠지만, 주. 하지만 엄마는 언제고 그렇게 짐작했단다. 이안류 때문이라고."

이안류. 사람을 물로 잡아 당겨 버리는 보이지 않는 조류 말이지.

"아니면 다른 이유일 수도 있고."

엄마의 목소리는 부드러웠다.

"내 말은, 프래니가 파도에 밀려서 바위에 머리를 부딪쳤을 수도 있고. 아니면 의학적인 문제가 있었을지도 모르지. 이를테면 발작이라든가, 아니면 아무도 몰랐던 심장 문제가 있었을지도 모르고 말이야. 아니면 그냥 너무 피곤했을지도 몰라. 또는 해변에서 너무 멀리 헤엄쳐 갔다거나……."

---
*둘 이상의 물결이 만나면서 물살이 거세지는 곳

엄마의 목소리가 점차 잦아들었다. 엄마는 더 말할 수 있었지만 아무 말도 하지 않았다. 오빠도 잠자코 있기는 마찬가지였다. 둘 중 누구도 내가 돌연 이해한 것을 말하지 않았다. 즉, 무슨 일이 일어났든, 이유가 무엇이었든 상관없다. '그냥 일어났을' 뿐이니까.

어쨌든 그 사실, 일은 때때로 그냥 일어난다는 그 사실은 무엇보다도 가장 무섭고 슬픈 진리인 것 같았다.

그러다 로코 오빠가 다가오는 모습이 보였다. 따뜻한 음료가 담긴 쟁반을 들고 있었다. 오빠는 엄마에게 하나를 건네주고는 내게도 하나 권했다.

"코코아 먹을래, 수지?"

컵에는 초록색 인어의 그림이 있었다. 가슴을 덮고도 남을 정도로 긴 머리카락이 풍성하게 늘어져 있었다. 바다와 하늘이 종이컵에서 만나고 있었다. 그냥 케케묵은 구닥다리 로고일지는 모르겠지만, 마치 로코 오빠가 내게 메시지를 보내는 것 같았다. 우리는 다 이해해.

코코아는 참 맛있었다. 잠시 동안 우리는 마냥 바닥에 앉아 음료를 마시며 아무 말도 않고 있었다. 그러다 여행 가방 밖으로 삐져나온 돈 봉투가 보였다.

"내가 훔쳤어."

내 입 밖으로 튀어나온 끔찍한 감정이 몸소 느껴졌다.

"아빠 신용카드도 썼어."

그러고 나서 돈 봉투를 집어 엄마에게 건넸다.

"여기 대부분은 엄마 거야."

그렇게 말하고 아론 오빠와 로코 오빠에게 고개를 돌렸다.

"일부는 오빠들 거고."

나는 거실에서 오빠들 돈을 가져갔다고 실토했다.

"이미 알고 있었어, 주."

아론 오빠가 로코 오빠를 힐끗 쳐다보며 말했다.

"사실, 그 때문에 둘이 싸웠어. 이번에 장 볼 때 로코가 내기로 되어 있었거든. 로코는 돈을 놓고 갔다고 장담하는데, 나는 그럴 리가 없다고 주장했지. 돈이 없었으니까. 그러다 로코가 사진이 없어지고 그 자리에 열쇠가 있다는 걸 알아차렸어. 그게 유일한 단서가 되었지."

나는 고개를 숙였다.

"미안해."

나는 내 목소리가 너무나도 작게, 어린아이처럼 들려서 놀라고 말았다. 이전에 내 설명을 듣지 못했던 로코 오빠가 물었다.

"올바른 이유로 그랬던 거니?"

"응, 그랬대."

아론 오빠가 말했다. 로코 오빠가 손으로 나를 쓰다듬었다.

"있잖아, 고귀한 목적으로 저지른 악행은 더욱 나쁜 법이야."

나는 코를 쓱 문질렀다.

"누가 그랬어?"

"무슨 말이야?"

로코 오빠가 물었다.

"어디서 인용한 것 아니야?"

오빠는 고개를 절레절레 흔들었다.

"아냐, 수지 큐. 이건 그냥 진리야."

나는 엄마의 무릎에 고개를 파묻었다. 그 어떤 때보다 따뜻하고 부드러웠다. 제나가 과제를 발표했을 때가 떠올랐다. 엄마 돌고래는 이제 막 태어난 새끼 돌고래를 위해 몇 주고 계속 헤엄을 친다. 갓 태어난 새끼 돌고래는 혼자 힘으로 물에 떠다닐 수 있을 만큼 지방이 없기 때문에 엄마가 뒤로 보내는 물결을 따라 움직이는 수밖에 없다. 엄마가 헤엄을 치지 않으면 아주 짧은 시간이라도, 새끼는 가라앉아 버릴 것이다.

엄마가 된다는 것은 참 피곤한 일이다.

대기실 근처에서 텔레비전으로 짤막한 뉴스가 나오고 있었다. 화면 속 해변에서 수많은 사람들이 카메라와 전화기를 들고 모여 있었다. 무슨 일이 일어나든지, 사람들은 기록을 남기고 싶어 했다. 해안으로 가까워지면서 카약 세 대가 물속에서 재빠르게 움직이는 무언가를 따라가고 있었다. 그 무언가는 사람이었다. 해안을 향해 헤엄치는 사람이었다.

단어 몇 개가 화면에 나타났다.

'역사적인 순간. 쿠바에서 플로리다까지 헤엄치다.'

내가 일어섰다.

'니아드가 다섯 번째 시도 끝에 166킬로미터를 횡단하는 수영을 성공리에 마치다.'

생각할 겨를도 없이 나는 텔레비전으로 몸을 옮겼다.

"오."

엄마가 내 뒤를 따르며 말했다.

"나도 이 뉴스 읽은 적 있는데."

다이애나 니아드는 해안에서 겨우 몇 미터만 남겨놓고 있었다. 이제 손을 몇 번만 더 놀리면 된다. 지금 일어선다면, 물 밖으로 바로 걸어 나갈 수도 있었다.

"와우! 해냈네."

로코 오빠가 말했다.

니아드는 한 치의 움직임도 없이 물속에 머물렀다. 그러다 천천히 일어서서는 앞으로 비틀거렸다. 발걸음이 어찌나 부자연스러운지 걷는 방법조차 잊어버린 것 같았다. 니아드 주변으로 후원자들이 몰려들어 혹시나 쓰러질까 싶어 팔을 붙잡아 주었다. 하지만 물 밖으로 마지막 발걸음을 내딛을 때에는 혼자 힘으로 하도록 배려해 주었다. 군중들이 격한 환호를 보냈다.

"정말 용감하다."

내가 중얼거렸다.

우리는 응급구조팀이 니아드를 구급차에 데리고 가는 모

습을 조용히 지켜보았다. 그러고 나서 구급차는 서서히 해변을 벗어났다. 군중들이 구급차의 뒤를 뒤따르며 계속 환호성을 질렀다.

그때 아론 오빠가 내게 고개를 돌렸다.

"주?"

"응?"

"이제 집에 갈까?"

얼굴이 일그러지며 다시 눈물이 흘러내리는 느낌이 들었다. 하지만 이번에는 그냥 슬픈 눈물만은 아니었다. 다른 종류의 눈물도 섞여 있었다. 사랑의 눈물이랄까.

우리 넷은 주차장으로 걸어갔다. 밖으로 나서자 커다란 자동차 수십 대와 차가운 공기, 밝은 빛과 마주쳤다. 한 대 제대로 얻어맞은 기분이었다. 마치 물속에서 숨을 참고 있다가 비로소 수면 밖으로 머리를 들어 올린 느낌이랄까.

오랜만에 신선한 공기를 벌컥벌컥 들이마시는 것 같았다.

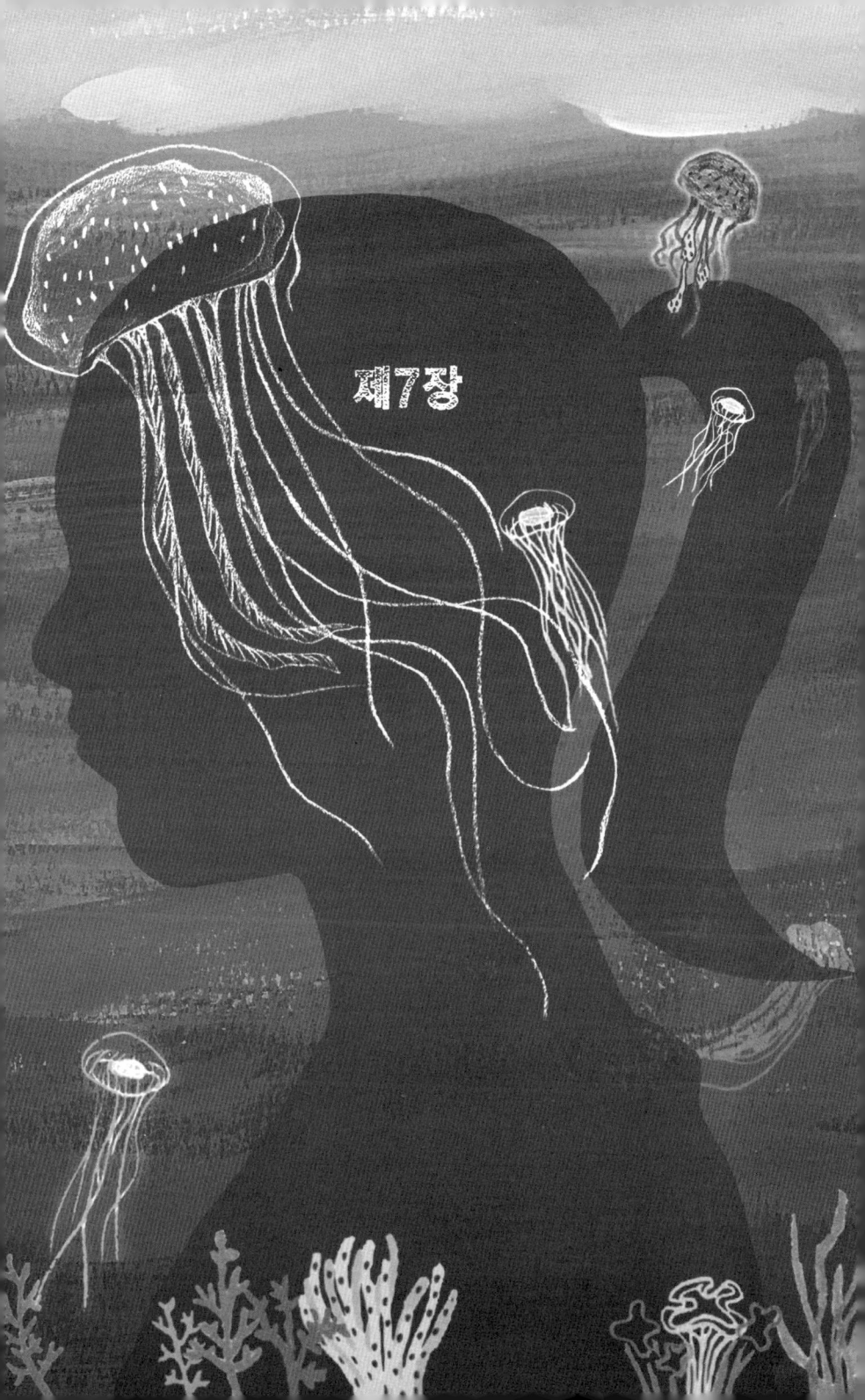

# 결론

연구를 통해 무엇을 배웠나요? 여러분이 했던 연구에서 한 걸음 더 나아가 미래의 질문에 미칠 영향에 대해 생각해 보세요. 그밖에 무엇을 배울 수 있을까요? 다음에는 어떤 의문으로 넘어가게 될까요?

- 터튼 선생님

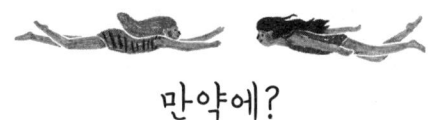

## 만약에?

저들은 아직도 존재한다. 저 해파리들.

녀석들은 아직도 5초마다 23번씩 촉수를 쏜다. 내 남은 평생 동안에도 계속 존재할 것이다. 지구의 나머지 평생 동안에도 그럴 것이다.

나는 영원불멸하는 해파리에 대해 생각해 보았다. 자랄수록 젊어지는 녀석 말이다. 문득 궁금해졌다. 젊어지는 데 이것 말고 다른 방법은 없을까? 사람도 같은 방식으로 젊어질 수 있을까? 가령, 우리가 어렸을 적에 느꼈던 그 감정을 고스란히 가져올 수 있게 된다면 어떻게 될까?

1968년으로 돌아가 볼까. 사람들은 달 위로 떠오르는 지구의 모습을 보며 자신이 중요한 존재라고 믿게 되었다. 그 어떤 것이라도 이루어낼 수 있다고 믿게 되었다.

우리가 그때, 그 기분을 다시 느낄 수 있다면?

우리가 사는 이 세상에는 무서운 것이 참 많다.

해파리가 온 세상을 뒤덮는 것. 여섯 번째 멸종. 중학교 댄스 대회.

하지만 우리는 두려워하는 감정을 막을 수는 있을 것이다. 한낱 흩날리는 티끌 같은 감정을 가지기보다 우리는 이 지구의 모든 존재가 우주의 먼지에서 만들어졌다는 것을 기억할 수 있을 것이다.

그리고 그 사실을 아는 유일한 존재는 우리 인간이다.

해파리란 결국 그런 것이다. 녀석들은 절대로 이해하지 못한다. 그저 해파리들이 할 수 있는 거라고는 아무것도 모른 채 유유히 떠다니는 것뿐이다.

인간은 지구에서 이제 막 생겨난 신참에 지나지 않을 수도 있다. 너무나 허약한 존재일지도 모른다. 하지만 우리는 변화를 결정할 줄 아는 유일한 존재이기도 하다.

## 이치에 맞는 단 한 가지

그날 저녁, 우리 집 전화기에 불이 나는 줄 알았다. 엄마는 아빠에게 전화를 걸어 무슨 일이 일어났는지 얘기해 주었다. 아빠와 엄마는 일단 신용카드 회사에 연락을 하고, 그 다음 항공사와도 전화를 했다. 나는 서로에게 말이 오가는 동안 마냥 듣고만 있었다.

엄마가 같은 이야기를 여러 번 되풀이하는 소리를 들었다. 간혹 "맞아요." 하고 말하기도 했다. 열두 살이요. 인터넷으로 예약했대요. 그래요, 혼자서요. 아뇨, 아뇨, 그건 모르겠어요.

그날 밤 나는 잠을 설쳤다. 아침에 엄마는 학교에 가라며 나를 깨우지 않았다. 다행이라고 생각했다. 엄마는 집을 보여 주기로 약속을 해 놓았지만, 취소한 것이 틀림없었다. 아침을 먹으러 내려가 보니 엄마가 부엌에서 아직도 잠옷을 입은 채 서 있었기 때문이다. 한쪽 귀에 전화기를 대고 흔들면서, 한 손으로는 김이 모락모락 나는 커피를 들고 있었다.

"좋아요."

엄마는 전화에 대고 말했다. 날 보고는 눈을 찡긋했다. 잠을 제대로 못 잔 듯 피곤해 보였다.

"좋아요."

엄마는 다시 말했다.

"도움이 많이 되었어요. 고마워요."

엄마가 전화를 끊었다.

"좋은 소식이야, 주. 항공사에서 아빠 신용카드로 긁은 걸 취소해 주겠대."

나는 바닥만 바라보았다.

"전부 다?"

"전부 다."

엄마는 들릴 듯 말 듯 작은 목소리로 구시렁댔다.

"당연히 그래야지. 열두 살짜리에게 표를 팔면 안 되지."

나는 잠옷 바람으로 밖으로 나가 그대로 차가운 공기를 맞았다.

계획대로 갔더라면, 나는 지금쯤 케언스에 도착했을 것이다. 곧장 트로피카나 모텔로 가서 예약 확인을 했을지도 모르겠다. 지금 때는 밤이고 여름일 것이다.

그러나 지금 나는, 매사추세츠에 있다. 겨울 아침이고 내 평생을 보낸 집 앞에서 겨우 몇 발자국 떨어져서 잠옷을 입은 채 벌벌 떨고 있다. 내가 비로소 그런 생각을 할 때, 그것만이 이치에 맞는 단 한 가지였다.

엄마가 문간에 나타났다.

"주? 네가 아빠에게 전화 한 통 해 주어야 할 것 같은데."

나는 고개를 흔들었다.

"딸, 엄마가 아빠와 어젯밤에 통화하고 오늘 아침에도 또 했어. 화가 몹시 나 있기는 하지만, 솔직히 말해서 그 누구보다 많이 걱정하고 있단다."

하지만 할 수 없다. 아직은. 그러니까, 어떻게 사람이 아무렇지도 않게 다시 시작할 수 있을까? 특히 그 모든 일을 다 겪고?

# 저스틴

나는 '영웅과 악당' 댄스 경연대회에 갈 생각이 없었다. 하루 중 단 한 번도 댄스 대회에 대해서 생각해 본 적은 없었다. 아론 오빠와 로코 오빠가 점심을 먹으러 들렀을 때에도 마찬가지였다. 아론 오빠가 축구 경기를 보려고 텔레비전을 켰을 때에도 그랬다. 우리 모두 게임 막바지에 이르러 리버풀이라는 팀이 토튼햄이라는 팀을 이기는 장면을 보고 있었다. 오빠들이 집을 나섰을 때에도 별 생각이 없었다. 엄마는 내가 가장 좋아하는 요리인 닭고기덮밥을 해 주었다. 하지만 밥을 먹고 있는데, 전화기가 울렸다. 엄마가 전화를 받았다. 잠시 뒤, 엄마가 고개를 흔들었다.

"죄송하지만 전화를 잘못 건 것 같아요. 여기에 벨이라는 사람은 없……."

나는 눈이 휘둥그레져서 고개를 들었다. 조금 뒤, 엄마가 웃음을 터뜨렸다.

"아, 수지. 맞아, 당연하지. 여기에 있어……. 아니, 어디 안 갔는데."

엄마가 날 보고 눈을 찡긋했다.

"어디 가긴 했었지. 하지만 지금은 여기에 있단다. 그래, 좋아. 기다리렴."

엄마가 눈을 치뜨고 날 수줍은 듯 바라보았다.

"저스틴이라는 아이가 너랑 이야기하고 싶대, 주."

엄마는 나를 향해 전화기를 흔들며 입 모양으로 '어서 와'라고 말했다. 하지만 나는 전화를 받지 않았다. 엄마가 한숨을 내쉬었다.

"지금은 전화를 받기 힘든 것 같아. 아, 그래? 알았다. 짱 멋지다고. 아주 좋아. 맞아. 내가 전해 줄게."

엄마는 전화를 끊고 희한한 표정을 해 보였다.

"저스틴이……."

엄마는 저스틴의 이름을 힘주어 말했다.

"네게 자기가 댄스 대회에 입고 갈 복장이 짱 멋지다고 전해 달래. 와서 자기 좀 봐 달라고 하던데."

영웅과 악당 댄스 대회. 오늘 열린다. 댄스 대회 때 나올 음악을 생각하자니 속이 약간 울렁거리는 것 같았다. 그 많은 아이들이라니.

엄마가 몸을 기울였다.

"저스틴이 누구니?"

"걔는 그냥……."

나는 잠시 생각에 잠겼다. 어떻게 설명하면 좋을지 확신이 서지 않았기 때문이다.

"음. 그냥, 친구라고 생각해."

내 입 밖으로 튀어나온 말이 왠지 웃겼다. 하지만 그렇게 말하자마자, 사실이라는 걸 알게 되었다.

어쨌든, 그 정도면 충분하다.

\* \* \*

내 복장을 찾아 입는 데에는 그리 오랜 시간이 걸리지 않았다. 나는 오빠의 방으로 가서 옷장 문을 열고는 물감이 튀긴 채 그대로 남아 있는 낡은 레드 삭스 야구모자를 발견했다. 몇 년 전 여름에 오빠가 페인트칠을 도울 때 쓰던 것인데, 초록색이며 노란색 방울이 뒤덮인 걸 저녁마다 쓰고 왔다. 나는 주머니가 달린 회색 티셔츠도 집었다. 내가 입기엔 너무 길지만, 레깅스와 같이 입으니 그럭저럭 어울렸다.

나는 방에 들어가 침대에 앉았다. 여행 가방은 아직도 짐이 가득 들어 있는 상태로 바닥에 있었다. 가방을 바라보는 것만으로도 엄마가 전화로 이야기했을 때 들었던 그 감정이 고스란히 느껴졌다. 내가 아주, 아주 어린애 같다는 감정이.

　나는 손을 뻗어 오빠의 사진을 꺼냈다. 오빠들이 사는 아파트에서 슬쩍했던 그 사진이다. 한편으로는 오빠도 한때는 어리고 특이한 외모를 지녔다는 사실을 알게 되어 다행이었다. 아마도 그 당시에는 오빠도 자신이 평범한 이들과는 동떨어진 외톨이라고 여겼을 것이다.

　나는 액자에서 오빠의 사진을 꺼내 티셔츠에 딸린 주머니에 넣었다. 그런 다음 숨을 깊게 들이쉬고 아래로 내려가, 엄마에게 학교까지 데려다 줄 수 있는지 물었다.

# 남은 것

 

일부 과학자들이 생각하는 것이 맞는다면, 즉 시간 속에 존재하는 모든 순간들이 동시에 일어나는 것이라는 말이 맞는다면, 이것은 현실이다. 지금 일어나는 일이기도 하고, 전에 일어났던 일이기도 하다.

우리는 우리 집 마당에 있는 커다란 나무 아래에 있다. 이끼라든지 나뭇가지, 자작나무 조각 등을 가지고 요정의 집을 만들었던 그 흙구덩이 위에 말이다. 때는 늦은 오후이고, 우리 주변의 모든 것들이 황금빛으로 빛나고 있다.

우리는 반바지를 입고, 맨발로 하루 종일 함께 있었다. 이제 막 5학년이 된 참이었다. 초등학교 최고참이 된 것이지. 내년에 우리는 다시 신참이 될 것이다. 아직은 아니지만.

우리는 손바닥 마주치기 놀이를 하고 있다. 우리가 쉬는 시간에 즐겨 하던 놀이. 네가 손을 들고 손바닥을 위로 놓으면, 내 손을 그 위에 가볍게 탁 치는 거지. 너는 네 손을 빼서 내 손을 치려고 한다. 너는 허공에 대고 세 번이나 손을 친다. 네 번째 시도해서야 너는 내 손을 마주친다.

우리는 까르르 웃음을 터뜨린다.

내가 내 손바닥을 얼굴까지 들면, 네가 내 손을 치며 뒤로 물러날 준비를 한다. 난 네 손가락에서 뿜어져 나오는 열기를 느낄 수 있다. 핏줄을 타고 흘러가는 피에서 나오는 열기를.

네 얼굴이 하늘에 낮게 드리워진 태양을 가리고 있다. 네 얼굴과 팔 가장자리가 하얗게 빛난다. 누가 네 모습을 야광펜으로 따라 그린 것 같다. 네가 자세를 바꾸니, 오후의 태양빛이 네 머리를 뚫고 들어와. 내가 눈을 가늘게 뜨면 너는 검은 윤곽 속으로 사라지지. 네가 자세를 바꾸면, 다시 너의 모습이 보여. 너의 주근깨며 밝은 머리카락이 후광효과처럼 밝게 빛난다.

내가 손을 옮기면, 너는 제때에 네 손을 뒤로 뺀다. 우리의 웃음소리는 알아채지도 못한 사이에 우리를 벗어나. 우리 주위에 있는 황금빛 속으로 둥둥 떠다녀. 만약 우리가 시도만 한다면, 그 웃음소리에 손을 뻗어 잡을 수도 있을 것 같다. 모닥불에서 튀어나오는 불꽃을 잡을 수 있는 것처럼, 아니면 바람을 타고 날아가는 민들레 씨앗을 잡을 수 있는 것처럼. 우리는 그 웃음소리를 손에 쥐고 따스함을 느껴. 마치 여름에 종일 뜨거운 햇빛을 받은 돌멩이가 저녁까지 그 열기를 머금고 있듯이 말이야. 내가 다시 움직여 네 손등을 가볍게 스친다.
"보고 싶었어."
네가 말한다.
그리고 내가 말한다.
"잡았다."
그럼 네가 말하지.
"아니야~아."
그럼 내가 말한다.
"맞아~아."
그 다음 우리는 놀이를 한 번 더 해. 이번에는 네가 이긴다. 우리는 웃느라 여념이 없어서 어깨를 펴지 못할 정도가 되지. 태양이 지평선 가까이 내려앉으면서 우리의 그림자도 더욱 길어진다.
우리는 무릎을 서로 마주 댄다. 우리는 다시 시작하는 거야.

## 영웅과 악당

엄마 차에 앉은 채, 나는 아이들이 각자 영웅과 악당 복장을 하고 건물 안으로 물밀듯이 들어가는 모습을 보았다. 몇몇은 해리포터로 분장했는가 하면, 반대로 볼드모트가 된 아이들 숫자도 만만치 않았다. 망토와 팬티스타킹을 입고 고전적인 영웅 모습을 한 캣니스 에버딘*도 꽤 많았고, 머리부터 발끝까지 까맣게 차려입고 마스크를 써서 옛날 서부 영화에서나 볼 법한 모습을 하고 온 아이들도 두어 명 있었다. 딜런 파커는 하고 많은 것 중에 하필이면 신부님 복장을 하고 빠르게 걸어갔다. 나는 차 밖으로 나가지 않았다.

"공주님? 괜찮아?"

어벤저스 복장을 한 아이 두 명이 우리 차 앞을 지나갔다.

---

*수잔 콜린스의 소설 삼부작인 〈헝거 게임 시리즈〉의 주인공

나는 어두운 체육관 안을 머릿속에 그려 보았다. 아이들의 물결로 가득한 체육관 안. 여기까지 오면서 내가 무슨 생각을 한 거지?

"나 다시 집에 가야 할 것 같아."

내가 말했다. 엄마가 한숨을 푹 쉬었다. 그러더니 지갑을 뒤져서 휴대전화를 꺼내고는 내 손에 꼭 쥐어 주었다.

"수지, 여기서 집까지 얼마나 걸리지?"

배트맨과 조커도 서둘러 지나갔다. 누가 누군지 분간이 가지 않았다.

"주? 몇 분이나 걸릴 것 같아?"

"몰라. 아마 5분 정도?"

내가 대답했다.

"그리고 5분은 몇 초지?"

"300초."

"맞아. 그래서 네가 해 주었으면 하는 게 있어. 저기 안으로 걸어 들어가서 딱 300초만 춤을 춰 봐. 그래도 도저히 못 견디겠으면 엄마에게 전화해도 좋아. 그럼 엄마가 데리러 올게. 알았지? 하지만 최소한 저 문을 통과해서 들어가야 해, 주."

300초. 그게 엄마가 부탁한 전부이다.

"우리 딸, 너 어제만 해도 다른 대륙으로 날아갈 만반의 준비를 하고 있었잖니."

맞아요. 하지만 실패했죠.

엄마는 내 턱에 손을 갖다 대고는 잠시 동안 내 눈을 바라보았다.

"너는 용감해, 주. 엄마가 아는 그 누구보다도. 넌 할 수 있어."

나는 눈을 질끈 감았다. 또다시 울고 싶지는 않았다. 눈을 뜨고 내 손에 놓인 휴대전화를 내려다보았다. 나는 간절하게 해내고 싶었다. 내 자신보다 엄마를 위해서. 순간, 엄마는 마치 내 마음을 읽은 듯 말했다.

"엄마를 위해서라도. 주? 한 번만이라도 시도해 보면 안 되겠니?"

나는 문에 달려 있는 손잡이를 당겨 차 안에 있는 전등이 켜질 정도로만 살짝 열었다. 그때 누군가가 차 문을 탕탕 두드렸다.

"벨!"

저스틴이 손을 흔들었다. 옷은 평범하게 입었지만, 대신 양손에 동물의 발처럼 생긴 커다랗고 털이 복슬복슬한 장갑을 끼고 있었다. 저스틴을 보자 왠지 안심이 되어 웃음을 크게 터뜨렸다.

"이 아이가 왕 대박 복장을 하고 올 거라던 저스틴이니?"

엄마가 물었다. 내가 고개를 끄덕였다.

"안 오고 뭐해?"

저스틴이 창문에다 대고 물었다. 나는 엄마에게 고개를 돌렸다.
"엄마, 약속했지? 내가 전화하면 대답할 거라고? 그리고 나 데리러 바로 올 거지?"
"그래, 주."
"그리고 여기서 집으로 갈 때 어디 안 들르고 바로 갈 거지? 그럼 내가 5분 뒤에 엄마에게 전화를 하면, 엄마는 집에 막 도착해 있겠지?"
내가 재차 물었다.
300초. 나는 숨을 깊게 들이마셨다. 왼손으로 엄마의 휴대전화를 꼭 잡고 차 밖으로 한 걸음 나섰다.
"너는 뭐야?"
저스틴이 내 레드 삭스 야구모자를 보면서 말했다.
"야구 선수?"
나는 문을 닫고 엄마가 주차장에서 차를 빼 막 나가는 모습을 바라보았다. 나는 침을 꿀꺽 삼키고는 저스틴을 보았다.
"그냥 보통 사람이야. 보통 사람은 영웅이 되면 안 돼?"
내가 말했다.
"흠……."
저스틴은 복슬복슬한 손으로 턱을 쓰다듬었다.
"뭐, 흔히 있지는 않겠지만, 때론 영웅이 될 수도 있지."
안에서 음악이 시작되는 소리가 들렸다. 내가 모르는 노래였다. 하지만 다른 아이들은 분명히 아는 노래인 모양이었다.

한 무리가 환호를 지르더니 문으로 냅다 달려갔기 때문이다.

"야, 저기 과학 선생님이다."

저스틴이 주차장을 가리키며 말했다. 그러고는 털장갑을 미친 듯이 흔들어 댔다.

"선생님!"

선생님은 반짝반짝 빛나는 은색 운동화를 신고 있었다. 보면 볼수록 우스꽝스러운 신발이었다.

"선생님은 무슨 콘셉트예요?"

저스틴이 물었다.

선생님은 코트를 열더니, 손을 허리춤에 얹고는 턱을 높이 들어 슈퍼 영웅 같은 포즈를 취했다. 코트 안에 입은 티셔츠에는 이렇게 쓰여 있었다.

'나는 과학을 가르칩니다. 당신의 최고 능력은 무엇인가요?'

"그러는 말로니 군은 어떤 콘셉트지? 늑대인간?"

"아뇨. 하지만 여기 벨이 와 있으니 내가 누구인지 알겠죠."

"그래. 네가 누군지 알겠어."

내가 말했다. 둘 다 내 대답을 기다렸다.

"야수예요."

저스틴이 활짝 웃었다.

"아. 흠, 야수도 이제 신 나게 몸을 흔들 준비가 되었으면 좋겠는걸. 왜냐하면 이 몸은 이제 춤출 준비를 마쳤거든. 봐."

선생님은 그렇게 말하고는 운동화를 위로 들어 보였다.

"난 내 춤 전용 신발도 신고 왔다고."

저스틴과 선생님이 문 앞으로 걸어갔다. 선생님이 문을 열자, 음악 소리가 쩌렁쩌렁 울려 퍼졌다. 저스틴이 내 쪽을 돌아보며 말했다.

"얼른 와, 벨."

나는 체육관 안의 모습을 상상해 보았다. 아이들이 둥글게 원을 그리고, 리듬에 맞추어 방방 뛰는 모습을. 기이한 복장들, 시끄러운 소리와 움직임 등등.

"나 전화 한 통만 하고."

내가 말했다. 나는 입구에서 몸을 돌려 300초를 세었다. 300초, 그러니까 해파리가 촉수로 1,380번 쏘는 시간. 그러고 나서 번호를 눌렀다. 나는 귀에 전화기를 댔다.

"여보세요?"

전화 너머로 목소리가 들렸다.

"아빠."

생각해 보니 아빠라는 말을 5개월이 넘도록 해 본 적이 없는 것 같다. 6개월. 150여 일, 수백만 초. 하지만 정확히 몇 초인지는 계산할 수 없다.

긴 침묵이 흘렀다. 솔직히 말해서 누가 전화를 걸었는지 모를 정도였다.

"나 그냥 생각해 봤는데요."

내가 입을 열었다. 입술을 살짝 깨물었다.

"어쩌면 아빠랑 공룡 발자국을 보러 갈 수 있을 것 같아서."

아빠가 드디어 대답을 했을 때에는 목소리가 희한하게 들렸다. 약간 갈라진 것 같은 목소리였다.

"그래."

아빠가 대답했다.

건물 안에서는 노래가 바뀌었다. 이 노래는 아는 곡이다. 몇 년 전, 프래니와 내가 친구였을 때 들었던 노래다. 그때는 이렇게 되리라고는 상상도 못 했는데.

"오빠도 같이 갔으면 좋겠어."

내가 말했다.

"그래. 물론이지. 오빠도 같이 가고말고."

"그리고 로코 오빠도."

"그래. 아빠가 연락해서 약속을 잡아 볼게, 우리 딸."

나는 유진 필드 메모리얼 중학교 외벽에 기대어 체육관 안에서 흘러나오는 음악을 감상했다.

"그밖에 또 할 말 있니, 수지?"

"아니. 지금은 없어요."

잠시 침묵.

"전화해 주어서 정말 고맙구나, 수지."

"네."

"내일 볼 수 있지?"

"응."

"같은 시각, 같은 장소에서. 알았지?"

나는 분홍색 비닐 식탁보가 덮여 있는 우리 자리를 머릿속에 떠올렸다. 수조에 갇혀 오직 자기 자신의 모습만 비춰 볼 수 있는 물고기들이 있던 밍 플레이스. 나는 아빠와 내가 시간을 보내면서 한마디도 하지 않았던 그 모든 저녁 시간을 생각해 보았다.

"모르겠어요. 내일은 다른 곳에서 저녁을 먹으면 어떨까 해요."

이번에는 아빠가 잠시 침묵했다.

"그래. 네가 원하는 곳 어디든지, 수지."

"좋아요."

"좋아."

별안간 나는 왠지 모르게 쑥스러워졌다. 왜냐하면 이제야 말을 시작했는데, 그밖에 다른 할 말을 미처 생각하지 못했기 때문이다.

"안녕, 아빠."

"안녕, 우리 공주님."

나는 아빠의 목소리를 간신히 들었다. '딸칵' 하고 전화가 끊기는 소리가 들렸다.

누군가 내 어깨를 두드렸다. 저스틴이겠거니 생각하며 고개를 돌렸다. 저스틴이 아니었다. 사라 존스턴이었다.

"안녕, 수지."

사라는 온통 새까맣게 닌자 복장을 하고 있었다.

"안에 아직 안 들어갔어?"

나는 고개를 흔들었다.

"나도 방금 왔어."

사라는 잠시 가만히 있더니 다시 입을 열었다.

"나 이런 댄스 파티 한 번도 온 적이 없어. 너는?"

나는 다시 고개를 절레절레 흔들었다.

"같이 들어가면 좋을 것 같은데."

사라가 말했다. 긴장한 것 같았다. 아니면 혹시, 뭔가를 바라는지도. 그러더니 변명하듯 덧붙였다.

"난 아직 여기 아이들을 대부분 잘 몰라. 그래서 혼자 들어가기가 좀 그래."

나는 말이 안 나올 정도로 놀라고 말았다.

"하지만 넌 친구 많잖아."

내가 말했다. 사라는 오브리의 과학 실험 짝꿍이다. 몰리와 이야기하는 모습도 본 적 있다. 다른 아이들처럼 허리에 셔츠를 묶은 모습을 본 적도 있다.

"정말 그렇지는 않아. 그러니까, 알긴 아는데 정말 친구라고 여겨지진 않는다고."

사라 존스턴은 과학 발표 주제로 좀비 개미를 했다. 좀비 개미가 무섭다는 이유만으로. 사라 존스턴은 과학 선생님 사무실에서 같이 동영상을 보고 싶어 우물쭈물했다. 그때 내가 솔직했더라면, 사실 같이 와서 봐도 된다고 했을 것이다.

"과학 선생님이 안에 계셔. 저스틴 말로니와 춤을 추고 있을 거야."

사라가 빙그레 웃었다.

"과학 선생님이 아인슈타인처럼 옷을 입었을 때 기억나?"

내가 웃었다.

"난 과학 선생님이 제일 좋아."

사라가 말했다.

"그래. 나도."

내가 맞장구쳤다. 그때 이런 생각이 들었다. 선생님 말이 맞다면, 우리 몸에 셰익스피어의 원자가 정말 200억 개나 존재한다면, 그리고 셰익스피어가 대서양 너머 400년 전에 살았던 게 맞다면, 우리 몸속에는 반드시 프래니의 원자도 있을 것이라고. 그리고 셰익스피어보다 훨씬 더, 그러니까 프래니는 우리와 함께 살며 숨 쉬고, 걷고, 같이 먹고, 웃고, 그리고 오랫동안 부대끼며 살았으니까, 프래니도 우리의 일부라고. 매일매일 길고 긴 시간 동안.

순간 나는 거대한 레고 세트로 만들어진 우주를 상상했다. 모든 조각들이 끝없는 형태로 만들어지다가 새로운 형태를 만들기 위해서 조각조각 나눠진다.

사라와 나는 함께 건물 안으로 걸어 들어갔다. 그러다가 체육관 입구에서 잠시 멈칫했다. 안은 어두웠고, 아이들의 물결이 이어졌다. 각기 다른 색깔의 빛이 온 체육관 안을 돌아다니며 둥글게 춤을 췄고, 작은 빛 알갱이는 바닥이며 벽, 천장, 아이들의 얼굴로 옮겨 다니며 반짝이고 있었다. 눈을 가늘게 뜨고 살펴보면 텅 빈 하늘에 반짝이는 별처럼 오로지 빛만 보였다.

나는 체육관 안에 가득 찬 아이들을 보았다. 그리고 다시 눈을 반쯤 감았다. 빛이 물 밑의 생명이 되어, 자체 발광 시스템으로 반짝이며 물 밑의 다른 생명들에게 신호를 보냈다. 나는 체육관 천장으로 올라가 둥둥 떠다니는 상상을 했다. 아이들이 각기 다른 그룹을 만들어 빽빽하게 원을 만들고 춤추는 모습을 내려다보고 있었다. 나는 각각의 원이 리듬에 맞추어 일사분란하게 움직이는 상상을 했다. 팔과 다리가 같은 순간에 똑같이 밖으로, 안으로 움직이는 모습을. 각각의 그룹이 마치 심장의 박동처럼 보일지도 모르겠다. 아니면 해파리가 고동치는 모습일지도.

"저기 저스틴이랑 선생님이 있네."

사라가 손가락으로 가리키며 말했다.

이렇게 멀리 떨어져 있는데도, 저스틴의 얼굴이 땀으로 흠뻑 젖어 있는 게 보였다. 저스틴은 머리를 뒤로 젖힌 채 웃고 있었다. 모든 아이들이 자기 그룹에서 함께 손을 마주치며 동그랗게 팔을 움직였다. 그 모습이 마치 버터를 휘젓는 것 같았다. 내가 자기를 본 것을 알아차렸다는 양, 저스틴은 날 보며 손을 흔들었다. 내가 눈을 가늘게 뜨자, 저스틴은 이내 바다와 하늘로 사라졌다.

"저쪽으로 갈래?"

사라가 물었다.

엄마의 전화기는 여전히 내 손 안에 있었다.

맥박 때문일지도 모르겠다. 아니면 저스틴이 손을 흔드는 것만큼이나, 사라가 미소를 짓는 것만큼이나, 혹은 선생님이 아이들과 똑같이 손을 움직이는 것만큼이나 간단해서일 수도 있다.

나는 더 이상 눈을 가늘게 뜨지 않았다. 나는 엄마의 휴대전화를 셔츠 주머니에 넣었다. 오빠의 사진 옆에. 깊게 숨을 쉬었다. 그리고 나는 사라에게 말했다.

"그래. 가자."

### 지은이의 말

 이 책에 등장하는 인물 대부분은 허구입니다만, 제이미 시모어를 비롯한 해파리 전문가들은 실제로 있는 사람들입니다. 그들이 보여 준 노력과 업적을 존중하여 소설 속에 가능한 한 사실적으로 묘사하고자 노력했습니다. 단 한 가지 불가피한 예외는 있습니다. 다이애나 니아드가 다섯 번째 시도 끝에 성공한 역사적 쿠바-플로리다 횡단 수영은 사실 2013년 9월 2일에 일어났습니다. 저는 이 역사적 기록을 왜곡하느니 다른 전문가들을 비롯하여 다이애나도 허구의 인물로 만들까에 대해 생각을 해 보았습니다. 하지만 결론적으로, 그렇게 하지 않기로 했습니다. 니아드가 만든 수영 기록은 아주 깊은 인상을 남기는 기록입니다. 니아드는 투지와 끈기, 강인함을 보여 주었으며, 이를 통해 이룬 업적은 모든 이들에게 인정을 받을 가치가 충분히 있습니다. 비록 수지의 이야기에 초점을 맞추다 보니 날짜가 조금 바뀌었지만 말입니다.

뉴잉글랜드 주에 사는 사람이라면 책 초반에 수족관 견학 장소로 묘사된 보스턴 뉴잉글랜드 수족관의 터치 탱크, 해파리관 및 대양 전시관을 알아보았을 겁니다. 비록 해파리 전시관에서는 이루칸지 해파리에 대해 딱히 기술하고 있지는 않지만요.

터튼 선생님이 수업 시간에 소개한 사진 중 '지구돋이 Earthrise'는 우주비행사 윌리엄 앤더스William Anders가 1968년 아폴로 8호를 타고 우주에서 찍은 지구의 모습을 담은 것입니다. 또한 '창백한 푸른 점Pale Blue Dot'은 보이저 1호가 지구에서 60억 킬로미터 떨어진 곳에서 찍은 지구의 모습으로, 지금의 아이폰보다 사양이 떨어지는 컴퓨터 시스템으로 그 먼 거리를 여행했답니다. 터튼 선생님이 이 사진을 보여 주며 언급한 말(흩날리는 먼지, 티끌 하나)은 칼 세이건의 유작 중 하나인 『창백한 푸른 점』에서 나온 말에서 따온 것입니다.

수지의 회상을 담은 장 중 '중요한 일을 말하지 않는 방법'은 케이트 디카밀로가 쓴 『내 친구 윈딕시』에서 따왔습니다.

수지와 저스틴이 보았던 〈자가수분Pollination〉은 영화 제작자인 루이 슈왈츠버그Louie Schwartzberg가 테드TED 강연에서 선보였던 〈자가수분의 보이지 않는 아름다움The Hidden Beauty of Pollination〉이라는 동영상입니다. 테드 홈페이지(TED.com)에 접속하면 동영상을 볼 수 있습니다.

〈가장 놀라운 사실The Most Astounding Fact〉은 비디오 예술가인 맥스 슐리켄마이어Max Schlickenmeyer가 만든 영상으로, 저명한 천문학자인 닐 타이슨Neil Degrasse Tyson의 말을 허블 천체 망원경에서 찍은 사진과 다른 우주의 이미지를 조합하여 만든 것입니다. 2012년 〈타임Time〉에 실렸던 인터뷰 내용 중 다음과 같은 질문에 대한 답이 인용되었습니다.

"우주에 관해 우리와 나눌 수 있는 가장 놀라운 사실이 무엇입니까?"

우주에 관해 관심이 많다면, 빌 브라이슨Bill Bryson이 지은 『그림으로 보는 거의 모든 것의 역사』를 읽어 보시기 바랍니다. 성인용 책을 어린이 독자들을 위해 쉽고 친숙하게 만든 것입니다. 브라이슨은 책을 통해 우주의 기원과 우리 행성의 역사, 그리고 우리 자신의 존재에 관한 놀라운 사실을 전달합니다.

해파리나 바다에 사는 다른 진귀한 생물에 흥미가 많다면, 클레어 노비언Claire Nouvian이 지은 『바다 : 심연의 놀라운 생물들 Deep : Extraordinary Creature of the』도 분명 좋아하게 될 것입니다. 성인 독자를 대상으로 한 사진책이지만, 책이 보여 주는 세상은 모든 연령의 독자들에게 탄성과 놀라움을 안겨 줄 것입니다.

**옮긴이의 말**

## 과학을 사랑하는 소녀들에게

여기 두 소녀가 있습니다. 한때는 서로의 이야기와 비밀을 모두 공유한다고 믿었던 수지와 프래니. 세상에 둘 말고는 아무도 없다고 생각할 정도로 친했던 두 소녀는 사춘기를 기점으로 조금씩 삐걱거리기 시작합니다. 너와 나의 세계 말고도 더 큰 세계가 있다는 걸 알게 된 프래니는 이제 이 둘만의 세계에서 자꾸 벗어나려 합니다. 친구의 변하는 모습을 보며 안타까움과 섭섭함을 느끼는 또 다른 소녀, 수지. 돌아오라며 에둘러 애원하기도 하고 분노하기도 하지만, 프래니는 그럴 때마다 점점 더 멀어져 갈 뿐입니다. 결국 자신이 원치 않는 모습으로 변해 갈 때 꼭 신호를 보내 달라는 프래니의 말을 기억하며, 수지는 친구가 원래 모습을 되찾도록 극단적인 방법을 씁니다. 하지만 세상사가 그러하듯 이미 어긋나 버린

둘의 사이는 자신이 원하는 대로 끝을 맺지 않습니다.

  수족관에서 우연히 해파리를 보게 된 수지는 프래니가 바다에서 죽은 이유가 해파리 때문이라고 가정합니다. 해파리는 독성이 강하고 알려진 것보다 더 많이 사람들을 해친다는 나름대로의 합리적 이유를 대면서 말이죠. 이렇게 프래니의 갑작스러운 죽음의 원인을 엉뚱하게 해파리에서 찾는 수지의 모습에서 알 수 있듯이, 과학을 사랑하는 수지는 과학이 알려 주는 경이로운 사실과 그 사실이 우리의 삶에 미치는 영향을 누구보다 중요하게 생각하는 소녀입니다. 하지만 수지의 진지한 태도는 뭇 사람들에게 이상하고 사차원적이며, 심지어 외골수로 취급받기 일쑤입니다. 결국 자신의 주장이 옳다는 것을 증명하기 위해 수지는 해파리 전문가인 제이미를 만나러 호주로 갈 계획을 세웁니다. 남들은 내 말을 듣지 않고 무시한다 하더라도 제이미만큼은 자신의 이야기를 귀 기울여 들어 주리라 믿으면서요. 수지는 왜 그렇게 생각했을까요. 제이미와 수지 자신 사이에서 어떤 공통점을 보았기 때문이지요. 평소 살아가는 데 별 도움도 되지 않고, 하찮게 여기기 쉬운 자그마한 사실도 중요하게 받아들이는 모습을 보았기 때문입니다. 그러나 순진하고 어설프기 짝이 없었던 십대 소녀의 계획은 비행기 탑승 직전에 물거품으로 돌아가고, 수지는 다시 현실로 돌아옵니다. 그래도 프래니가 떠나고 오롯이 혼자라고 생각했던 현실은 사실 혼자가 아니었습니다. 사랑하는 가족을 비롯해 자신의 특이한 성향을 이해해 주는 터튼 선생님과 저스틴, 사라 등 새로운 친구들이 곁에 있었지요. 자신을 그대로 이해해 주고 응원해 주는 주변인들의 따뜻한 시선에 힘입어 수지는 다시금 일어섭니다.

이렇게 자기만의 세계가 너무나 강한 수지는 남들과의 의사소통에 어려움을 겪기도 하지만, 한편으로는 남들과 조금 다른 관점으로 사물을 바라보고 뛰어난 관찰 능력을 보이기도 합니다. 하지만 외모나 이성, 친구 관계에 더 관심이 많은 대다수의 또래 아이들이 보기엔 수지는 지나치게 심각하기만 한, 그저 이상한 아이에 지나지 않았습니다. 수지는 이런 '보통의' 아이들과 충돌하여 침묵을 고수하면서 자신만의 세계에 꼭꼭 숨어 삽니다. 하지만 결국 침묵하고 자신만의 방식을 고집하는 것만이 능사가 아니라는 것을, 몇 번의 실패를 거듭하며 깨닫게 되지요. 그런 실패와 깨달음의 과정을 통해 수지는 한 뼘 더 성장하게 됩니다.

누구나 같은 시기에, 같은 방향으로 사춘기를 겪는 것은 아닙니다. 수지처럼 조금 느리고 서투를 수도 있고, 프래니처럼 어릴 때는 없으면 죽고 못 살 것처럼 대하더라도 어느 순간 이성과 다른 친구에게 관심을 돌려 버릴 수도 있지요. 그 순간에 본의 아니게 서로에게 상처를 입히고, 그 상처가 오랫동안 가슴 깊이 남게 될 수도 있습니다. 중요한 것은 대화와 다툼을 통해 서로의 다른 점을 이해하고 성장하는 것인데, 수지의 경우 안타깝게도 친구의 죽음으로 인해 그 기회를 잃어버려 홀로 외롭게 고군분투합니다. 다행히 결말은 과거에 실패한 의사소통 방식을 개선하고 새로운 친구를 사귀면서 해피엔딩으로 끝을 맺습니다.

이 이야기는 어릴 때 단짝 친구가 내가 원치 않는 방향으로 변하면서 생기게 되는 반감, 그리고 오해로 비롯된 다툼, 청소년기에 접어든 아이들이라면 누구나 한 번씩 겪게 되는 성장통이 아닐까 합니다. 저 자신도 책을 읽으면서 어린 시절 단짝 친구와의 일화가 생각나 공감을 하면서도 마음이 아프기도 했습니다.

지은이의 말에서도 나왔듯이, 이야기는 허구이지만 책 속에 소개된 사진이나 동영상, 제이미와 다이애나 니아드 등의 인물 등은 실제에서 가져왔다고 합니다. 배경지식을 알고 나서 책을 읽으면 재미가 한층 더해지지 않을까 합니다.

마지막으로, 책을 번역하면서 과학을 사랑하고 자신만의 세계를 만들어 가는 수지와 같은 소녀들을 떠올려 보았습니다. 수많은 실패를 거듭하면서 과학적 진리에 한층 가까이 다가가듯이, 실패와 좌절을 딛고 일어서는 아이들이 결국 단단한 뿌리와 아름다운 꽃을 맺는다는 사실을 새삼 깨달으면서 말이지요.

김미선

## 헬로 젤리피쉬

펴낸날 | 초판 1쇄 2017년 9월 20일

지은이 | 알리 벤자민
옮긴이 | 김미선
펴낸이 | 정현문
편집 | 조현주, 양덕모
마케팅 | 강보람
디자인 | 디자인포름

펴낸곳 | 책과콩나무
출판등록 | 2007년 7월 23일 제406-3130000251002007000153호
주소 | 경기도 파주시 회동길 37-20 4층
전화 | 02-3141-4772(마케팅), 02-6326-4772(편집)
팩스 | 02-6326-4771
이메일 | booknbean@naver.com
블로그 | http://blog.naver.com/booknbean

ISBN 979-11-86490-71-6 (43840)
값 13,000원

이 도서의 국립중앙도서관 출판시도서목록(CIP)은 서지정보유통지원시스템
홈페이지(http://seoji.nl.go.kr)와 국가자료공동목록시스템(http://www.nl.go.kr/kolisnet)에서
이용하실 수 있습니다.(CIP제어번호 : CIP2017020921)

*잘못된 책은 구입한 곳에서 바꾸어 드립니다.
*이 책 내용의 전부 또는 일부를 재사용하려면 반드시 저작권자와
 책과콩나무 양측의 동의를 받아야 합니다.